U0045476

古典詩歌研究彙刊

第二二輯

龔鵬程 主編

第 12 冊

雲間李雯及其詩詞研究（下）

管 偉 森 著

國家圖書館出版品預行編目資料

雲間李雯及其詩詞研究（下）／管偉森 著 — 初版 — 新北市：
花木蘭文化事業有限公司，2017〔民 106〕
目 4+192 面；17×24 公分
（古典詩歌研究彙刊 第二二輯：第 12 冊）
ISBN 978-986-485-122-5（精裝）
1.（清）李雯 2. 詩詞 3. 詩評 4. 詞論
820.91   106013431

ISBN-978-986-485-122-5

9 789864 851225

古典詩歌研究彙刊
第二二輯　第十二冊　　　　　ISBN：978-986-485-122-5

雲間李雯及其詩詞研究（下）

作　　者　管偉森
主　　編　龔鵬程
總 編 輯　杜潔祥
副總編輯　楊嘉樂
編　　輯　許郁翎、王筑　美術編輯　陳逸婷
出　　版　花木蘭文化事業有限公司
社　　長　高小娟
聯絡地址　235 新北市中和區中安街七二號十三樓
　　　　　電話：02-2923-1455／傳眞：02-2923-1452
網　　址　http://www.huamulan.tw 信箱 hml 810518@gmail.com
印　　刷　普羅文化出版廣告事業
初　　版　2017 年 9 月
全書字數　398753 字
定　　價　第二二輯共 14 冊（精裝）新台幣 22,000 元

雲間李雯及其詩詞研究(下)

管偉森 著

目次

《蓼齋集・卷十九・五言律詩（一）》

1. 述感

（1）欲遊金陵不果

十年空抱膝〔註192〕。搔首望金陵。月照宮墙冷。龍來江水騰。綠菰波上出。紫霧雨中興。才子多同調。臨秋有所憑。

高帝龍飛後。南徐不作關。六朝增王氣。五岳开鍾山。玉甲吟朱匣。金蜺齧碧鐶。焚香宮廟使。端拱拭宸顏。

曾聞南國麗。萬雉列青霞。雲出牛頭壯。風廻燕子斜。江清烏榜樹。鼓散石城鴉。日暮長千路。翩翩油碧車。

白鷺群飛外。江雲何所之。琵琶憶王儉。長笛想桓伊。散客烏衣巷。招凉青骨祠。此中行樂處。何異是南皮。

諸將從龍彥。雲臺會冕緌。千秋勞戰伐。一代肅高清。神馬朝幽闕。靈旗護紫京。書生良有意。長揖負平生。

碧瓦通雲氣。清江接芰荷。由來佳麗寺。獨向秣陵多。叔夜悲安在。子荊樓可過。南朝射雉處。好著虎皮韡。

今日凄凉寺。嘗爲結綺樓。麗華空自矢。江令不曾羞。麝粉香仍薄。胭脂水不流。當年歌舞散。不獨景陽秋。

淮水穿中域。宮城燕雀湖。櫻桃聞薦寢。鳶鴈變明廬。鴛瓦人間出。銅龍尾後濡。聖朝興業地。會欲賦南都。

男兒仗意氣。屢欲問英雄。聞說奇材客。能容游俠風。要人看寶劍。親自製雕弓。此日不相識。羞稱壯士中。

文事歸江表。白門羅上才。含毫睨楚岸。飛藻寫吳臺。海氣群龍見。城樓雙鷺來。秋砧警雨後。余獨苦菁萊。

（2）感秋〔註193〕

〔註192〕原文爲異體字。以下皆是。

〔註193〕文本亦收錄於「壬申合稿」，卷之十，頁670。「病葉墜先霜」作「病葉墜先霜」。其中還有收錄一首，其二云：「寥落生閒思。蕭騷宕我膺。天高了不與。野淨自能供。木末芙蓉見。泉踪薜荔封。明霞如

遂有矜秋意。空庭落小涼。晚花濃刺日。病葉墮先霜。爽動宜雕鶚。驕騰問犬羊。郊原最愁寂。瀝酒對滄茫。

四海鬱兵氣。山川尚有姿。登臨及今日。幽滯失良期。不鮮洛生詠。能吟豪士詩。閉門聊自臥。亂石迥相宜。

（3）讀臥子金陵詩

作賦君爲傑。臨江覽帝居。山川勞翰墨。草木重車書。貝闕清無敵。彤霞意可舒。皇風展几席。更憶萬方初。

（4）橫山作〔註194〕

日暮風林肅。雲歸征鳥浮。殘崖能自古。幽徑易爲秋。高嘯妨龍臥。長吟與鶴謀。漁樵如有意。問我在園丘。

宿霧有時積。連峰不肯平。風臨巖際靜。花向暮光明。蛩嚮聯秋竹。菰香冒野苹。懸藤殊有致。山鬼未能驚。

（5）癸酉秋試吾黨被放略盡感而賦之

吾友多貧賤。傷心當此辰。網羅收菶雀。建鼓去騏驎。肅肅賢良詔。飄飄風雅倫。差池兩不遇。囘首厭秋塵。

身自不聞達。相看更可憐。文章天下少。聊落我儕偏。拂袖秋風下。冷顏紅雁前。魚龍此夜隱。南國日蕭然。

（6）晚意〔註195〕

別墅寒原外。孤亭亂木中。雜霞停暝色。清吹入高桐。村靜砧春息。星嚴鳥雀通。蕭條最無事。閒久欲成翁。

（7）春日遣懷

春日兼風雨。天寒飛鳥遲。陰雷宿雲霧。遠水劃蛟螭。壯節思驅

可掇。幽意渺相從。」弦補闕在後。

〔註194〕文本亦收錄於「壬申合稿」，卷之九，頁 667。其詩題名爲：〈中秋一日別橫山作〉。「高嘯妨龍臥」作「高嘯呼龍睡」；「漁樵如有意」作「牧樵如有意」；「蛩嚮聯秋竹」作「蛩响聯秋竹」；「懸藤殊有致」作「懸藤有孤致」。

〔註195〕文本亦收錄於「壬申合稿」，卷之九，頁 667～668。「別墅寒原外」作「敞墅寒原外」；「孤亭亂木中」作「孤庭亂木中」。

馬。違時但哺糜。愁心滿四海。何計問花枝。

寂寞郊西路。春來不數過。風寒舉體近。鳥雀閉門多。久失青雲氣。微吟白石歌。當年種楊栁。此樹欲婆娑。

（8）郊園獨坐二首

花近園林好。春隨寂寞長。池塘生暮景。芳草自斜陽。蜂去鈎闌靜。鶯啼脩竹凉。東風無意住。心事日茫茫。

不欲看春色。其如臥草萊。畫梁渾欲脫。飛燕爲誰來。拾翠贏錢莢。調弓起雉媒。少年行樂事。空復念追陪。

（9）春望〔註 196〕

春事莽無屬。烟花赴北樓。沙柔浴鳥喜。藻合戲魚留。萬木開巖色。五湖淨綺流。亂離聞不少。聊望是南州。

（10）憫亂〔註 197〕

致亂非今日。傷時獨野人。甲兵天下半。徵令歲時新。厚俗知明主。群疑歸柄臣。如何舊封域。一任見荊榛。

斬鯨竟何日。受鉞乃紛然。留盜貽天子。糜金衍歲年。舟航戒吳越。車馬怯幽燕。年少河清客。羈棲獨可憐。

學盜乃甚易。爲農術已窮。飛旌愁故壘。亂肉怨秋風。爭穴皆韓兎。當關誰渭熊。十年大流血。廟算訪群公。

土著避群盜。翻然調遠征。民流讐主客。卒悍自縱横。雄特先求活。陳吳亦戍兵。幾人廣武嘆。豎子得成名。

（11）漫興〔註 198〕

日見寒林暮。難禁細鳥喧。高雲總自去。饑鶴靜無言。歲月英雄

〔註 196〕文本亦收錄於「壬申合稿」，卷之九，頁 660。「烟花赴北樓」作「煙花赴北樓」；「聊望是南州」作「聊樂是南州」。

〔註 197〕文本亦收錄於「壬申合稿」，卷之十，頁 670。其中其二與其三的順序，則是互換的。「年少河清客」作「年少清河客」；「雄特先求活」作「雄特先乞活」；「幾人廣武嘆」作「幾人廣武歎」；「豎子得成名」作「孺子得成名」。

〔註 198〕文本亦收錄於「壬申合稿」，卷之十，頁 671。「難禁細鳥喧」作「雜禁細鳥喧」；「薇蕨不充飱」作「薇蕨不能飱」。

悴。江湖盜賊尊。吾聞徒步客。薇蕨不充殞。

（12）秋風

飛騰不可問。作意見秋風。禾暗黃雲合。山微白鳥通。洞庭南有橘。雁塞北無鴻。此日郊原下。雄心何所窮。

非不愛寥廓。其如壯士驚。送歸登暮嶺。獨立望秋城。鳥雀欣方聚。驊騮健欲行。相觀徒草草。為爾意縱橫。

（13）于閱武塲觀調馬者

孤城衰草白。林外日蒼蒼。身手吳兒健。驦驦九月強。紛紛縵纓服。悤悤紫遊韁。天下今方爾。北風吹帶長。

（14）秋懷

荒原動寒氣。草木沉英暉。嘯虎在何谷。饑鷹於此飛。一人嗟不遇。天下賦無衣。日暮悠悠者。孤雲有所歸。

（15）見落葉為風所旋而作

猶有飛揚意。無如憔悴何。已忘秋露重。更舞夕陽多。離別常悲此。飄零不自他。好風若有便。吹入鳳凰窠。

（16）寒暮

落日北風吹。空林鳥雀悲。雲城愁不卷。烟海望難知。密密寒條直。悠悠雜管遲。高樓多遠思。可恨獨登時。

（17）方春盛時獨坐有感而作

春意何曾別。愁心無所憑。江湖仍浩蕩。蟲鳥各驕矜。花沐崇朝雨。涼深三月藤。為誰苦寂寂。天地恨青蠅。

烟雨梨花外。春風向晚多。空勞楚雀語。相逐鷓鴣歌。雲滿太行道。鴻驚彭蠡波。安知徒步客。流涕在山阿。

（18）感時

諸將驅逋賊。今來復幾時。未聞收戰骨。又見食饑兒。鶩鴨空黃紙。蛟龍亂火旗。紛紛來益甚。出處竟何期。

　　再有司農繫。雷霆日冥冥。三吳耕不雨。五月夜占星。鑴秩皆頭白。追輸但尾青。相隨俱入獄。安敢不深刑。

　　遼豕妖方異。吳牛喝未休。輪風聞出臨。黑黍兆無秋。是物何駢至。群公職可憂。玉戾今宴否。斑鐵若爲謀。

　　負國誠非一。收才亦有名。寺人誰巷伯。天子厭諸生。叩匈今無事。冥鴻皆此情。求賢忌下詔。四海欲縱橫。

　　遼海長鯨沒。中原嗇犢多。霜戈欲借鏡。錦帽且騎騾。不自託黃鵠。相將成白波。江南一步地。未可暫婆娑。

（19）新安五月聞蟋蟀

　　今時未三伏。蟋蟀已先吟。梵鼓當堦靜。蒼林一夕深。余爲走暑客。君有向秋心。相聽能無動。高歌亂汝音。

（20）新安雜詩十首

　　寂寞孤城寺。滄江日夜浮。百灘下艇悤。萬嶺洩雲稠。地古丹陽郡。山聯故障秋。我來當夏熱。晚景上鐘樓。

　　蠻越東南障。溪沙白復黃。風清娟水石。雨歇戒舟航。閏月爭神賽。傷僧廢講堂。異方登眺目。思緒日荒荒。

　　酷暑新安道。登臨近伏前。白魚春下出。翠羽竹中穿。澗水疑繩度。山城望米船。青袍何處重。草色暮愁邊。

　　率東深秀地。竹嶺向西來。多見鴛鴦墓。寧無鸚鵡才。石羊寢伯業。靈匈號風雷。我焉虺隤甚。憑臨一可哀。

　　山深瘴易合。落日每多雲。牧豕屠西寺。鳴鵞珍右軍。青螺雙匈髻。漆〔註199〕芧短腰裙。健婦司樵汲。朝烟復暮曛。

　　故國芙蓉盛。他鄉烟霧深。先秋促織語。六月杜鵑心。看虎高岡上。求龍碧澗潯。大都不稱意。只是步崎嶇。

　　從親侍凡杖。流浪亦山丘。雨沒藍谿石。月涼潁谷楸。阮公今未哭。平子舊能愁。羽檄交天下。無心羨遠游。

〔註199〕原文爲異體字。以下皆是。

我樂商山市。綺膃逐水開。文魚藏栖檞。蟋蟀築金臺。楸玉家家暖。蘭珠處處栽。鴛鴦七十二。無地不雙來。

金穴多年少。封君千室強。綠衣怯春草。霜月冷秋牀。風俗須黃霸〔註200〕。文章盛紫陽。熟知山翠好。下筆勝瀟湘。

迂放成吾道。淹留復此辰。漆園逢傲士。墨〔註201〕斑念才人。瀨水亡徒橫。平陽乞活頻。如何漸溪口。不作武陵津。

（21）秋暮

瑤草梧桐夜。金風畫檻餘。香聞縹緲後。雲散陸離初。脩竹方依鳥。倒蓮早觸魚。傷心不可道。獨對冷蟾蜍。

清氣生華簿。迷烟接落暉。無端蛩碎碎。不盡鴈飛飛。槐葉秋城暗。文霞遠浦歸。何堪燈影薄。露下欲添衣。

（22）獨坐苦雨偶成四首

秋堂更深雨。直視但平烟。水沐芙蓉夜。雲昏秔稻天。玉壺傷驥櫪。鮫室寢龍泉。獨坐成遙嘆。蕭條有歲年。

蛩聲何太悤。風雨入西林。吳澤蒹葭冷。江皐鴻雁深。無人開草閣。有恨斷鳴琴。樹樹烏啼落。難爲日暮心。

不歇潮聲壯。愁霖復夕喧。羅含不種菊。文舉但空樽。獨鶴供朝唳。蹲鴟實暮殞。秋來多病肺。消渴愧文園。

登樓愁易動。楚雨夜來清。自恨成幽獨。非關無弟兄。谷梨金錯嫩。江橘玉盤輕。何日高秋會。翩翩錦瑟情。

（23）中夜聞鴈

深夜聞哀雁。高樓清夢違。星明憐影薄。風悥度聲微。天下方搖落。此禽恒獨飛。誰知暮秋客。起舞復宵衣。

（24）散步北郊

無聊何所徃。北望向秋林。天淨孤雲疾。風高壯士心。丹楓吹不盡。鷲鳥日相尋。可恨成搖落。閒辱獨至今。

〔註200〕原文爲異體字。
〔註201〕原文爲異體字。以下皆是。

蕭瑟江城暮。風雷胡雁鳴。霜英連野秀。吳岫入秋明。隴首飛寒物。滄流湧夜情。荒荒松柏暗。何處復能平。

（25）舟泊錫山

楓林十月淨。寒翠數帆明。水熟芙蓉國。蘿肯鼻鴨城。泉行乘宿霧。酒力及秋英。亦有臨印意。蹲鷗山下生。

（26）寒郊

荒原無所見。瞑色下平川。壓日雲方重。侵星鴈不連。匹夫懷短褐。四海尚戎旃。何獨氷霜厲。登樓一惘然。

宿鳥群飛盡。孤霞愁不行。指寒傷玉笛。風烈度金鉦。野寺枇杷白。江皐蘆荻輕。支離成獨坐。青女共盈盈。

（27）梅下作

太息春風早。江梅入臘殘。香消玉笛怨。影落綠氷寒。獨鶴憐珠珮。新鶯弄雪餐。憨無紅袖倚。常近小欄杆。

（28）獨飲作

春風吹不住。薄暮獨高樓。橫笛江湖怨。游思花鳥愁。信陵無客在。姑射有神遊。酌酒清芳夜。嵯峨燈下羞。

（29）春雨

不覺春江動。深知羅袖寒。無人花偃蹇。常夜竹闌珊。風入銀箏潤。樓羈翠羽乾。誰能芳草畔。獨立看紅蘭。

（30）群盜

群盜年年盛。春風助汝張。鳴鞭過潁水。飲馬近維揚。組甲依江甸。櫻桃念寢嘗。紛紛遊奕使。愳爲戒舟航。

（31）南園即事

遲日通鴛鷲。春深楊梽邊。池寒新鳳子。風落小榆錢。香檻碧桃夜。亭空水珮捐。薄涼猶自邇。憔悴百花前。

日照杏花薄。東風枝下多。竹深疑有望。樓靜不聞歌。啄木荒藤老。含桃細鳥過。夕陽春草上。淡淡復如何。

（32）傷春五首

春風不可斷。南國獵旌旗。紫蕖疑新幕。棠梨滿故枝。笙歌群盜穩。鼓鼜大軍遲。花月清江夜。傷心碧草滋。

江北風塵色。愁心日夜懸。紅顏無羽翰。白馬正騰驤。草暗新痍骨。雨深春戰天。濡須多戍士。好自把旌旄。

奔命戎車敝。長征節制遙。中天倚一劍。專閫不聯鑣。馬客河西橫。波臣南海驕。鶯花滿江甸。會見日無聊。

杜若芳洲暖。無端蕙葉殘。昏昏暗赤日。漸漸破冰丸。麥秀青郊忌。糜輕菜色寒。倉庚鳴不穩。虎吏正峩冠。

寂寂繁花影。魂傷柔艷天。懸旌楊柳外。清笳綠帆前。海市朝虹亂。江珧夜雨連。角巾脩竹裏。悵望畫樓偏。

（33）山莊雜詩

山館遲良晝。蒼林一望齊。和風牽紫荇。脩竹語黃鸝。酸擬江梅熟。香繁楚橘低。清暉傷獨盼。關閣畫樓西。

半榻清陰滿。霏霏晚翠籠。麥黃拓影下。雉雛夕陽中。野水菱菰白。江雲龍馬紅。空山無所對。涼薄小梧桐。

（34）有感

將帥南征日。懸旌五月高。如聞鳴戰鼓。空復聽江濤。玉帳分紅袖。金盤臥寶刀。賊存多富貴。天子正焦勞。

列閫嚴分檁。交綏事卻非。鸛鵝紛野次。豺虎出重圍。地失潼關隘。天高太白威。中原厭流血。何日洗戎衣。

賊久勢難變。兵驕將莫懲。幾曾戮莊賈。何處覓劉弘。黃閣高猶臥。青蒲伏未能。九重哀痛詔。回首望園陵。

白騎彎弧近。黃頭擊櫂遲。有程驅水馬。無力駕冰夷。幸即頒牛種。何勞問海師。營田西北建。群盜盡耕犁。

罪已逢新赦。君恩及放臣。豈聞哭廟日。還作賜環辰。聖主原無我。匡時亦有人。同仇深國計。千里靖風塵。

（35）留都觀出師北援

金川出壯士。組練數無多。未見齊旌旆。安知識鶴鵞。元戎聊復爾。胡馬近如何。幸不張聲勢。肉巾掉臂過。

羽檄馳南國。勤王亦有兵。踈踈陳士伍。袞袞出嚴城。鼓引將軍轡。旆廻使者旌。江邊騎馬盡。無異是昇平。

（36）月夜過宮墻口號〔註202〕

紫禁秋槐直。烟霄碧月深。九天高御宿。萬戶起寒砧。桂落金枝近。鴉啼玉露侵。山河清影在。幾慰聖人心。

（37）夜聞馬嘶

永夜嚴城肉。秋風聽馬嘶。蕭蕭兼木葉。耿耿動烏啼。老駿悲棧櫪。危時念駃騠。此聲良不惡。何必減聞雞。

（38）江上作

草白春申墓。江寒季子城。平帆連楚色。哀肉動吳旌。別嶼秋風落。群霞海氣明。為言龍戰日。高帝有遺營。

（39）失題三首

朔風不可極。遠望臕〔註203〕脂山。白骨草間立。黃羊沙際還。悲笳低漢月。鳴甲傷朱顏。未淨漠南地。男兒終不閒。

新買鵰鶒膏。三軍瑩寶刀。爭牽駃騠馬。來賭鸊鵜袍。星直飛狐近。天當蒲類高。單于失狼纛。大將有龍韜。

結髮自幽并。出身西擊胡。假名稱博望。小隊縛休屠。陣卷天山暗。弓鳴太白孤。少從邊塞樂。不貴執金吾。

——文本摘自清‧李雯撰，四庫禁燬書叢刊編纂委員會：《蓼齋集四十七卷‧後集五卷》（北京：北京出版社，1997年6月，《四庫禁燬書叢刊》清順治十四年石維崑刻本），第111冊，集部，頁371～379。

〔註202〕文本亦收錄於「陳立校本」，卷五，頁82。其詩題名為：〈八月十六夜過宮墻口號〉。「紫禁秋槐直」作「紫禁秋懷直」。

〔註203〕原文為異體字。

《蓼齋集・卷二十・五言律詩（二）》

1. 述感二

（1）秋郊雜詩

荒榭迎秋早。凉颸澹物華。暮帆霞數幅。衰柳杵千家。水霧香杭宿。星橋銀漢斜。遥知湘浦岸。木葉冷瀟沙。

波濤連海若。江介緒風初。水國看菱市。輕舟對鱖奧。楚萍潮共落。淮桂月同舒。哀艷秋花下。蛩聲日暮餘。

清切新凉意。登樓獨望時。孤亭寒橘柚。細雨濕鸊鷈。野熟黃雲薄。衣香白紵宜。霜鴻復幾許。歷亂作相思。

遠岸平蕪落。蛟龍勢未收。舟航臨素檻。江漢白高秋。帶甲髦頭盛。披衣大火流。郊居深俯仰。安得學文休。

寂寞丘園事。荒林時獨行。雲霞勞暮景。篇翰答近晴。芳草終無意。吟蟲故有聲。蕭蕭憐宋玉。秋緒別縱橫。

蒼隼高飛日。平原晚色迷。天潰楓子拆。月淨碧城低。絡緯催刀尺。凉風念鼓鼙。自成搖落意。何必更猿啼。

水竹侵虛戶。梧桐日日黃。鮫人寒淚怯。海市畫樓藏。石髮疎珠露。天雞近女墻。風吹松檜雨。早晚到池塘。

西北旄旗合。艱危未可論。邊雲歌勅勒。輕騎挫羝栿。授鉞溫文重。臨戎節制喧。紛紛諸部曲。國難至今存。

極目歸飛忌。荒荒秋欲分。悲笳壯虜馬。落落會江雲。放浪成瓠落。卑居隱豹文。中庭數挺橘。不可頡封君。

素節悲羣動。商歌及暮申。時時紅葉墜。瀼瀼露華新。楚雨荷裳客。秋燈紈扇人。江湖蕭瑟地。亦復爲傷神。

（2）雜感

聞道軍容使。翻然復出都。外廷眞負主。內愧屬堂塗。廟筭難重失。中原有疾呼。傷心徒步日。國士未嘗無。

蓟北勤王將。淮南木落時。何嘗及胡馬。空自擾旌旗。敵愾原無氣。班師亦有辭。經過多內地。已復嘆瘡痍。

天下精兵處。遼東百戰場。漸聞成跋扈。不見埽封狼。僕固親囮紇。祿山自范陽。此憂終不細。三輔急須防。

養賊連三鎮。疲兵將十年。不曾誅橫吏。何以勸歸田。玉帳威名假。金錢號令愆。褸勶良可擊。端不賴雄邊。

高帝雲孫盛。睢城係哲王。且當守梁苑。不必問河陽。鳴鏑雖朝橫。天戈亦漸張。聖朝無失德。厭亂屬蒼蒼。

（3）家園秋晚〔註204〕

日夕秋雲落。餘暉澹遠峰。園荒仍橘柚。木末更芙蓉。五里吹香稻。孤亭響暮舂。歸飛冥冥急。何事失相從。

（4）秋盡湖山

獨立涼風岸。秋深木葉踈。暮笳驚越鳥。落日散寒漁。山暝丹青合。波明襟袖虛。客心征鴈候。霜月復何如。

樓高對水白。霞落見餘紅。悵望西陵樹。遙聞南寺鐘。丹楓青女後。素羽碧谿中。洵美非吾土。愁余聽朔風。

返照寒初薄。山容靜翠微。浪翻鳧雁影。雲近壽蘿衣。皓月吹山鬼。明瓊念水妃。芙蓉零落盡。歲晚壯心違。

秋山不可望。涼麗入清陰。橫笛臨波怨。憑樓日暮心。江湖十月冷。身世百愁侵。彈鋏非吾事。悲吟自不禁。

誤世微名竊。雄心遲暮催。猶求江海客。若見弟兄來。敢說元龍氣。相慚袁紹杯。明湖如可掇。社盡復登臺。

（5）傳聞復入

□騎何年橫。三秋出入間。橐駝方北載。狼纛復南還。部曲徒相看。門庭自不關。驚魂滿三輔。日夕斷蓬間。

〔註204〕文本亦收錄於「陳立校本」，卷五，頁81。「餘暉澹遠峰」作「餘暉
　　　　淡遠峰」。

（6）喜聞秦中擒賊首

秦中傳檄使。聞道縛渠魁。頗得降人力。方知大將才。幸除清渭竟。即向大梁來。破竹當乘勢。麒麟實早開。

（7）觀浙兵還

藩方推選銳。素號浙江兵。出倚貔貅勢。歸眞汗漫行。銀槍名絕橫。鷹眼氣方成。此是東南事。他年恐棘荊。

（8）獨嘆

獨自看搖落。寒天復暮鴉。褐衣羞作客。萬草厭歸家。出世無黃石。懷親有白華。蕭蕭成歲晚。愁疾對蒹葭。

亂世吳鉤盛。吾生白筆非。逢牛愧稼穡。淹跡恐旌旗。失道驊騮苦。登場鳥雀肥。萬方多涕淚。幽獨更沾衣。

鶩鳥凌冬橫。嚴霜入樹枯。短衣非匹馬。決拾待琱弧。鱗甲何年動。風雲意欲孤。不堪成老大。今日恥爲儒。

黃閣何人埽。紅塵亦欲飛。雷同天下是。風議大臣微。哭廟今方再。銷兵事屢違。此生徒踽踽。不得賦無衣。

結友多才傑。飄零誰不然。棄繻來幾日。飲墨更三年。相避中原事。高談明主前。千秋有壯氣。我欲廢青氈。

（9）雨泊禦兒

扁舟泊何處。自古禦兒鄉。細雨寒城暮。鳴橈晝肖長。相如原倦客。趙壹久空囊。搖落應多歎。乾坤日渺茫。

（10）旅寒

鶴氅憑誰緝。蒼霞不可縫。猶愁雪色鷺。遠向白雲峯。暖手思葵玉。臨風問燭龍。客中何意久。今夕畏二冬。

數鴈凌風去。雙鳧避雪來。無端成倦客。欲語更遲廻。天意憐殘柳。人家唱落梅。平生饒壯氣。猶喜見餘杯。

（11）季冬望月

看月寒扉啓。當宵玉漏清。自從三逕遠。已復七回明。霜下鴛鴦

冷。風前鶬鴰鳴。倚廬久已望。深嘆別離輕。

別緒新愁異。清暉一望同。可憐飛鏡白。不及玉顏紅。纖蘿明霜兔。冰花斷水渶。刀環復可約。應在此絃中。

（12）夜望太白同臥子轅文作〔註205〕

寒城驚客袂。太白麗中霄。半月光凌亂。侵河影動搖。清霜刁斗忌。紫塞橐駝驕。無限關山思。迎風夜寂寥。

（13）春日雨懷

靈雨朝朝合。春雲日日陰。潮深菰蔣沒。堦靜昔邪侵。野渡遲桃葉。東風隔杏林。茫茫芳草岸。何處寄愁心。

雨濕青桃重。舟廻碧岸齊。烟波相對出。花草至今迷。鄲艦黃龍忌。城孤白鳥低。棲遲堂上燕。猶是未銜泥。〔註206〕

寂寞江湖意。春風故自長。百花原上落。萬堞雨中藏。翠竹金塘淨。紅梨玉澗香。幾時烽火息。攜瑟近斜陽。〔註207〕

陰鳥飛玄夜。寒燈啓夕扉。清心蘭蕙帶。養拙薛蘿衣。世亂憐才小。名浮覺道非。蒼茫身世淚。常洒釣魚磯。〔註208〕

獨鶴九皋鳴。風雲滿太清。誰搖顧榮扇。先扼呂蒙城。水落江蘆白。雞鳴海樹平。三山如可望。我意學徐生。〔註209〕

水府鯨鯢橫。天邊鴻雁愁。江雲迷楚練。烟艇雜吳鈎。月暗辛夷館。風寒鳾鵲樓。如聞陵谷變。早晚問滄州。〔註210〕

岩電驚初發。新畦響碧泉。出溪魚尾活。穿石蕙苗鮮。苔澀弓刀繡。雲昏榆栁烟。春山猶自可。無計得高眠。〔註211〕

〔註205〕文本亦收錄於「陳立校本」，卷五，頁82。
〔註206〕文本亦收錄於「陳立校本」，卷五，頁79。「城孤白鳥低」作「孤城白鳥低」。
〔註207〕文本亦收錄於「陳立校本」，卷五，頁79。
〔註208〕文本亦收錄於「陳立校本」，卷五，頁79。
〔註209〕文本亦收錄於「陳立校本」，卷五，頁80。
〔註210〕文本亦收錄於「陳立校本」，卷五，頁80。
〔註211〕文本亦收錄於「陳立校本」，卷五，頁80。

草合鶯啼怠。花淙霧捲遲。龍宮含蜃市。沙沟長瓊枝。朱雀新牙隊。青袍舊羽旗。淒淒陵闕暮。風雨護熊羆。〔註212〕

三徑蘼蕪暗。五湖鳧雁多。余生獨不化。廟算復如何。有地窺黃閣。無心問白波。公車章未滿。我道日蹉跎。〔註213〕

暮雨青山淨。空江白浪高。橐駝尙南牧。髦鉞且西曹。避世尋靈藥。憂時問海毛。十年戎馬信。今日逼蓬蒿。

（14）聞鴈〔註214〕

爲恨離群苦。常思結伴行。隨陽無萬里。投夜每三更。歷盡風塵地。猶餘邊塞聲。江南聊可爾。相慰稻梁情。

（15）度泗州浮橋望祖陵〔註215〕

泗上度浮梁。淮流正渺茫。川光二水合。陵樹五雲長。鐵鎖聯烏榜。金塘駕雀航。北響豐沛地。湯沐自高皇。

（16）早渡大江〔註216〕

大江寒浪積。宿霧隱諸山。海日生潮色。臭龍偃水關。朱旗知乍捲。白鳥自飛還。擊楫平生志。蕭條徒旅間。

（17）登北固山〔註217〕

山形稱北固。地勢壯南州。海氣迷揚子。江聲到石頭。片帆吳岫出。半壁楚天流。梁帝旌旗沒。蕭蕭松栢愁。

（18）道出盱眙見賊所燒殘〔註218〕

聞說淮西地。盱眙古戰場。寇來千里白。日下數山黃。行客欣遺

〔註212〕文本亦收錄於「陳立校本」，卷五，頁 80。「淒淒陵闕暮」作「萋萋陵闕暮」。

〔註213〕文本亦收錄於「陳立校本」，卷五，頁 80。

〔註214〕文本亦收錄於「陳立校本」，卷六，頁 120。

〔註215〕文本亦收錄於「陳立校本」，卷五，頁 86。

〔註216〕文本亦收錄於「陳立校本」，卷六，頁 103～104。

〔註217〕文本亦收錄於「陳立校本」，卷五，頁 86。「海氣迷揚子」作「海氣迷楊子」；「蕭蕭松栢愁」作「蕭蕭松柏愁」。

〔註218〕文本亦收錄於「陳立校本」，卷六，頁 104。其詩題爲：〈道出盱眙見賊所燒殘處〉。

竈。居人倚短墻。中原半如此。何計出風霜。

（19）白洋村阻雪望黃河〔註219〕

朔風吹雨雪。朝晚過黃河。北渡舟航少。南來鴻鴈多。天低分玉障。沙冷辨金波。是日鄉關望。悲凉奈若何。

白雪侵行色。黃河擁朔雲。吳關天際遠。徐域望中分。曠野迷堤樹。低空失鳥群。滔滔波浪惡。孤客不堪聞。

（20）晚行口號〔註220〕

積雪迷荒野。征人在夕陽。屢看邨舍近。漸覺馬蹄長。走兎高黃土。飛鳥繞白楊。更勞明月色。爲暖客衣裳。

（21）看月〔註221〕

萬家烟樹白。千里暮雲殘。猶是江南月。今從河北看。季冬清影逼。長夜玉繩闌。遙想空閨望。深知翠袖寒。

（22）望嶧山

魯東稱秀望。亦在嶧山頭。洞府孤桐出。疏峯翠殿留。岱雲通日觀。海氣接之罘。秦世餘文字。萋萋冷石鏤。

（23）過嶧縣〔註222〕

嶧陽稱勝地。出郭繞山谿。古道棠梨直。清泉文杏低。連岡似吳越。層嶺接荊齊。春澗明年足。廻車洗馬蹄。

（24）汶上早行〔註223〕

鴉飛魯郡北。月照汶陽城。朔氣侵衣入。征夫遠隊行。天寒群木

〔註219〕文本亦收錄於「陳立校本」，卷六，頁 104。其詩題爲：〈白洋村阻雪望黃河作〉。「北渡舟航少」作「北渡舟船少」。

〔註220〕文本亦收錄於「陳立校本」，卷六，頁 104。「屢看邨舍近」作「屢看村舍近」。

〔註221〕文本亦收錄於「陳立校本」，卷五，頁 80。

〔註222〕文本亦收錄於「陳立校本」，卷六，頁 104～105。其詩題有一副標，曰：「在袞州前」。「連岡似吳越」作「連崗似吳越」。

〔註223〕文本亦收錄於「陳立校本」，卷六，頁 105。「征夫遠隊行」作「征夫逐隊行」。

簝。日出曉霜明。不見隆冬意。安知遊子情。

（25）經東阿懷曹子建〔註224〕

昔時曹子建。封邑在東阿。曠代無祠廟。空山對女蘿。角弓愁勢險。玉食恨才多。小雅斯人志。因風發浩歌。

（26）三冬長安雜詩〔註225〕

鳳城高積雪。丹闕挂明霞。西嶺歸雲近。南鴻去路賒。陰風吹短褐。邊思入鳴笳。寂寞離群者。難爲落日斜。

寒鴉飛不住。明月出東牆。擊筑何人和。掀髯自許長。關山愁復斷。河漢冷餘光。櫪下悲騏驥。哀鳴對曉霜。

風塵不可斷。日夜羽書飛。龍武分偏較。華林樹大旂。小侯初躍馬。天子正宵衣。夕對諸公府。蟬聯侍虎幃。

歲暮冰霜苦。良朋不我留。影分燕月白。帆絶楚江流。天遠思黃鵠。心羈羨白鷗。仲宣寧有賦。愁殺是登樓。

楚氛侵粵嶠。蜀嶺隔秦川。萬里皆虛室。三冬豈浪傳。金高能擇地。位近不憂天。使者乘軺去。紛紛驛路邊。

空磧狐狸語。寒天鶻鷂高。諸侯遲貢篚。群盜尙旌旄。鄉夢驚初臘。傷時益二毛。翩翩金馬客。無處著吾曹。

躍馬龍驤橫。削漿虎旅多。年華紛羯鼓。世事半彤戈。誰發公孫策。我當寧戚歌。狗屠猶可語。不復憶鳴珂。

畏聽宵鐘度。閑愁子夜眞。旅寒憐父子。地濶念君臣。袞職何煩我。麟圖日望人。千秌讀漢史。不得薄平津。

國計何年足。邊亭每戍荒。脫巾皆踴躍。受誓盡摧藏。鴈塞無乘

〔註224〕文本亦收錄於「陳立校本」，卷六，頁105。

〔註225〕文本亦收錄於「陳立校本」，卷五，頁88～91。「河漢冷餘光」作「河漢冷逾光」；「位近不憂天」作「位近不尤天」；「使者乘軺去」作「使者乘傳去」；「年年只鑿空」作「年年屢鑿空」；「有使馳油碧」作「有夾馳油碧」；「白馬擁關山」作「白馬壅關山」；「規戒屬維鵜」作「規戒屬維鵜」；「深井鹿盧盤」作「深井轆轤盤」；「靈金少府虛」作「靈金少府墟」；「心計復誰知」作「心計復誰如」。

馬。楡關僅女牆。頗聞青海使。驅石過秦皇。

　　不信興屯事。年年只鑿空。市牛寧彩繪。指畞但飄蓬。有使馳油碧。無農見粟紅。此鄉忘八蜡。來歲又春風。

　　匈奴猶可詛。瀚海幾時銘。市駿開西極。傳烽到北庭。燕山雲尙紫。秦骨火新青。若問中原勢。誰當下建瓴。

　　擊柝巖城靜。危譙禁闕深。星辰徒自白。槐梣不成陰。溫室江梅早。昆池雪鷺侵。遊塵日冉冉。孰與歲寒心。

　　古岸桑乾斷。飛雲碣石闌。皂囊馳驛騎。白馬擁關山。玉勒宜晴獵。金鉦催暮寒。東征新募士。留得健兒看。

　　謀身誰不惜。勢至或多違。西市銜刀去。東門牽犬非。後人應笑拙。前者忽忘機。連日悲風下。蒼蒼冷夕暉。

　　碧瓦明霜甃。紅亭潤雪泥。玉河連夜凍。官鳥傍山低。五市藏珠玉。三宮賤錦綈。聖朝弘儉德。規戒屬維鵜。

　　神皐畦町細。深井鹿盧盤。玉甲新蔬茁。金芽宿麥寒。天鷲侵塞遠。野鶴噪風乾。日暮紅塵歇。咿咿畫角殘。

　　未息青丘戰。難爲黃紙除。有官思瘴嶺。無疾學蓬蔯。獨下乾坤淚。相看洛鎬墟。終當罷科第。四海尙車書。

　　鴟鵲迷宮樹。盧龍度海鷹。燒貂知火近。炙硯畏池氷。買賦寧能活。興文止自矜。會將消壯氣。何意復崚嶒。

　　赤仄官銅貴。靈金少府虛。何年武功爵。更憶尙方儲。鹽鐵寧無論。河渠亦有書。當途鄙桑孔。心計復誰知。

　　舊國荊榛在。荒城狐兎肥。寓公多殺禮。僑戶豈忘歸。漢臘句芒動。恭園雨雪違。瑣闈諸省貴。歲晚讀書稀。

（27）**觀姚少師畫像**〔註 226〕

　　病虎形猶似。從龍業已非。吳雲還白日。燕月邃初衣。掛壁河山寂。廻廊鳥雀飛。書生一長揖。誰是學忘機。

〔註 226〕文本亦收錄於「陳立校本」，卷六，頁 111。「誰是學忘機」作「誰是未忘機」。

（28）**長安雨夜**〔註227〕

不寐聽春雨。蕭蕭滿鳳城。參差添玉漏。的歷亂金鉦。罷禱宜加膳。憂時爲洗兵。聖恩知廣大。早晚答蒼生。

（29）**出都口占**〔註228〕

上書不得意。囘首報尊親。北闕遲恩詔。東歸猶角巾。草香嘶馬忌。栁暗弄鶯新。遙望南枝樹。依依似故人。

夙昔從軍志。君王不肯依。少辭金殿遠。還着敝貂歸。涿鹿長楊古。桑乾野戍稀。驅車芳春暮。黃鳥欲飛飛。

（30）**蘆溝橋**〔註229〕

絕塞桑乾水。來從畿甸流。跨虹通紫極。到海近滄洲。萬馬春泉給。群山晚翠收。聖王終有道。此地不防秋。〔時欲築城於此其事終止〕

（31）**河間懷古**〔註230〕

獻王招客處。亦在日華宮。雅樂今終闋。荒臺是昔空。黃鸝交北樹。白馬驟南風。去國憐遊子。含悽古道中。

（32）**經雄縣**〔註231〕

雄縣城南地。蒼茫澤國看。長堤垂柳岸。漁艇落花灘。鷗鷺沙中喜。蒹葭風度寒。故鄉如在目。且復駐征鞍。

（33）**重過廣陵**〔註232〕

驅車楊柳岸。再宿廣陵城。落日朱樓暗。迎風畫肉明。高牙新謁者。積甲舊論兵。更使隋堤道。微銷歌吹聲。

〔註227〕文本亦收錄於「陳立校本」，卷五，頁82。其詩題名爲:〈雨〉。「罷禱宜加膳」作「罷禱宜加膳」。
〔註228〕文本亦收錄於「陳立校本」，卷六，頁105。
〔註229〕文本亦收錄於「陳立校本」，卷五，頁87。詩後小題作:「時欲築城於此備胡。其事終止。」
〔註230〕文本亦收錄於「陳立校本」，卷五，頁87。
〔註231〕文本亦收錄於「陳立校本」，卷六，頁105。
〔註232〕文本亦收錄於「陳立校本」，卷六，頁104。

（34）旅舘黃鸝〔註233〕

旅舘黃鸝鳥。長征白接䍦。余行無定處。君語必高枝。柳拂金衣嫩。風吹玉律遲。故園香閣上。早晚數歸期。

（35）人間行樂詞

愛唱烏栖曲。休聞別鵠歌。芙蓉披舞袖。明月淡青蛾。暗惜香蘭散。新含荳蔻多。催來銀燭下。猶復看凌波。

綠霧波中出。紅霞晚際微。向人吹玉笛。不自惜羅衣。共解春風恨。相爲薄暮歸。烏啼門外樹。驚起一雙飛。

別院金塘滿。凉風玉簟舒。青桐陰繡戶。碧椀美丹魚。果擲流鶯後。絲牽乳燕初。生綃裁一幅。半臂引犀梳。

綺閣含春梻。綠琴張素絲。通簾花影薄。罥草露華遲。密意憐桃葉。清歌踏柘枝。曲闌攜手處。實是作相思。

琥珀傳杯晚。龍香染袖勻。只言盪舟去。同是采蓮人。杜若招江妾。明珠贈洛神。不辭良夜短。更值月華新。

步障金隄外。春衣楊柳中。朱顏石榴酒。碧岸桃花驄。自解彎明月。爲人覆玉籠。輕心無不可。家在洛城中。

朱樓芳草畔。遲日盡蘭薰。好扇描班女。青絲繡鄂君。鈿蟬筝下語。鶴蔓帳中分。玄夜開重幌。焚香拜楚雲。

桐葉沉金井。葡萄壓翠扉。當時團扇女。新下流黃機。纖手承秋月。清光薄素幃。微風吹鬢影。香氣欲霏霏。

浦樹迎青舫。谿花淨晚沙。雲深湘竹岸。春滿苧蘿家。拾翠迷芳渚。凌波宿彩霞。流暉如可駐。不必問仙槎。

妙舞宜廻雪。新辭出落梅。未愁璧月罷。還有玉人來。桂火中宵暖。金鋪平旦開。不知青女事。春色上庭槐。

（36）寒閨

初作空閨婦。難爲寒夜長。謹依金鴨暖。聊得錦衾香。驚鵲迷殘

〔註233〕文本亦收錄於「陳立校本」，卷六，頁107。

月。征鴻語曉霜。梅花且莫放。留待作新妝。

剪落燈前袖。烏啼霜後天。彄環無意冷。斗帳爲誰鮮。妾體非溫玉。君恩似絕絃。相思如舞雪。凌亂曲池邊。

——文本摘自清‧李雯撰，四庫禁燬書叢刊編纂委員會：《蓼齋集四十七卷‧後集五卷》(北京：北京出版社，1997 年 6 月，《四庫禁燬書叢刊》清順治十四年石維崑刻本)，第 111 冊，集部，頁 380～389。

《蓼齋集‧卷二十一‧五言律詩（三）》

1. 贈答

（1）江南贈別〔註234〕

攜手清郊暮。江波意渺然。齊秦猶亂角。吳楚未孤烟。谿靜鳥虛映。巖高熊欲緣。未知安枕是。況復畏途邊。

（2）懷闇公二首

天下如君者。悠悠復幾賢。鯨鐘無小叩。黃目冠初筵。作賦張平子。論經邊孝先。是人久不遇。我欲問蒼天。

主父非無氣。息夫亦有文。夫人自不爾。吾道益相羣。悲憤三山色。躊躇淮水濆。青楓深有露。愁絕見秋雲。

（3）雨中懷臥子

不盡荒烟濕。孤城萬木深。薄遊成倦客。雄劍動寒襟。結勝非無侶。懷人徒此心。昏鴉飛滿道。高影欲沉沉。

（4）瞭城訓別沈彥深

仗劍求知己。如君獨浩然。客惟文舉勝。主是孟公賢。傾倒胸中事。嶔崎醉後篇。莫言投分易。飢渴已三年。

握手誠非易。言歸良獨難。懷古意氣盛。使我衣帶寬。海月終夜白。朔風萬里寒。壯夫輕四海。爲爾一盤桓。

〔註234〕文本亦收錄於「壬申合稿」，卷之九，頁 661。「齊秦猶亂角」作「齊秦猶亂角」；「吳楚未孤烟」作「吳楚未孤煙」。

（5）贈吳去塵

立談雖未久。知子獨高殊。雅製今張永。俠遊昔魯朱。老松門外立。玄豹匣中俱。素節懷幽賞。相逢不敢無。

（6）贈王言

短小今無敵。飛豪秀一鄉。閒情貌山水。正骨見圖章。家有青氈在。懷藏錦幅長。况聞孺子節。獨行過黃香。

（7）贈余鼎受兄弟

赤颷須漸水。清晝日昏昏。令我不愁疾。逢君有弟昆。風塵老騏驥。親愛重蘇萱。何必孫賓碩。方知俠節存。

（8）贈幼學

聞君□〔註235〕疢裔。人物自西京。莊語師文學。荒情謝長卿。雍雍祭酒譽。肅肅講堂聲。爲欲相親近。雄心不敢盈。

（9）贈汪介夫

汪生好赤舄。丰骨獨翛然。白起頭方銳。王澄哩又玄。胸中三尺鐵。筆下五陵烟。余亦同心者。能忌寶劍篇。

（10）酬吳待先畫扇

雅亦不相識。開君忠孝家。相逢但一笑。直視意無涯。竹有連雲翠。臺臨漱玉沙。凉風幽興發。爲我點秋葩。

（11）贈汪元震

我有餐霞癖。逢君復此流。龍松眠曉月。鐵笛橫清秋。頹宕玉山意。飛揚魏闕謀。相期高渤海。五十足封疾。

（12）聞龍舒之變有懷方密之

皖口西吳地。翻然復用兵。流離及才子。喪亂念平生。寶劍蛟龍匣。雄文金石聲。斯人魚服夜。天地欲崢嶸。

落日明秋暮。囘風吹大旗。不聞魚雁使。正值鼓鼙時。灌族應無

〔註235〕原文爲異體字。左示右宅。不知讀音。

恙。摐陽事可疑。龍章人易識。珍重玉鞭馳。

（13）密之移家金陵寄書約明春相過賦致喜懷

知君復避地。來往在長干。爲惜魚中素。頻持燈下看。江城鶯已亂。楓岸草猶寒。相約同攜手。莫令花鳥闌。

（14）春日示臥子言懷

不喜春風見。更憐同病人。江湖仍自大。荊棘故能頻。詞賦軋餘習。烟花愁此身。十年寥落意。益復動嶙峋。

（15）贈劉鍊師

久夢華山好。逢君黃老家。爲言居玉女。常自弄三花。眞氣能盈座。清文滿一車。何年攜竹杖。相與醉流霞。

（16）贈吳瑞維

吳子風雲客。秋山一草廬。暫收白羽扇。來釣滄江魚。國士胸懷大。乾坤戰伐初。憑君出處事。我道莫相疎。

愍我成魄落。觀君是臥龍。開門臨海岸。倚樹聽秋風。早識陰符術。心師黃石公。平生無羽翰。何以托飛鴻。

（17）酬高錫馨攜其祖光州詩相贈

辭賦千秋事。名家最勝流。盛唐聞渤海。昭代有光州。安穩開元律。清新仲默儔。賢孫投贈此。不異獲瓊鈎。

自古才人後。英聲易出時。諸劉多少集。小杜更能詩。若木枝應秀。丹山羽必奇。文通若餘錦。當不付丘逢。

（18）凌聚吉索詩賦贈

覺我聰明少。觀君毛羽奇。頗聞能述作。業已重當時。磊磊多仙骨。鏗鏗有令詞。若逢王處仲。障面復何疑。

（19）贈徐介白 [註236]

聞君何落拓。家在五湖東。下筆龍蛇動。開懷雲霧空。誰云非壯

[註236] 文本亦收錄於「陳立校本」，卷六，頁103。

士。相見慰秋風。身是悠悠者。能忘張長公。

（20）寄懷偉南〔註237〕

江左推元歎。天涯憶幼安。露從吳地白。月是薊門寒。素業蓮花室。高風菰米餐。思君如鳳羽。何日下雲端。

雁塞高雲落。榆關白鵠來。故人玄草閣。遊子望鄉臺。歲月供徒步。江湖隱聖才。猶知藏器者。三徑未曾開。

（21）送楊扶曦之任湘陰

聖朝無濕地。南楚重推賢。正月移青幰。東風滿畫船。瘴輕羅子國。春入洞庭天。相憶看蘅杜。煩君一撫絃。

此別四千里。湘流日渺茫。九歌平楚外。五嶺洩無長。羯鼓黃陵廟。椒糈龍女堂。莫言舞袖窄。猶近玉衡光。

（22）送石暎崑遊維揚

岸幘秦川客。高帆吳榜舟。輕持白羽箭。去泛綠楊洲。花滿江南月。鶯啼冀北愁。幾行遊子淚。寄到故鄉流。

（23）送趙郎中出守南寧

峒嶺接蠻谿。浮桴路不迷。靈犀臨水照。言鳥向人啼。太守懷章去。郎官列宿低。風聲趙廣漢。清譽鬱林西。

（24）送楊郎中出守興化

粉署厭含香。春程五馬良。戈船越水盡。鳥路閩山長。地僻裁容袖。風清足舉觴。鹿車行雨日。分得荔枝黃。

（25）送陳退士司理開封

三十能輕就。知非小草人。車前看巨浪。河外有遺民。浩歎臨廣武。英風度孟津。會聞馳露布。汴柳隔年春。

能擊祖生楫。仍持鄧析刑。行軒飛惠雨。露冕戴繁星。報國披荊棘。寧親仗鶺鴒。請纓今日事。猶及鬢毛青。

〔註237〕文本亦收錄於「陳立校本」，卷六，頁107～108。「月是薊門寒」作「月是薊丘寒」。

（26）送許元忠之任仙遊

聞說神仙令。君眞得勝遊。湖中錦鯉去。巖上白雲留。少息山農訟。遙分魏闕憂。鳴琴人事外。清及蔡谿流。

十年談吏治。一日領山城。地僻忘官小。民疲賴政平。蔗畦分水細。花仗入谿明。莫道鸞棲隘。中原日論兵。

（27）送姚有僕之任南海〔註238〕

南海日邊明。翩然仙吏行。三洲來爽氣。五嶺見雄城。椰酒逢人醉。潮雞應節鳴。沉香有遺浦。看比使君清。

聖朝有廉吏。不復畏貪泉。海色澄明鏡。薰風動雅絃。人疑陸賈去。跡豈尉佗偏。他日循良最。名高銅柱邊。

（28）送李若濟司理瓊州〔註239〕

不視明光草。翻乘滄海桴。中朝去班馬。嶺表得皋蘇。瓊樹連沙貝。星潮湧夜珠。萬方多戰伐。此地一蓬壺。

（29）和朱早服奇夢

多君新彩筆。朝晚夢滄洲。紫府聽眞誥。金庭選勝遊。龍吟瑤海濶。鸞度碧山幽。爲羨蓬萊近。看乘五腕騮。

（30）賀侯虞部早春納姬〔侯是駙馬都尉子〕

絳蠟春星夜。殊獲花影遲。玉簫傳舊曲。火鳳吐新辭。才譽郎官貴。風流侍史知。好將生彩筆。留着畫蛾眉。

（31）輓宋吏部長元先生〔註240〕

曠野天狼白。危城海色孤。大夫猶按劍。谷蠡竟彎弧。不失王堪節。終銜溫序鬚。英魂應不滅。千里壯枌榆。

殉城非馬督。啓事憶山公。風俗悲黃鳥。川原見白虹。松楸雙表立。綸綍九京通。餘業歸元凱。傷心拜望中。

〔註238〕文本亦收錄於「陳立校本」，卷六，頁108。
〔註239〕文本亦收錄於「陳立校本」，卷六，頁108。
〔註240〕文本亦收錄於「陳立校本」，卷六，頁114。

（32）哭弟〔註241〕

不信連枝萼。秋風永別離。斷行悲去雁。臨果念推梨。少婦紅顏
日。高堂頭白時。可憐身盡後。爲善獨兄知。

九日登高近。三秋哭弟深。無瑞成令節。有淚洒蒼林。皓月侵繁
菊。清霜罷玉琴。茱萸何限好。只是畏傷心。

2. 遊覽

（1）紫陽橋作

石梁橫古渡。憑眺亦雄哉。龍向錢塘去。江從大嶂來。危檣萬艇
集。急峽一谿廻。山翠時時合。灘聲不可裁。

（2）夜遊藍谿

爲愛藍谿好。星橋每夜遊。鶴迷依碧渚。竹淺接紅樓。淡麗秦淮
似。清蒼甌越求。娟娟飛影月。流在白灘頭。

（3）西干夜坐

郭外西干路。谿深月出時。蟲聲紛火序。木影入秋思。懸鐸迎風
細。囘船緣溜遲。旅人延暮景。撩亂竹枝詞。

（4）同王叔遠登霞山浮屠

石破清江急。山城盡白雲。一登高叠嶂。三折見流紋。路暗楓杉
下。天晴鶴鶴分。異方供物色。獨往不無羣。

（5）文殊院阻雨

日月空山暗。風雲早晚看。石門猿語歇。板屋夜鐘寒。鳥省飛全
斷。蛟龍出不難。未辭幽興極。濕我鹿皮冠。

羣壑諸峯下。湯湯萬丈流。白雲侵夜湧。昏嶂入天秋。蕨味苦仍
食。松顏翠欲浮。尚思鸞鶴駕。風雨碧山頭。

（6）夏日題玄墓精舍

水色凉羣木。鐘聲下翠微。山廻分大澤。日落隱餘輝。果氣南風

〔註241〕文本亦收錄於「陳立校本」，卷六，頁 114。「誰是學忘機」作「誰
　　　　是未忘機」；「臨果念推梨」作「臨菓念推梨」。

熟。龍吟西浦歸。高齋端坐久。常念薛蘿肥。

（7）題西隱禪房

支公所宿處。月山當高樓。自有眾香至。況兼羣木脩。鬢雲散方聚。飛鳥欣已投。磬落清池外。長聲日暮幽。

（8）湖南淨慈寺

前代空王殿。清涼晚翠中。栴檀臨水霧。錦鏡入烟空。在昔依天仗。還疑隱法龍。碧油車上客。來往幾春風。

（9）葛仙祠

欲問仙源近。登山細路斜。高樓出松栢。舊井冷丹砂。抱樸何時去。懷春此未遐。江湖相澹蕩。隨處有青霞。

（10）野寺

野寺寒郊暮。荒林吹北風。高帆搖浪白。落日凍雲紅。古殿猶鈴鐸。餘燈自象龍。無聊成獨步。慘澹夕陽中。

（11）同陸子敏王叔遠遊英國祠〔註242〕

攜手高原上。英祠列栢間。歸雲辭北闕。落日壯西山。橫草功猶在。從龍永不還。蕭蕭弓劍處。毅魂滿燕關。

（12）遊瞿氏東皋園

靜對翠微下。平疇匝秀川。長楊馬埒外。飛閣鷺洲前。魚沬紅蓮近。山輝白水聯。秋原多勝事。密樹曉娟娟。

草色漾平陸。山城雲出岡。風開柳浪白。雨過菊原凉。秋至偏宜獵。禾高更築場。頗無金谷意。八月熟秔梁。

（13）冬日臥龍山同轅文遊張氏精舍〔註243〕

鑑湖明夕望。日落隱諸峯。戶牖靈源近。谿山夙霧重。越臺餘古

〔註242〕文本亦收錄於「陳立校本」，卷五，頁87。「英祠列栢間」作「英祠列柏間」。

〔註243〕文本亦收錄於「陳立校本」，卷五，頁87。其詩題名爲：〈冬日臥龍山同轅文題張氏精舍〉。「谿山夙霧重」作「溪山夙霧重」；「留客對蘭苔」作「留客對蘭苔」。

雉。禹穴度飛龍。向晚蕭疎甚。松筠澗戶封。

　　羣嶺別嶕嶢。高城鎖碧椒。霜林堪獨嘯。雲服共相邀。水落飛流靜。霞明積翠遙。諸張稱卷稷。留客對蘭苕。

　　（14）月夜從筠芝亭望燕客池館明簾燈火燄燄甚都疾呼不應作**此戲之**〔註244〕

　　山寒修竹淨。卷幔晚相宜。翠燭明青閣。華星映碧池。玉爐香細細。金鑰夜遲遲。借問張公子。掀髯何若爲。

　　（15）**題燕客山房**〔註245〕

　　二酉藏書窟。三冬映雪廬。崇蘭間朱實。小翠啄金魚。竹影松鱗潤。風簾石髮疎。中宵纖月落。清露滴衣裾。

　　（16）**祁奕遠招遊山園亭子**〔註246〕

　　風靜蒹葭渚。寒深蘿薜衣。紅亭高曲澗。碧磴俯重扉。竹定鼺鼯落。池空屬玉歸。諸山烟翠薄。稷手夕陽微。

　　不覺風亭暮。相攜爲勝遊。樓分秦望月。沼引若耶流。霜甲披松子。蘭根到石頭。直看用幽意。朝晚在滄洲。

　　（17）**與諸弟飲園中小閣**

　　高閣臨春盛。明林觸望通。鳥行深竹下。人影淡暘中。草氣全憑綠。花愁不滿紅。可知無限意。楊柳在東風。

　　落落今如此。登樓亦有春。文章眞寂寞。兄弟各清新。草莽爲歡近。風雲入座清。且當飲醇酒。隨意脫綸巾。

　　（18）**立秋日萬動貞招飲葛子恒靜業寺園同農父密之動貞同賦**〔註247〕

〔註244〕 文本亦收錄於「陳立校本」，卷五，頁87～88。
〔註245〕 文本亦收錄於「陳立校本」，卷五，頁88。
〔註246〕 文本亦收錄於「陳立校本」，卷五，頁88。其詩題名爲：〈祁奕遠招遊寓山園亭〉。「稷手夕陽微」作「攜手夕陽微」。
〔註247〕 文本亦收錄於「陳立校本」，卷五，頁81。「明河澹鳳城」作「明河淡鳳城」。其中尚有兩首詩並未一併收入。其三是：「池敞青蓮域。烟含碧玉樓。香菰深沒馬。圓浪急浮鷗。太液分瑤海。宮斜接御溝。

　　勝地依蘭若。明河澹鳳城。荷香侵袖薄。鷺下習波輕。遣日猶杯酒。披襟仗友生。白蘋初拂面。搖動故園情。

　　卷簾秋水動。荷茭復交加。北闕迷宮樹。西山起暮霞。麒麟分苑洗。屬玉向人斜。贏得江南思。何須更著花。

（19）偕徐闇公薛義琰集盛隣汝

　　贛君方被察。孺子政安居。吾道兼通隱。人言妄盛衰。風騷滿搖落。老易長人資。竇從玄談夜。清秋見指麾。

3. 時序

（1）立春〔註248〕

　　何事東風急。飄飄又逐人。不知歌管意。誰與歲華親。物色還相媚。羈愁自此身。五湖青草動。別是一年春。

（2）除夕〔註249〕

　　小舘清池凍。寒城暮氣紅。辛盤傷老大。鈎戲憶兒童。人世荒亭外。悲凉繁會中。生年未三十。鬢髮欲匆匆。

（3）中秋十五夜作

　　不敢辭明月。聊登水上樓。江湖原夜白。草木屬清秋。雲族行烟度。漁炊野火流。嵯峨意不得。獨自攬梧楸。

　　搖落非輕至。綢繆更可傷。月深巖下竹。露淨草中香。沒影銀河直。通林鶴馭凉。嬋娟徒自爾。何意訪霓裳。

（4）又八月十五夜作

　　明月深秋夜。遙空獨雁遲。蟲聲羣木下。水氣上潮時。珮冷常儀

　　好將遊子意。來試帝城秋。」其四是：「傲客停絲鬢。涼風入晚荷。氣過三伏爽。雲散五城多。柳外高燕塞。樽前瀉玉河。月明重有約。錦瑟麗清波。」茲補闕在後。

〔註248〕文本亦收錄於「壬申合稿」，卷之十，頁673。「物色還相媚」作「物色自相媚」；「羈愁自此身」作「羈愁有此身」。

〔註249〕文本亦收錄於「壬申合稿」，卷之十，頁673。「鬢髮欲匆匆」作「鬢髮欲忽忽」。

帶。烟明漢女姿。蒼然窮一望。瑤海更堪思。

　　桂樹何年白。清寒歷九秋。巾宵辨香霧。孤影直明籌。少婦金砧歇。將軍龍劍愁。相思千萬里。不獨我登樓。

　　（5）臘日

　　臘日兼風雨。高樓泯泯寒。竹枝鷥語瘦。蘆渚碧霞殘。匝霧深藏柳。披香時有蘭。爲誰歌管急。清切恨無端。

　　海雁征寒日。凄清黯笑顏。亭深魚艇入。樓近鵲巢閒。獨夜宜珠柱。臨風冷玉環。教人不可耐。流怨滿江山。

　　（6）立春日

　　水氣合清碧。潮聲散薄暉。冥冥高柳動。切切暮鴉歸。滄海鯢魚上。輕霜芹白肥。安知搖落意。猶是掩雙扉。

　　微雨舒萌甲。東風暖玉池。梅花繁小白。蕙葉更多滋。挾弩黃頭客。懸鉏荣色兒。青陽今已動。汝輩復堪思。

　　（7）七夕

　　人間望河漢。天上重秋期。雷隱青楓末。風輕紅藕絲。轎軿行冉冉。烏鵲夜遲遲。靈雨西飛後。悠然未可知。

　　朱明猶未謝。七月試彫雲。高會思冰玉。中霄引絳裙。桂枝秋不滿。庭露念初分。楚女垂金縷。燒香特爲君。

　　（8）八月十五夜

　　抱膝非高會。深秋易寂寥。香思八桂滿。人是五湖遙。青女遲揚袂。波臣夜送潮。金風吹素影。今夕更迢迢。

　　（9）人日

　　不覺園梅發。南池又一枝。春風豈我待。人日更何爲。薄暖菖蒲出。輕寒豆蔻遲。芳香會可擷。無處托相思。

　　落雁荒郊夕。春城隱暮笳。不曾金作勝。但有燭爲花。久戍愁鷥語。抽兵屬虎牙。橫江莫飛渡。好在碧油車。

（10）丁丑元夕〔是夕月食兼聞江上之警〕

良夜明燈動。空霄殘月移。聊當近杯酒。不可問旌旗。素影侵冰藻。清霜映桂枝。我愁無意緒。仰首歎常儀。

園林窺暮景。鐙火屬兒童。綺語前春勝。清暉往日同。嚴城恒畫角。遊女靜香風。未審長安道。甲煎幾處紅。

（11）帝城立春

吳客愁難盡。燕臺春復生。繁霜消碧瓦。御柳動宮鶯。日轉蒼龍駕。雲新紫鳳城。禁庭封事少。節序見皇情。

歲月頻容易。風雲每滯留。青袍猶故我。春色更皇州。候氣通金竹。乘時賴土牛。乾坤思息戰。早晚聽鳴鳩。

（12）寒食風雨與諸弟埽先慈墓下作〔註250〕

列栢荒原秀。春衣暮草青。白華空有恨。彤管未曾銘。急雨迷蝴蝶。寒沙度鶺鴒。百年榆柳盛。社火復熒熒。

4. 詠物

（1）春雁

朔雪催南去。春風送北來。影隨江月度。聲帶楚雲哀。避弋知無恙。謀糧已復囘。長安慕歸客。羨爾一登臺。

（2）寒蟬〔註251〕

不知搖落意。嗚咽復如何。耿耿臨青壁。深深抱素柯。莫隨秋葉落。可恨朔風多。不及銀箏上。三秋近綺羅。

（3）螢〔註252〕

幸與草根別。猶分日月光。星星近相接。耿耿自能將。不甚辭紈扇。偏宜隱竹牀。諸蟲復何意。荒野夜行長。

〔註250〕文本亦收錄於「陳立校本」，卷五，頁81。
〔註251〕文本亦收錄於「陳立校本」，卷六，頁120。
〔註252〕文本亦收錄於「壬申合稿」，卷之九，頁663～664。

（4）楊梅〔註253〕

是物矜清夏。蒼林一夕丹。霞光醋入液。瓊理細便餐。酸去仍香齒。殷餘灑白團。吾聞多內熱。不遣植長安。

——文本摘自清・李雯撰，四庫禁燬書叢刊編纂委員會：《蓼齋集四十七卷・後集五卷》（北京：北京出版社，1997 年 6 月，《四庫禁燬書叢刊》清順治十四年石維崑刻本），第 111 冊，集部，頁 390～399。

《蓼齋集・卷二十二・五言排律》

1. 述感

（1）望孝陵

寶業江山重。神皐松栢長。黃圖傳弈世。紫氣自高皇。半嶺通羣帝。中椒接御香。風雲款牛首。弓劍靜龍岡。月出靈衣動。星嚴碧瓦涼。百神來受事。萬國景遺祥。夙昔乾坤濁。欽惟撻伐張。神功有開闢。指顧盡飛揚。小吏才能出。訏謨法令章。不聞馬上治。已奏日中王。江左齊梁陋。中原秦漢強。自曾正昴畢。豈特埽欃槍。赫赫靈祊遠。悠悠金鴈藏。黿飛鍼秘匣。虎拜肅玄堂。大曆縣千祀。餘威整八方。罘罳烽火外。畫戟寢〔註254〕門房。天下旌旗暗。諸陵艸木傷。春南追夒罔。極北念封狼。拜首看原廟。焦心問帝鄉。四郊多難日。雪涕染蒼蒼。

（2）獻山東俘志感

遼海何曾濶。孤雛勢不揚。戈舩搜溟漲。沙島落封狼。天子新神武。元戎制渺茫。狡心徒羨兔。怒臂不成螳。宿昔稱梟獍。紛騰若八羊。之罘纏殺氣。不夜帶鋒芒。白馬青袍客。膠東濟北王。飛馳漢張燕。剽疾魏文鴦。林滿秦權膾。城餘朱燦糧。酣酣弄舞女。敧嶔恃舟航。聖主更旌鉞。精兵騎驪驦。蜂旗十萬湧。賊壘一星亡。弧自射天

〔註253〕文本亦收錄於「壬申合稿」，卷之九，頁 665。「酸去仍香齒」作「酸去寧香齒」。

〔註254〕原文爲異體字。以下皆是。

折。虎寧失穴強。不堪作疾景。妄擬學盧芳。石璽猶空繫。蓬山詎可藏。眞成縛狐鼠。不復沸蝌蟭。嘉死曾函首。橫來自截肮。檻車異昔日。俘闕獻明王。龍幄張三殿。朱旂拂九閶。特牲羣廟禮。班列侍從行。睟穆天憂散。殷勤地險防。東陲勞睿眷。西市肅王綱。霜刃鏤蟲臂。爛膚足犬腸。遊魂能有幾。馘虜遂先殃。此日鈞恩降。羣公勞伐彰。裹蹏開御府。織綺盡承筐。虎拜三軍躍。龍章九壤光。是知英主略。足震狡童狂。凶物紛猶橫。軍容出正恘。關東思李牧。河北厭張梁。猶喜長鯨戮。能令天網張。靈光高殿竦。稷下大風泱。京觀高齊服。孤兒賜陛郎。忠祠銀榜秀。毅魄畫旗涼。麟閣寧聞閉。雲臺久已荒。旃旄何艸艸。鼙鼓日鏜鏜。越石鳴鷄起。枚生倚馬長。空能守鐵硯。不自佩鞶囊。天下多營壘。英雄伏幰牆。封疾業不取。反自愧銀璫。

（3）春感五首

南國悲春晚。荒林日夕蒼。孤亭落江海。羣盜尙荊襄。戍壘懸旗白。飛鳥戰日黃。鶯花屬南斗。橡栢極西疆。秦甲原難下。吳戈亦未長。風塵澒〔註255〕洞後。無策獻今皇。

歲月江湖易。春風羅袖寬。天絲隨柳慢。石砌爲花寒。寥落干旄氣。棲遲竹葉冠。有人馳畫錦。無語對青巒。已懼蛟龍鬪。還愁燕雀讙。長安何可望。香霧日瀁瀁。

使者銜新勑。翩翩出國門。賜租何日見。逋稅至今存。領郡朱轓斥。握符貂珥尊。推求豈猗頓。摯擊類王溫。風鶴餘驚魄。狐祥語廢村。十年糜白骨。荒艸復纏根。

零落諸軍怯。差池羽檄稠。長蛇橫萬里。鋌鹿半神州。遼海羈楊僕。中原寡趙犨。封章擬銅甌。時論缺金甌。起舞身何當。彎弧勢未休。亂流應擊楫。誰是切同舟。

城破供〔註256〕輸在。家存徵調新。旌門對園寢。內厩盛騏驎。

〔註255〕原文爲異體字。以下皆是。

〔註256〕原文爲異體字。

紫塞垣猶築。黃龍諜未眞。征南常下詔。北府竟無人。八顧多良士。三辰屬大臣。聖圖終有賴。再覩萬方春。

（4）雨懷

積雨連天末。波濤隱坐隅。雲憑水府橫。勢泯浙江紆。沈石靡清淺。垂楊淡有無。江干走大木。古渡散砰桴。六月黿鼉壯。千秋猨狖呼。濯魚埋晚照。素練滌山蕪。激險疑三峽。奔騰過五湖。流棺有魚腹。浮戶絕匏瓠。宭宭藤搖湮。漂漂梗泛枯。客懷連蟋蟀。市酒愧提壺。鄉國谿流下。故園花木疎。羈棲聊爾爾。干謁亦區區。饑鼠形人甚。啼鴂喚我徒。釜蕘非奪蔡。纂屬擬鰥蘇。望極三天子。風懷任大夫。鄒枚皆倦客。卓鄭是人奴。白水魚竿近。霜鎌雲路迂。荒林非虎兕。涼夕聽鼯鼬。是夜越吟疾。蒼茫據橋梧。

（5）**除夕咏懷兼寄臥子**

歲月忽遒盡。蕭條此未央。荒郊千里白。寒蕊百株芳。栢葉徒清瀝。桃枝亦渺茫。年年逐鬼去。歲歲接愁長。江海思仍濶。風雲氣不揚。登樓憑水霧。倚檻數篔簹。矗矗牆陰直。蒼蒼烟樹涼。懸蘿藏翡翠。積葉枕鴛鴦。羯鼓高門沸。屠蘇朱戶嘗。甯封烟五色。即墨火千行。彫琢燧人氏。騰翻朱鳥房。短簫橫紫袖。火鳳佐瓊觴。玉腕柑香彼。瑚鈎指細藏。薰衣者夜整。和粉待明妝。篓向雕楣麗。金圖神燕忸。土風常楚楚。人事日荒荒。再有流人亂。難爲明主忘。鳴狐擬陳勝。竹鳳學張昌。韓白紛紛號。孫盧瞀瞀強。官皆守毚兔。不自斬封狼。虎落疎河北。妖旗人大梁。中原誰采菽。江左又傾筐。不見蜚鴻苦。徒驚猘犬狂。能無舉白獸。豈是頌椒漿。我賤傷憂甚。于今出處妨。蠹魚長鱗甲。玉軸老藤箱。鞱韜零刀室。琉璃廢筆牀。琴書空潦倒。羽翰謝飛翔。七尺昂藏志。三年彷彿鄉。眞堪笑鄧禹。誰復慰王章。老竹依巖翠。新梅入牖香。鵾鴒吟細細。獼獺影倀倀。投栗賭諸弟。分梨賜小黃。研灰持畫勝。刻臘欲成凰。此是兒童意。聊爲娛樂方。鬢眉坐如此。寥落寄誰將。吾友多同調。陳生不可當。千秋抗江

鮑。今日落盧王。別我游燕市。聞君念窈娘。英詞隔萬里。悵望潤千霜。公等雲霞氣。吾徒薜荔裳。斯文實並與。國士不俱驤。正月流鶯動。相思在艸堂。

（6）春日散愁兼答侯雍瞻出處之問

地僻柴門迴。春深花霧清。輕風紛柳絮。細果啄流鶯。暗竹涼虛牖。明簾捲□晴。烏啼楡莢落。燕築紫泥生。小閣臨芳徑。清池發舊萍。栢知香麝暖。藤約錦纏縈。楊子居仍寂。阮公氣不平。馬蹄篇歷歷。牛角意怦怦。楚士悲衰鳳。秦關越駭鯨。農桑良易棄。江漢梗難寧。道濟籌仍唱。穰苴法未行。誰防南下賊。專望北來兵。食肉終無恙。揭竿已半橫。龍門策競獻。犬吠勢方盈。夢想三驅用。神傷八達名。青蠅堪吊客。蒼狗變人情。錦瑟心聊縱。玉盃書漫成。頻依蛙龜穴。愁聽蟋蛄鳴。雄劍應離匣。彫弧欲就弸。平生悲李廣。天地老矦嬴。吳下推賢達。公家有弟兄。季方才並秀。第五望非輕。尺素傳魚腹。崑刀附管城。喜同二妙售。憂被眾狙驚。木鳸君能喻。龍蛇我欲并。冥心自委順。養德固彌貞。北海誇雄步。汝南多異評。邇來如削迹。不獨爲懲羹。緩夜歌能妙。前春酒細傾。何時重高會。爛熳數花英。

（7）上韓蒲州相公代父

夫子喬岳秀。清剛冠紫宸。時人推大隱。元老在風塵。憶昔司鈞軸。乘時掌紓綸。川陵包道素。日月麗精神。折角無恭顯。爲楨賴甫申。四朝宗社績。七尺楷模身。美盡黃裳理。心傾白屋人。龍髯時屢泣。鵠鼎故能新。正氣仲朝右。危冠動德鄰。狐狸避深窟。機鏡照秋旻。胡廣應全媿。韋賢未可倫。自從辭紫綬。幾歲著綸巾。鳳德寧衰竭。龍章有屈伸。中條花淡淡。汾水碧粼粼。高臥何曾樂。蒼天不肎仁。十年猒〔註257〕兵甲。九域半荊榛。憂國知空淚。傷心念撫辰。那能樞天步。不更憶宗臣。某也多強項。非時觸要津。

〔註257〕原文爲異體字。

一官如敗葉。三黜竟衣袀。驅豕蓬蒿下。執殳滄海濱。朱雲難折檻。
原憲但懸鶉。久負珪璋遇。深慚桃李春。寄言青鳥使。三祝並松筠。

（8）上晉江蔣相公〔註258〕

閩海兆非熊。階符錫履同。崇班次風后。遙胤接姬公。綸閣來分
冑。蓬山屢發蒙。素懷依日月。挺節鎮喬嵩。東壁青藜暎。西清玉燭
通。自天驚瑋辯。無競答宸衷。金鏡懸霄外。朱弦響殿中。山川能聚
米。財賦憶飛鴻。建禮羔羊直。延英赤舄隆。神機啓七聖。緯略慰三
空。天老能稽鳳。崆峒必拜風。願收臺策力。九域及峏嶸。

（9）上錢牧齋年伯于獄中

不信東山客。還讐黃髮公。鷹鸇雖放逐。鸞鳳尙樊籠。聖主初無
意。權謀或未工。觸藩知暫爾。折角竟誰雄。坦坦柔明氣。溫溫道素
功。次公仍好學。殷浩不書空。抽卷煩精墨。含毫費苦衷。板牀支木
械。藜杖見春蟲。日月光華近。經綸志業窮。曠懷成市虎。憂國念飛
鴻。賞士風塵外。憐才荊棘中。英雄有餘習。當世實孤忠。劍氣寧終
歇。龍門自昔崇。明時無黨錮。輿論必昭融。貫索清星緯。風雲沒蝃
蝀。無勞……

【中闕】

……猷方五十。麟閣振英風。〔註259〕

〔註258〕文本亦收錄於「陳立校本」，卷六，頁 122。「東壁青藜暎」作「東
壁青藜映」。

〔註259〕根據陳立校點的《雲間三子新詩合稿》所輯錄，並且比對石刻本
《蓼齋集》目錄，此處所缺實與〈送倪鴻寶先生以侍讀學士兼少
司馬入朝〉原詩銜接。詩曰：「夫子東山秀。新除皇命崇。黃扉招
隱鳳。玉帳兆非熊。劍珮青蘿外。星辰紫氣中。十年紆廟算。一
日格宸聰。夙昔明三略。維時列數公。夔龍聯素望。頗牧協丹衷。
野骨中原白。飛旗絕塞紅。詔從甲夜草。檄到朔方通。運策秦樗
裏。封章魏弱翁。時憂清碣石。主聖答崆峒。文武今爲憲。安危
實在躬。精心求臥虎。握髮問飛蟲。早蓄狼胥志。來收遼海功。
北庭驚羽扇。西府慰彤弓。朝論歸南仲。皇心屬大鴻。不惟樞右
貴。行見上臺隆。禹穴鳴鳶動。天山宿霧空。壯猷方五十。麟閣

（10）送左子正之任武康〔註260〕

皖西左伯子。授邑古防風。賦鳳金門遠。栽花茂苑〔註261〕通。
飛雲辭冀北。秋月滿江東。祖帳清谿外。威儀顧渚中。千家稅茗荈。
百里對杉楓。戶牖穿泉白。巖林映日紅。歸人初放鴨。稚子僅裁筒。
湖口雲帆迴。山農野燒空。鄉名餘不舊。文俗隱矦工。雉羽馴秔畝。
琴徽拂蕙叢。神機應可頌。家世本清忠。

（11）輓姚學士現聞年伯

大道日淪棄。公才不應期。白麻宣未降。黃鳥賦成悲。天下凵梁
棟。斯人懷羽儀。弱齡多大志。帚室念清夷。王悅稱名舅。韓康得母
師。自從鳳沼入。頻遇甹湖時。白筆恒持論。丹心切墮維。忠看楊左
近。節豈魏周衰。聖主驅宮孽。貞臣侍講幃。華鐘供御叩。金境洞清
規。鹿角驚危論。龍威霽解頤。安危欣寄託。眾正植根枝。名士推皇
甫。盈朝仰望之。賢多勤吐握。心小辨澠淄。度外能容物。才高不自
師。森張如武庫。珍重見宗彝。暮績存微管。成章賴一夔。謂當更覆
鼒。豈意值孤暌。詹事官非穩。陪京疾屢移。中天摧玉柱。大廈散華
榱。魑魅求人死。精靈得尾騎。巨川何日濟。皇路歎方痍。素業傳餘
筴。傷時有舊詩。英流失意氣。黔首益凄其。寥落西州路。傷心畏罍

振英風。」至於本註腳以上闕文，更應有〈鄭洪渠明府以越藩擢
撫應天二十韻〉一詩。詩曰：「南顧盱晨眷。東郊屬大賢。諸侯岳
瀆貴。開府日星懸。斗女璇規合。江湖綉錯聯。舊棠猶越嶠。新
露已吳川。方召咸名籍。龔黃志業宣。自天施景曜。無地不陶甄。
秩秩中丞憲。森森大將權。驕虞行武帳。驚鷥畫戎斾。卻穀詩書
重。劉弘樽俎堅。誓師親組練。養士狎鷹鸇。霜冷鉦笳動。風高
鸛鶴先。褰帷清甸服。破浪肅樓船。茂俗思豳鼓。淵心在駉篇。
遙悲陵闕暮。愁絕犬羊年。羽檄諸方急。苞桑國本專。石頭安故
鼎。鐵甕奮長鞭。吉日玄狐直。新田旟隼翩。梅花迎憶發。朱鷖
隔江傳。玉帳飛聲遠。金甌佇卜虔。經綸方日盛。萬里息烽烟。」
詳見「陳立校本」，卷六，頁122～124。玆補闕在後。

〔註260〕文本亦收錄於「陳立校本」，卷六，頁123～124。其詩題名爲：〈送
左子正之武康任〉。「飛雲辭冀北」作「飛雲辭薊北」；「祖帳清谿外」
作「祖帳清溪外」。

〔註261〕原文爲異體字。以下皆是。

祠。翟公門永寂。季子劍誰施。夙昔蒙光睞。襟裾得攬持。謬承千里目。有媿一言知。握手勤虛誘。論文或濫吹。壬公多獎拔。劉峻久差池。恥向諸賢後。還思接席辭。徽音猶未遠。劍珮忽空遺。擬作安仁誄。難成大傅碑。子車百人贖。隨會九京思。天下風流盡。乾坤羽檄馳。元龜悵已矣。埋玉竟如斯。宅外桑株少。丘中馬鬣遲。鶴來爲弔叟。駿發在諸兒。自恨龍門客。曾無絮酒資。橋公有遺語。腹痛誓來茲。

2. 襍詠

（1）擬南至賀雪應制〔註262〕

鳳曆廻時紀。瓊華答盛明。堯茨看覆璧。漢相盡懷瑛。葭管朝飛寂。璇臺夕望盈。燭銀開麗瑞。芝荔茁新英。協氣乾坤肅。滋萌景物清。五神降車騎。萬國會琤珩。黃竹頒宸翰。菁茅集上京。瑤池聞鶴語。絳闕候雲生。吹琯應和律。占條慶寢兵。履長增素暑。不夜靜邊聲。主聖恒端冕。臣愚屢拂纓。初陽同玉宇。拜首頌昇平。

（2）會稽謁禹廟〔註263〕

宿雨空山碧。長林古殿蒼。會昌勤下國。神馭肅明王。日月雙珪合。山河一匱藏。南天森玉帛。玄極隱文章。使鳥耕千杷。其魚免入荒。蟲書摩石闕。龍跡在彤梁。仙鼠依嚴仗。莓苔蝕繡裳。氣連瑤海白。雲入鏡湖凉。朱雀靈旂外。玄夷玉座旁。累朝羅御筆。上祀格馨香。美箭開茲地。豐碑在此鄉。探奇問禹穴。今古復茫茫。

（3）靈濟宮遙和李崆峒

玉樹宮墻外。金波晚翠中。虛無雙闕影。縹緲一壇風。仙李靈根別。丹砂帝夢通。羽儀冠冀北。法象自江東。列聖崇祠典。眞官肅上宮。雲旗紛偃蹇。絳節掌玲瓏。栢暗星君珮。香迷使者鴻。袞龍分內

〔註262〕文本亦收錄於「陳立校本」，卷六，頁124。
〔註263〕文本亦收錄於「陳立校本」，卷六，頁120。其詩題名爲：〈初夏會稽謁禹廟〉。「美箭開茲地」作「美箭聞茲地」。

錦。笙鶴近華廡。歲月風塵異。春秋搖落同。罘罳墮紫鳳。闌楯下彫虹。看壁餘圖畫。登堦惜巧工。文虹角似白。玉女袖能紅。宛若神寧秘。王喬跡未終。祠官祀太乙。才子得崆峒。一代玄宗盛。千秋辭翰雄。聖圖翻實錄。俯仰惕微躬。

（4）中都和臥子

鳳曆眞人受。龍興淮甸清。鍾離實舊域。豐沛作中京。地首風雲會。山懸日月名。丹陵推火德〔堯所生〕。渦水發蒼精〔季歷墓〕。白馬諸軍挿。黃旗四海迎。大風曾會舞。壽域寄斯城。國以淵源重。神扶列聖明。山河塵不動。玉帛薦逾誠。翠栢朱甍暗。含桃玉盌晶。星辰依劍珮。岳瀆衛精英。蘭盾恒嚴柝。勾陳屢踐更。千秋甘露下。永夜紫雲帡。乞活流枉矢。中原逸駭鯨。火飛帳殿側。戟斷寢門橫。玉砌麒麟臥。銀河梟鷗驚。香寒園令燼。械脫貴囚行。欲使神州靜。多非謀國情。長陵竟坏土。河上但重纓。黃屋悲應慟。赤眚罪已盈。九天聲薄伐。六月寄專征。羣盜仍秦楚。材官自并營。堯封何日埽。帝里幸隨平。剪棘玄廬肅。扶棺原廟成。責躬持素服。恭慰卜騂牲。日御占虹氣。階符問月卿。倉庚空自語。狐鼠晝常鳴。往往多羅尙。人人謝顧榮。主憂寧免辱。籌少孰持傾。且勿斁槐罔。無勞弄斾旌。願思哀痛詔。努力爲蒼生。

（5）登報恩寺浮屠

高標旌玅域。閟殿敞神功。寶氣飛烟外。天樞清瀲中。星辰守香象。風雨護蒼龍。岡嶺全縈北。江流迴向東。建章低玉樹。長樂杳晨鐘。但有丹青質。曾非土木工。金莖聊彷彿。銀榜媿玲瓏。靜業天家重。長陵大報崇。香泥塗帝子。珠葉出椒宮。浩刧依千佛。中霄引八風。萬方瞻氣象。景層自無窮。

（6）靈隱寺

蒼雲布靈鷲。碧澗度金沙。谷靜林光細。風高鳥路斜。寒深桂子樹。香散石蓮花。松老天衣净。門停晚翠嘉。雕疏鄰洞戶。寶月映燈

紗。鳴珮虛泉落。紛披壁蘚華。徽音惟貝葉。妙緒即青霞。談笑雲蘿下。悠然未有家。

（7）游澹石即事

何處乘涼好。雲低澹石坡。簷清聞鳥亂。樹密引麕過。簫管眠湘簟。蘭薰隱薄羅。鶗鴂行作侶。鸚鵡舊能歌。肅肅梵王鏡。森森力士戈。金藏龍匣整。風鐸雀聲和。鼠語如連鎖。狼毫寫砂娥。敲棋當石壁。拾菌在松阿。桐蔭常疑露。泉涓擬聽波。何當几硯淨。灑墨綠天多。

——文本摘自清·李雯撰，四庫禁燬書叢刊編纂委員會：《蓼齋集四十七卷·後集五卷》（北京：北京出版社，1997 年 6 月，《四庫禁燬書叢刊》清順治十四年石維崑刻本），第 111 冊，集部，頁 400～407。

《蓼齋集·卷二十三·七言律詩（一）》

1. 述感一

（1）感懷〔註264〕

出郭清暉近我廬。平原萬里接桑榆。氣傳隴朔留剛俠。身困江東長廢迂。鷹馬遂乖年少事。詩書空被市兒呼。屋梁日仰知何益。應有侯芭亦未孤。

揚州歷歷擅清華。烟景蒼茫舊帝家。歌舞半銷隨世事。藻才徒橫壯天涯。建牙冷落材官客。徵稅殷勤油碧車。聞道永嘉近無恙。莫從泛海問星槎。

舳艫萬楫樹雲桅。江米如沙中使催。玉粒幾曾戰士飽。朱提翻自絕邊來。和戎魏絳今多事。誘虜王恢昔異才。最是臨期費惆悵。度遼

〔註264〕文本亦收錄於「壬申合稿」，卷之十，頁 676～677。「平原萬里接桑榆」作「平寒萬里接桑榆」；「烟景蒼茫舊帝家」作「煙景蒼茫舊帝家」；「紫極神都稱冀州」作「紫極神都稱冀州」；「江海秋風鴻雁多」作「江海秋風鴻鴈多」；「猶枕珚戈望遠天」作「猶枕雕戈望遠天」；「精新廟算邲□□」作「精新廟算邲匈奴」；「平準猶稱足國方」作「平準猶文足國方」；「力田滄海貯厫倉」作「力田蒼海貯厫倉」。

紙上說龍媒。

紫極神都稱冀州。幽燕霄際望龍樓。諸公舄履平臺穩。天子雲裘黃屋愁。纛若殿中新御史。干城閫外大長秋。更教內院三千騎。天策將軍居上頭。

桑乾亦自號黃河。昔日天驕曾此過。遂使至尊深執法。敢辭諸吏盡嚴訶。若盧夜泣冰霜重。江海秋風鴻雁多。聖主搜才窮禁闥。豈無龍驥在巖阿。

諸將東征未凱旋。黃雲白骨尙紛然。如何皮島凌波使。却似蓬萊方士船。不夜城邊守狐兔。之罘山下候烽烟。孤雛已自驅蒼兕。猶枕琱戈望遠天。

精新廟算却□□。更使當途一事無。國計總歸中謁者。刺奸還待執金吾。滿山白甲皆蛾賊。天下黃旗盡兎株。幸得五原天奪虜。陰山夜雪不曾踰。

少府何無耿壽昌。度支不見賈弘羊。均輸自是安邊策。平準猶稱足國方。追錄太山窮會計。力田滄海貯廥倉。更虞地大人民眾。尙有紛紜勞聖王。

（2）**有夢**〔註265〕

雙柏亭亭倚墓墳。七年囘首怨秋雲。極知溫玉今來冷。可奈餘香猶自聞。彩蝶疑還縈翠帶。清霜想已拂羅裙。鴛鴦久愧韓憑鳥。永夜吟思特爲君。

（3）**夜夢登岱**〔註266〕

身臥江南瑤海邊。夢飛何事故翩翾。雲旗不阻神房道。岳氣能通日觀天。碣石歸潮洗襟袖。吳閶立馬帶風烟。可無天子登封事。願助

〔註265〕文本亦收錄於「壬申合稿」，卷之十，頁 684。「七年囘首怨秋雲」
　　　　作「七年廻首怨秋雲」；「彩蝶疑還縈翠帶」作「綵蝶疑來縈翠帶」。
〔註266〕文本亦收錄於「壬申合稿」，卷之十，頁 685。「身臥江南瑤海邊」
　　　　作「身臥江南遙海邊」；「夢飛何事故翩翾」作「夢飛何事故僊僊」；
　　　　「吳閶立馬帶風烟」作「吳閶立馬帶風煙」。

金泥玉檢篇。

（4）傷秋

露下天高秋水深。平皐楚楚望長林。鯨波海市迷沙渚。畫角孤帆帶夕陰。黃雀風來飛細細。蒼鷹嚮落夜沉沉。羙潮本是江南戲。丫鳥紛馳日漸禁。

紫城天闕冠西山。細柳秋陰戲馬閒。此日銅符聞更下。當年鐵鎖未曾關。游魂狼纛猶能假。別島樓船竟不還。安得天兵蕩沙漠。葡萄苜蓿上林間。

悵望潼關漳〔註 267〕滏邊。揮戈鳴甲日翩翩。劉琨晉水無成績。虞詡朝歌久寂然。取笠何曾嚴帳下。叩刀誰是立軍前。盡思天上洪開府。净埽崤函樹曲旃。

宣房不復漢時秋。淮海維揚有澹浮。投璧未聞蒼水使。飛漕還責舳艫侯。魚龍八月侵沙冷。松柏雙陵鎖翠愁。億昔河清稱上瑞。氷夷何事失常流。

捷書新奏未央中。閩海波臣上戰功。獨見威開嶺外霧。皆言人是水中龍。鷓鴣啼向牙檣月。□〔註 268〕貝糜消鐵甲風。聞說將軍多意氣。揚帆時望越王官。

裹蹄十萬走長安。赤縣官曹假羽翰。田甲爭延置上坐。樓君豈獨解盤飧。蝸頭遂有狼腨氣。烏府空爲鐵柱冠。此日未經白簡入。猶言漢法不曽寬。

依郊脩閣枕清虛。日晚晴霞見所如。壁立疑爲犬子宅。蒿長不是莫愁居。思飛白鳳無銀管。欲啓青緗少賜書。遂使英雄沉壯氣。龍門貨殖不欺余。

結友當年稱妙才。諸生項背接蒿萊。風流江左今常在。勝事南皮未可裁。自信羽儀方共惜。誰言鱗甲不難開。寧須晚節心先異。更使人悲羊肏哀。

〔註 267〕原文爲異體字。
〔註 268〕原文爲異體字。左玉右函。不知讀音。

（5）揚州詩十首

江南無地赳紅樓。更作蕪城澹麗愁。龍子幡開自婀娜。柳枝曲盡更綢繆。黃頭賽鼓雙妃廟。白馬騰光八月秋。無數碧堤芳草靜。纖纖明月照青畔。

白波錦纜日溶溶。高閣珠簾映幾重。小院有花皆芍藥。芳塘無水不芙蓉。銀瓶汲井朝來見。玉甲彈箏深夜逢。自是風華掩江左。何言巴蜀有臨邛。

高原雜霧曉嬋娟。愛唱揚州不願仙。白獺穿波知異髓。青鳥傳信合靈蕈。鹽飛暑路張融雪。鶩滿秋皋楊子烟。更有樓臺生色畫。邗溝常在綠帆前。

鐘鼓沉沉百萬家。半含春柳半藏霞。浪兒短帢求紅藕。估客長襜載白鹺。無恨不從黃蘗路。有香更冷玉鈎斜。東風此夜飄江雨。惟有年年長石華。

碧草鈎闌染暮雲。揚花吹落滿江濆。蕙香日暖茱萸帳。茜袖方憐翡翠裙。應有風流何記室。可無才艷杜司勳。即今萬歲樓前月。子夜歌聲達晚聞。

石帆江上起秋蓬。吹作津頭楊子風。細雨雙城動縹緲。深烟十里瑣玲瓏。觀名瓊蕤應猶白。溝號薔薇可是紅。聞說江都最好住。雷塘亦在畫圖中。

艷唱江南得寶歌。廣州珠翠越州羅。黃衫敞領垂魚鎖。錦線纏頭作鳳窠。銀榜大都采訪橫。朱船當是進鮮多。竹西花柳春無主。和月和烟任水波。

水盡南天七月菰。青樓徃徃出平蕪。岡因幡冢遙傳蜀。人是汾陽半入吳。王母玉環今見否。仙翁鹿女得來無。北朝天子登臨處。何似如皋賈大夫。

海鳥群飛入浦塘。平沙明淺列艅艎。大銅山下悲吳濞。淡竹灘邊問始皇。耗蕩雄心是春水。飄零遺跡有斜陽。鮑〔註 269〕家作賦眞無

〔註269〕原文爲異體字。

敵。何處笙歌不斷腸。

垂楊如織草菲菲。煬帝旌旗不可歸。千里塵沙遺鳳釧。當年床第
護龍衣。安知螢火今無色。惟見宮鴉日自飛。文舉陳琳俱有墓。傷心
不獨恨蕭妃。

（6）夜聽微上人吹笛

上人長笛訴風秋。壯士閒居攬暮愁。別鵠千里振烟樹。蒼龍一吟
起洞樓。安知水妃動湘恨。亦有荊客懷燹讐。一曲繞思不可道。空庭
禪月非我謀。

（7）橫山阻雨〔註270〕

山棲不耐又驚風。摧日崩雲夕望中。石落盡從飛葉下。菱生未許
釣竿通。居人拾草椒巖際。饑獸叢毛蘆荻宮。不是良朋溪接膝。難篝
寒火聽歸鴻。

（8）歸家園作

潺蕩清郊鴻雁鳴。荒亭短草不能平。長卿壁上寒蟲落。仲蔚園中
木葉輕。老鶴向人徒怨色。寒花傲我故生情。可憐四海悠悠者。不向
菰蘆問賈生。

亂石廻谿住小舠。夕陽原外正蕭蕭。欲彈齊國馮生鋏。已敝洛陽
季子貂。風急寒江白苧冷。霜深遠浦赤楓搖。阮家好頌英雄作。梁甫
吟成夜寂寥。

（9）獨立〔註271〕

碧天空藻敞高姿。獨立丘園多所思。客愧博徒無勝氣。身非才子
有微詞。論交四海將安屬。託志蒼生良自嗤。文舉元龍今見否。恢奇
浩蕩是吾師。

〔註270〕文本亦收錄於「壬申合稿」，卷之十一，頁 691。其詩題名爲：〈橫
　　　　山阻風〉。「摧日崩雲夕望中」作「催日崩雲夕望中」；「菱生未許釣
　　　　竿通」作「淩生不許釣竿通」；「饑獸叢毛蘆荻宮」作「饑獸叢毛蘆
　　　　荻宮」作「饑獸叢毛蘆荻宮」；「不是良朋溪接膝」作「不是良朋深接膝」。
〔註271〕文本亦收錄於「壬申合稿」，卷之十一，頁 689。

（10）舟次武塘夢作夜泊詩覺而失句捉筆追之意猶彷彿也

高柳荒垣獨繫船。寒城無月亦無烟。肉凉鼓壯心雄甚。風定星搖霜烔然。永夜蟄龍眠自得。三更老鶴欲橫天。夢魂萬里何歸處。常在紅泉紫海邊。

（11）太平寺聞子規

谿山月出滿清林。杜宇千聲怨碧岑。越國何年來蜀魄。離人此夜發吳吟。君爲花鳥覊愁主。余有江湖浩蕩心。同在天涯一相遇。太平鐘鼓曉沉沉。

（12）湯寺逢立秋

秀壁高林迥夜光。鐘聲散入五雲長。仙人有使皆騎鶴。帝苑無泉不浣香。採藥未能搜土肪。尋師空自想羲皇。何當一夜秋風發。爲爾先教客夢凉。

（13）別家徂秋苦憶社中諸子

獨鶴臨秋別有悲。千山遠落鄧林枝。因思蘭杜當風發。便有雲霞入座披。天下雅人推我黨。樽前碓語定相持。只今寥落眞三月。空對滄江寒淡姿。

日坐披雲老客心。慈親攜我遍登臨。亦知此地山多勝。無奈他鄉秋易深。露薄芙蓉凉艷氣。風驚鴻雁有離音。相思故國清商會。桐葉金波月下明。

（14）八月十五西湖上作

八月晴湖水上舟。秋風倦客獨相留。爲愁明月傷蓮渚。故作行雲鎖翠樓。龍笛遠消鸂鶒夢。菱死夜下鱖〔註272〕臾鈎。露華隱映青山薄。十二橋邊碧草頭。

金波畫檻日依然。鼉鼓沉沉咽水烟。楊柳弱披雙睡鴨。木蘭小艇半殘蓮。凉秋窈窕吳雲沒。明浦清虛越女眠。獨有烏啼深夜月。桂枝消落阿誰邊。

〔註272〕原文爲異體字。

（15）傷春〔註273〕

碧動江天萬里姿。中原此日厭旌旗。青袍白馬渾常事。玉帳金尊
何處施。河北不聞食桑椹。海南無路貢離支。低飛鶯燕猶無賴。啄蓮
唧蟲春日遲。

陣雲高覆海春寒。上巳花前傾酒難。南國莫教鴻羽度。北軍不解
柏脂餐。朱旗日擁宮中使。白簡無勞柱後冠。歎息江南荷鋤子。十年
社鼓不曾歡。

（16）觀射〔註274〕

平原草短角弓涼。年少分朋出射堂。銀鏑入風驚餓鶻。烏珠照日
傍垂楊。只今四海多傳箭。幸有三吳末戰塲。身是隴西猿臂種。可憐
無力下天狼。

（17）悲秋

洞庭波浪楚雲生。露下芙蓉秋正明。帝子烟鬟江上冷。龍堂碧瓦
月中清。南鴻落日交相命。朔馬迎風獨自鳴。同向凋傷一囘首。吟蟲
落葉不勝情。

搖落南天江畔楓。秋華繡蓮及時紅。無端玉笛三更月。不斷清砧
萬里風。西蜀賨□馳薊北。漁陽突騎向雲中。十年殺氣今猶盛。誰是
凌烟第一功。

露泫清秋江漢流。虎旗殘月動吳鉤。赤眉未見降關內。白馬猶聞
橫益州。雲氣穹廬連鳥道。星辰芒角儆髦頭。匈奴馬邑終愁困。明詔
猶虛萬戶侯。

〔註273〕文本亦收錄於「壬申合稿」，卷之十，頁 681〜682。然而其中排版
凌亂。「玉帳金尊何處施」作「玉帳金鞭何處施」；「啄蓮唧蟲春日
遲」作「啄蓮銜蟲春日遲」；「陣雲高覆海春寒」作「陣雲遙覆海春
寒」；「上巳花前傾酒難」作「上國花前傾酒難」；「南國莫教鴻羽度」
作「南穀莫欲鴻羽送」；「歎息江南荷鋤子」作「歎泣江南荷鋤子」；
「十年社鼓不曾歡」作「十年社鼓不成歡」。
〔註274〕文本亦收錄於「壬申合稿」，卷之十，頁 682。「平原草短角弓涼」
作「平原草短角弓涼」；「身是隴西猿臂種」作「身是隴西猨臂種」。

長河遠動白蘋天。潁壽淮壖不種田。黃雀無心啄餘穗。青苗已稅入新年。魚龍北橫溪水府。貢篚南通怯畫船。搔首清暉涼薄暮。亂雲荒荻滿江邊。

水國城頭棲夜烏。平帆遠落影彫菰。心悲別鶴傷人甚。更使憑樓明月孤。小苑葡萄秋架冷。高原鷹隼朔風呼。明懷歷落如星劍。愁對空庭日日蕪。

太原精甲舊知名。浴鐵明光照百城。豈意醫巫日備戰。曠然勾注不談兵。鴈門虜直飛狐道。銅馬烽高細柳營。萬里軍書馳謁者。諸公袞職在昇平。

風入長揚夜色屯。高林落日滿秋園。辟鵜群下江湖白。波浪涼溪荷芰翻。金海紛言驅谷蠡。玉門此日制烏孫。東西吉語時時上。不見單于拜五原。

降胡千帳伺居庸。十二陵西望夕烽。相國金甌倚聖主。秘書珥筆待司農〔時選上計吏入翰林以錢穀第上下〕。湘江木落孤臣意。隴首霜飛戰士容。海內秋風俱涕淚。平原短草莫相從。

（18）夜起聞雞聲

起舞中宵星漢低。晨禽何事苦相啼。已知不入香閨夢。無奈傷心明月谿。劍氣吳江原夜白。若華滄海莫朝迷。平生未許劉越石。願獻秦川碧野雞。

（19）題內家楊氏樓

微雨微烟咽不流。南窓北牖鎖翠浮。濤聲夜帶魚龍勢。水氣朝昏鴻雁秋。歸浦月明銀海動。捲簾雲去綠帆愁。如今不有吹簫女。猶是蕭郎暮倚樓。

（20）獨酌偶成

獨守高樓春不來。臨樽又望鳥飛廻。清郊積雪坐如此。鐘鼓羙人安在哉。常願遠結信陵客。可憐多負洛陽才。長歌短吟聊自放。斯事寧爲人所裁。

（21）春寒

凍斷春雲不可飛。青氷猶截浴鳧磯。花驄公子風寒彎。金鴨佳人香著衣。珠柱未調絃濕濕。雲屏欲匝雨溦溦。百花無使傳消息。蝶怨蜂愁事屢違。

（22）春曉

明冶東風度曲池。澹烟疏霧籠高枝。流鶯自起無人覺。朝幌初開有蝶知。寒薄羅衣金鴨暖。風清香陌紫騮遲。春愁無數垂楊裏。裁得輕盈千萬絲。

（23）初夏感懷

平楚遙臨意若何。朱顏叵首不能酡。非關水調平川滿。無奈荒亭獨望多。兵入夔州孤白帝。波翻揚子作黃河。江天四月洪濤惡。惆悵青萍覆綠茄。

水木平交草不分。傷心薜荔獨離群。不堪夜食烏程酒。何意朝看巫峽雲。天子非常待顏駟。諸生空老怯終軍。無聊且作江南弄。小雨霏霏動碧紛。

鸝鴣拍翅過東牆。雨近黃梅山翠凉。海唱妖弧彎碣石。都船沉馬怯牙檣。三江鼓角今無事。天下風雲正渺茫。高閣看愁愁不盡。更勞萱草向人長。

少小心開游俠名。朅來三月掩柴荊。未聞天下推元禮。蚤識諸生厭正平。紫葵青桐陰寂寂。畫橈晴角晚盈盈。披襟自讀英雄記。慷慨悲歌非我情。

（24）秋興

玉樹初搖露氣新。高雲不動晚璘璘。明湖更有南樓夜。遙珮非無北渚人。畫艇千門凉菡萏。飛潮八月橫龍鱗。秋風江表常如此。坐使烟波老角巾。

萬里風雲秋在天。青燈長劍慰高眠。江關詞賦哀庾信。草閣詩書擁伏虔。學種兎頭氷玉冷。新分蓴股碧腴〔註275〕鮮。可憐徒有鱸

〔註275〕原文爲異體字。

〔註276〕魚膾。不是張生滯洛年。

平江荒草漫離離。白苧東南有舊辭。一雁寒分龍漠氣。千竿秋老洞庭思。銀濤返照青楓立。畫閣臨風玉簟移。總是傷心緣處發。獨留明月作相知。

落日徘徊天畔樓。三秋風雨上梧楸。采菱固是江南調。折柳還成塞北愁。師老藍田分玉帳。烟消滄海望麟洲。金甌猶足稱無缺。歎息書生空白頭。

憶昔悲吟赤日行。曾為父難向神京。天子恩深過文帝。諸生膽薄怯緹縈。五雲高擁長安日。三伏嚴趨易水程。自此江湖零落久。冷猿秋雁獨關情。

金陵自古聚衣冠。紫氣鍾山臨旦看。永夜魚龍清囪曉。萬年宮闕水晶寒。江天落落秋聲易。國士翩翩高會難。常說龍關神武地。靈風驟雨濕旌竿。

蕭瑟蒹葭風怒號。秋江極望滿雲濤。四愁不是同聲曲。九辨方知作賦高。紈扇月中凉落早。金莖天外夢魂勞。惟餘銀漢迢迢在。烏鵲群飛見羽毛。

自有東胡擾冀方。秦關楚塞日飛揚。清天獨鶴思華表。明月雙鬌黯驪騮。白草末埋新戰骨。黑山都是舊勤王。中原翻調防秋土。愁見長城度曉霜。

（25）聞山東捷音有喜〔註277〕

聞道三齊海霧開。封狐雄虺竟何才。將軍戈擁田橫道。餔虜腥膏韓信臺。始見臨邊多壯士。莫言聖算不驚雷。中原自此銷群盜。鐵騎無煩再北來。

〔註276〕原文為異體字。以下皆是。
〔註277〕文本亦收錄於「壬申合稿」，卷之十，頁682～683。「將軍戈擁田橫道」作「將軍戈篲田橫道」；「餔虜腥膏韓信臺」作「餔虜腥高韓信臺」；「莫言聖算不驚雷」作「莫言聖笄不驚雷」；「幽燕諸將解圍還」作「幽燕諸將解圍還」；「內孽誅為羌狄先」作「內孽誅為胡虜先」；「歸村爨火帶烽烟」作「歸村爨火帶烽煙」；「牛種明年賜力田」作「牛種明年賜福田」。

千騎東方秋戰天。幽燕諸將鮮圍還。波臣不與鯨鯢橫。內孽誅爲羌狄先。出郭人民求橡藿。歸村爨火帶烽烟。願聞天子安民詔。牛種明年賜力田。

（26）寒月在池上作〔註278〕

碧雲何處是幽期。悵望瓊樓冷桂枝。獨鶴不猜霜下影。飛鴻欲引月中思。丹瑚可佩輸三尺。玉液能傾假一巵。只有鄂君餘繡被。愁琴無語夜深悲。

——文本摘自清・李雯撰，四庫禁燬書叢刊編纂委員會：《蓼齋集四十七卷・後集五卷》（北京：北京出版社，1997 年 6 月，《四庫禁燬書叢刊》清順治十四年石維崑刻本），第 111 冊，集部，頁 408～414。

《蓼齋集・卷二十四・七言律詩（二）》

1. 述感一

（1）臺城懷古

如洛山川自昔傳。清淮浦上鬱芊芊。南朝宮闕隨青葢。西苑文章冷碧烟。風雨再逢龍起日。笙歌別是月明前。惟餘細柳垂垂綠。猶似靈和殿裏年。

（2）石頭城

縈來此地控皇州。烟艸旌旗出戍樓。江上飛潮連楚岫。城頭落月滿西洲。牙檣夜卷千帆色。畫角朝唫萬樹秋。征虜亭皋今在否。可憐太傅寂風流。

（3）雞鳴埭

曉樹朧朧隔景陽。露華輕拂奉君王。鶯聲欲遠宮鴉曙。豹尾初明紫袖涼。天外玉雞嚴細仗。車前翠翳籠溫香。晨裝艸艸鐘鳴後。馬上

〔註278〕文本亦收錄於「壬申合稿」，卷之十一，頁 687。「丹瑚可佩輸三尺」作「丹瑚可珮輸三尺」；「愁琴無語夜深悲」作「愁琴無語夜深悲」。

相聞點麝黃。

（4）鷄鳴寺望玄武湖

鷄鳴高閣倚臺城。城外烟波極望平。峰擬鍾山似廬岳。池囘玄武作昆明。樓舡寂寞蛟龍戲。簫管空無菡萏生。一自黃圖成水府。鵁鶄屬玉滿浮萍。

（5）登木末亭

孤亭縹緲出荒林。戶牖涼生接翠陰。自是南朝多占水。卻令今日一披襟。諸天烟冥藤蘿合。六月龍唫波浪深。不待秋風凉冷後。江聲薄暮會愁心。

（6）謁功臣廟

高帝英威四海同。宗臣祠廟肅清風。靈旌未卷三驅色。鐵馬猶存百戰功。帶礪昔懸新日月。勳名不負舊蛇龍。只今輦道猶青艸。常想君臣一氣中。

高原古殿碧蒼蒼。開國勳崇異姓王。自昔從龍皆北府。相隨逐鹿半南陽。丹青四壁秋聲裏。袞冕千齡帝座旁。囘首中原多戰伐。大風猛士欲飛揚。

（7）謁表忠祠

朝天宮外表忠祠。槐柳森森接地垂。聞說有魂隨杜宇。當時無冢葬要離。傷心七國空遺策。涕淚同堂止舊悲。猶是聖朝國士報。春秋司祝一瞻儀。

遜國祠堂何日建。顯皇垂拱正中年。異時化碧衣裳冷。一體焚香祭祀聯。仗節何當同桀犬。沾恩亦自在堯天。晉朝舊有忠貞廟。松栢蒼蒼合暮烟。

（8）秋盡

秋盡江天木葉稀。空林日夕下寒暉。猶餘蟋蟀依墻穩。更有蒼鷹奉雀歸。十月波濤掩秔稻。北風刀尺問裳衣。壯夫盡落飛蓬後。搔首徘徊立釣磯。

江南霜氣老平蕪。寒楚蒼蒼烟月孤。水薄平霞連畫角。風高枯柳
散城烏。髡頭隱見占三塞。鴈翅飄零動五湖。爲有荒愁消不得。明燈
午夜獨虬鬚。

（9）讀薛當世辨交論

相逢湖上一披襟。薛子論交意更深。舉世欲爲杜門客。惟君猶有
食苹心。莫言朋友皆膠漆。且欲君臣如瑟琴。我輩便思僑肸事。雲山
千里共招尋。

（10）湖上多水鳥羣飛翛然李子感之而賦

未審鸂鶒與鸕鶿。朝飛烟渚暮池塘。欲歸江海何曾遠。更避風霜
在此鄉。聲入吳雲愁肅肅。影翻越嶺看茫茫。蕭條久作飄蓬客。羨爾
能誇羽翼長。

（11）湖上見梅作

暮冬囘首一淒其。又見寒梅發數〔註 279〕枝。豈是土風行令速。
便教遊子念歸遲。故園玉樹何曾少。暖閣銅瓶在此時。惆悵無端若千
里。夜深橫笛動相思。

（12）喜聞彝仲臥子捷音感而有作

傳聞天上捷書來。二子當今竝玅才。伏櫪那知憐驥足。翳雲方共
看龍媒。此中久矣無人物。嘆我依然在艸萊。袞袞諸公成項領。麒麟
高閣待誰開。

（13）秋日雜感

暮雲晴望楚天東。畫角清清向朔風。赤縣半開戎馬內。邊聲不及
鳳城中。征南盡起蓮花幕。江左初彎明月弓。何日秋郊生意氣。片帆
西上看青楓。

（14）秋日聽臥子談登岱

聞君壯思屬東遊。抵掌登封散四愁。紫海波清通日觀。碧霞鸞去

〔註 279〕原文爲異體字。

鎖銅樓。翠華古道秦碑沒。風雨靈旗漢殿秋。一自相如作頌後。白雲千載更悠悠。

（15）秋日同轅文讀書白燕庵追弔袁侍御海叟〔註 280〕

正始文章有數公。曾聞白燕擅江東。七言久落空梁外。五畝猶存修竹中。惆悵清郊遲鎩羽。飄零辭客弔秋風。傷心遠在蕭蕭樹。日暮憑高矚望同。

（16）秋日有懷〔註 281〕

淮南木落助深悲。苦見秋風度桂枝。日暮常聞吹笛處。月華空對捲簾時。寄身惟恐江湖小。望食猶看鴻鴈遲。海內故人良易濶。蒼蒼白露正相思。

（17）出郊〔註 282〕

何計平居遣百愁。每從郊外獨行遊。天清水霧高黃鵠。渚散芙蓉泛鷁舟。一徑西風吳苑冷。千家晚杵白秔收。常爲徒步觀雲物。回首中原又暮秋。

（18）過吳城感懷〔註 283〕

吳山吳水日清清。西北帆隨返照行。雲斷紅樓秋鴈迴。風飄白紵晚砧鳴。高檣大纛朝天使。急管繁絃過客情。聞道此中原不惡。愁心幾度闔廬城。

（19）京口作〔註 284〕

蚤辭桂楫及松舟。夕望黃雲與戍樓。萬事不如徒步意。十年幾看

〔註 280〕文本亦收錄於「陳立校本」，卷八，頁 170。

〔註 281〕文本亦收錄於「陳立校本」，卷七，頁 139。其詩題名爲：〈秋日有感〉。「日暮常聞吹笛處」作「日沒常聞吹笛處」；「海內故人良易濶」作「海內故人良易數」。

〔註 282〕文本亦收錄於「陳立校本」，卷七，頁 135。「常爲徒步觀雲物」作「嘗爲徒步觀雲物」。

〔註 283〕文本亦收錄於「陳立校本」，卷八，頁 156。「西北帆隨返照行」作「西北帆遲返照行」。

〔註 284〕文本亦收錄於「陳立校本」，卷八，頁 157。「蚤辭桂楫及松舟」作「早辭桂楫及松舟」。

大江流。軍開北府霜弧勁。水冷南徐海氣收。我見茫茫從此日。角聲吹斷故鄉愁。

（20）賦得欲渡黃河冰塞川足太白句〔註285〕

欲度黃河冰塞川。崚嶒赴海復湔湔。東經淮浦千尋折。西下龍門九曲穿。簫鼓不遲乘傳客。羸縢難上釣魚船。壯夫久已懃津吏。短策從今又一年。

（21）曉行〔註286〕

墊宿荒雞夜半鳴。五更跨馬復長征。霜蹄躞蹀參差見。雪嶺嵯峩次第明。故國紅樓殘曉夢。異鄉清角動嚴城。男兒弧矢尋常事。今日愁看帶劍行。

（22）登德州城樓〔註287〕

地盡東藩接北平。高樓南望暮雲橫。天波近落明河水。飛鷁斜臨却月城。冰雪寒深遲禹貢。魚龍夜永衛神京。故鄉秔稻參差發。爲想來年春艸程。

（23）道中逢立春〔不及長安二日〕〔註288〕

白雲嶺外自思親。況近長安逢立春。柳色乍開三輔樹。鶯聲如喚五陵人。心懸鳳闕看年瑞。身著鶉衣染路塵。未審東郊霜下艸。微沾雨露在何辰。

道上逢春春悄然。春風何不待明年。吳中玉笛梅花外。燕地黃沙馬首前。北客愁看漳水岸。南鴻飛斷薊門天。上林芳景知無限。愧爾蹉跎未著鞭。

〔註285〕　文本亦收錄於「陳立校本」，卷八，頁 157。「崚嶒赴海復湔湔」作「嶒崚赴海復湔湔」；「羸縢難上釣魚船」作「篐縢難上釣魚船」。
〔註286〕　文本亦收錄於「陳立校本」，卷八，頁 157。
〔註287〕　文本亦收錄於「陳立校本」，卷七，頁 135。「冰雪寒深遲禹貢」作「冰雪深寒遲禹貢」。
〔註288〕　文本亦收錄於「陳立校本」，卷七，頁 128。「微沾雨露在何辰」作「微沾雨露在何晨」；「愧爾蹉跎未著鞭」作「愧爾蹉跎未著鞭」。

（24）長安春感〔註289〕

鳳城宿雨淨飛沙。玉殿璘璘照日華。未信春風驕戰馬。漸看宮柳覆棲鴉。塞雲初捲千峯雪。御水先成二月瓜。欲賦長揚何日獻。落花將半不還家。

乍見遊絲出建章。更逢飛騎發漁陽。歸心漫逐□笳急。別緒應隨春艸長。神策天軍初報喜。龍樓新署靜含香。幾回跨馬宮牆外。愁聽鶯聲似故鄉。

（25）望西山〔註290〕

帝城西望每青青。聯絡諸峰作翠屏。想像松楸臨鳥道。嘗聞劍珮護神扃。藤蘿曉合龍宮靜。雲霧春陰鳳馭停。十二陵西多艸木。遙傳佳氣自千齡。

（26）詠懷往跡〔註291〕

居庸天關俯神京。關外芙蓉削不平。鹿去胡塵歸朔漠。龍來鐵騎埽欃槍。先皇山海爲鐔鍔。終古飛揚想旆旌。試看臼湖成異日。長陵松栢鬱青青。

西宮御苑接銀河。憶昔宸遊翠輦過。天子時聞歌湛露。羣公定不廢卷阿。玉階春艸生蘭杜。金殿秋風鎖芰荷。自是我皇宵旰後。鵁鶄白鷺暗晴莎。

昭王遺冢在無終。列栢蕭條野殿空。獨有金臺傳薊北。不雷騏驥

〔註289〕文本亦收錄於「陳立校本」，卷七，頁 140。「鳳城宿雨淨飛沙」作「鳳城宿雨靜飛沙」；「乍見遊絲出建章」作「昨見遊絲出建章」；「歸心漫逐□笳急」作「歸心漫逐胡笳急」。

〔註290〕文本亦收錄於「陳立校本」，卷七，頁 137。「帝城西望每青青」作「帝城朝望每青青」。

〔註291〕文本亦收錄於「陳立校本」，卷七，頁 142～143。「龍來鐵騎埽欃槍」作「龍來鐵騎掃欃槍」；「長陵松栢鬱青青」作「長陵松栢鬱菁菁」；「昭王遺冢在無終」作「昭王遺塚在無終」；「列栢蕭條野殿空」作「列柏蕭條野殿空」；「不雷騏驥走寰中」作「不雷麒驥走寰中」；「俠骨干霄白日淪」作「俠骨干宵白日淪」；「衣冠擬作秦庭哭」作「衣冠擬作秦廷哭」。

走寰中。壯心豈逐神仙耗。霸業遙憐秋艸同。太息君臣成一契。參差異代不相蒙。

俠骨干霄白日淪。荊卿西去不逡巡。衣冠擬作秦庭哭。艸木難爲易水春。怨恨千秋函七首。悲歌昔日壯風塵。可憐故國還墟墓。更有蕭蕭擊筑人。

信國囘天不可支。燕雲古道夕陽悲。令威歸鶴無消息。精衞塡波有怨思。日月再清新帝域。春秋不改舊宗祠。英魂眇眇看庭樹。猶是南枝勝北枝。

（27）**水關**〔註292〕

弱柳深烟鎖苑牆。春潭流影動蒼蒼。虛無不少琉璃域。咫尺如臨白玉堂。天馬浴來朱汗落。御溝分出碧蓮香。爲愁波浪銀河接。不敢乘舟近日傍。

（28）**獨坐**

獨坐青山對落暉。離披遊子芰荷衣。心非麋鹿隨豐艸。跡倚詩書但翠微。風磴埋泉侵月細。石林披竹見星稀。鐘聲夜動清涼域。囘首空廊近息機。

（29）**山中喜聞破賊捷音**

遙聞元帥捷書傳。廢卷狂歌倚暮天。玉帳初驚神武略。金甌新數太平年。即看江漢多銷甲。行喜中原有代田。爲報單于穮賽日。龍驤小隊欲臨邊。

（30）**初秋雨後**

天囘靈雨散林丘。谷口飛雲藹未收。翡翠新巢修竹潤。石蓮倒影碧溪流。將餐菰米過三伏。小落梧桐試九秋。久分愁心同宋玉。難憑風物一登樓。

（31）**春日感懷**〔註293〕

〔註292〕文本亦收錄於「陳立校本」，卷七，頁135。
〔註293〕文本亦收錄於「陳立校本」，卷七，頁140～142。「鶯浴滄波雲葉晚」

十年不上碧油車。留滯江潭老歲華。水國寒烟風度鳥。春城細雨
暮吹笳。北來赤羽驚鳴鏑。南望青山怨落花。多少朱門新意氣。衣裳
楚楚亦堪誇。

大堤楊柳更青青。花鳥烟波自不停。高會每懷金谷序。相思人在
白樓亭。鳳城日遠遲方岳。龍首春深問水經。目極江天問黃鵠。凌風
一擊絕滄溟。

夜夜登樓太白高。春星如雨沒蓬蒿。彎弓躍馬非疇昔。慷慨悲歌
亦我曹。二月穹廬移海岫。三吳組練壓江濤。傷心無語籌鄉土。唯有
東風動伯勞。

猶是江南徒步人。年年躑躅對芳辰。且看日暗黃金甲。莫厭塵生
白疊巾。鷺浴滄波雲葉晚。烏啼夜井麥苗新。碧天回首登臨處。落盡
梅花不見春。

黑山白馬意如何。漫道清江淨薜蘿。短褐未離滄海岫。春陰不散
洞庭波。風開細柳弛金柝。日奏雲門想玉珂。猶喜太平餘氣象。胡塵
隔斷小黃河。

南天畫角喚春回。宿雨沈雲鬱未開。彭蠡鴈深沙皓皓。武陵花放
雪皚皚。飛灰何限靈光殿。籌火誰登銅爵臺。惆悵青燐遍朱邸。高皇
龍種幾人來。

翱翔河上有諸軍。繫馬中林白日曛。江左鶯花春半落。淮南風鶴
夜深聞。朝天玉珮晨星杳。匝地金戈別部分。仗策此時瞻馬首。鄉心
那不念離羣。

流澌春信隔桃源。吳楚風帆天際屯。盡把黃旗催海粟。誰沈白馬
下淇園。燕銜苜蓿新巢遠。雨長菁蕪戰骨存。欲補金甌疇聖主。愁心
歷亂數中原。

（32）越城懷古

江海連雲句踐城。千巖萬壑會高清。藏書石上春藤閉。明鏡波中

作「鷺浴滄波雲葉曉」；「漫道清江淨薜蘿」作「漫道清江靜薜蘿」；
「胡塵隔斷小黃河」作「胡塵遙隔小黃河」；「吳楚風帆天際屯」作
「吳楚雲帆天際屯」；「欲補金甌疇聖主」作「欲補金甌酬聖主」。

越女行。東表霸才如竹箭。南朝隱業近蓬瀛。山川形勢今猶在。使我登臨慷慨生。

（33）金陵蚤秋

金波欲動冶城陰。向晚高林對月深。東望宮霞初出樹。西飛江鳥更歸潯。香輕蓮粉侵紈扇。露入流黃擣玉碪。南國佳人重回首。銀河清淺各傷心。

帝城秋色染梧桐。一鴈南征江上風。楚國帆檣如去馬。吳人歌吹引飛龍。雲迷雉尾愁空度。水向金溝咽未通。可念青谿祠上月。夜深曾照景陽宮。

（34）聞江外喪師

忽傳幕府羽書驚。盡沒江東子弟兵。戰罷腥塡潁水岸。賊來瓦震細陽城。三年鶴列全無色。永夜鳥啼自有聲。莫說長江本天塹。嘗聞蕅峻亦縱橫。

（35）聞朝鮮陷失

屬國名王倚聖朝。翻然城郭易天驕。邊聲乍起傳橫海。漢將何人復度遼。箕子衣冠隨了鳥。三韓職貢闕金貂。青齊自此無屏障。悵望楡關空寂寥。

（36）聞西安復失是日諸進士方有館試之期〔註294〕

赤眚新入舊長安。百二秦關失險難。玉几中宵恒側席。金門平旦欲彈冠。未聞河隴收千騎。豈獨崤函有一丸。涕泪只今何處灑。九天風雪夜漫漫。

（37）長安蚤秋書懷〔註295〕

風飄一葉井梧闌。天半金莖淫露盤。鳳闕雙高銀榻外。玉繩斜轉碧雲端。深宮永夜飛黃紙。上將何人弭白檀。獨對招搖成太息。緇衣三易客長安。

〔註294〕文本亦收錄於「陳立校本」，卷八，頁 168。
〔註295〕文本亦收錄於「陳立校本」，卷七，頁 143。其詩題名爲：〈長安蚤秋書懷〉。

西望重山紫氣深。彤雲欲傍帝城陰。濯龍夜雨垂朱實。飲馬秋風動玉砧。苑柳初寒三殿月。齋宮微誦百官箋。金門路遠真霄漢。何日承恩賦上林。

（38）龝八月農父至邸寓瞻聖駕西郊會天雨有旨遣代賦示農父〔註296〕

龍旂秋捲不曾翻。一夜西郊過雨痕。但見行雲迷翠幄。為遲明月照金根。藝林且共欽高論。艸莽何由識至尊。若說雄文振金石。甘泉詞賦足承恩。

（39）帝京秋思〔註297〕

相看薊苑白楊凋。玉闕銀河挂斗杓。八月浮槎南客夢。七屯飛騎北風驕。榆關落日遲征旆。碣石孤雲策度遼。猶有文皇弓劍在。長陵松栢莽蕭蕭。

燕山日夕故人多。邂逅相逢金叵羅。豈有雲霄持羽翰。幸無軒冕狎風波。涼生絕塞驚鵬鶚。艸白清郊放橐駝。回首鄉關千萬里。月明無盡奈愁何。

黃沙渺渺白雲天。西極峨峨青嶂聯。玉樹飄零句盾外。金風吹出未央前。祠官朝寫甘泉祝。使者秋開酇杜田。寂寞楊雄非執戟。河東初賦不成篇。

嘗思挾策獻君王。袖手徘徊秋日黃。不信褐衣懷拱璧。且將葛屨度微霜。江湖滿目魚龍鬭。鄉土關心薜荔長。永夜燕昭臺上月。為愁雲木極蒼蒼。

〔註296〕 文本亦收錄於「陳立校本」，卷八，頁 165。其詩題名為：〈仲秋八月農父至邸寓瞻聖駕西郊會天雨有旨遣代賦示農父〉。「艸莽何由識至尊」作「艸莽何繇識至尊」。

〔註297〕 文本亦收錄於「陳立校本」，卷七，頁 143～145。「榆關落日遲征旆」作「榆關落日遲征虜」；「長陵松栢莽蕭蕭」作「長陵松柏莽蕭蕭」；「玉樹飄零句盾外」作「玉樹飄零句勾盾外」；「寂寞楊雄非執戟」作「寂寞揚雄非執戟」；「陵闕蒼蒼翠萬重」作「陵闕蔥蔥翠萬重」；「燕山俠少解吳鉤」作「幽燕俠少解吳鉤」；「黃花連障高明月」此句後還有註解「山名」二字。

高原爽氣滿盧龍。陵闕蒼蒼翠萬重。御苑寒砧聯蟋蟀。上方清溜
滴芙容。秋來艸長平津閣。朝日鷄鳴長樂鐘。惆悵堯封多旰食。玉珂
紫陌自從容。

燕山俠少解吳鈎。督亢烽烟接戍樓。百縣再披荊棘暮。千家初及
棗黎秋。黃花連障高明月。盧鴈垂天過白溝。聞道江南猶赤地。此鄉
風雨未曾收。

不唱西州烏夜啼。傷心易水碧琉璃。城頭擊柝黃雲合。闕下鳴鞭
紫塞低。白筆何能通狗監。布衣無事傍鷄栖。桂枝搖落江潭夜。莫遣
秋風送駃騠。

羽林飛控忽喧喧。虎旅分符出國門。此日中朝多主父。異時哲相
豈公孫。黃金四壁秋霜起。赤羽三驅玉帳翻。甲夜罘罳猶晚對。至尊
清淚獨臨軒。

（40）歲暮自遣

人間相馬不周全。我學屠龍世莫傳。千里從親歌白雪。十年憂國
恨青氈。江山半落金甌外。日月雙飛玉檻前。欲避高軒愁出入。不如
歸種海東田。

——文本摘自清·李雯撰，四庫禁燬書叢刊編纂委員會：《蓼齋集四十七卷·
　　後集五卷》（北京：北京出版社，1997 年 6 月，《四庫禁燬書叢刊》清順
　　治十四年石維崑刻本），第 111 冊，集部，頁 415～421。

《蓼齋集·卷二十五·七言律詩（三）》

1. 贈答一

（1）贈彭城萬年少〔註298〕

龍護沙隄螭偃碑。彤樓清館傍河湄。已爲宋玉才難盡。更擅莫愁

〔註298〕文本亦收錄於「壬申合稿」，卷之十一，頁 689。「龍護沙隄螭偃碑」
　　　　作「龍護沙堤螭偃碑」；「彤樓清館傍河湄」作「彤櫟清館傍河湄」；
　　　　「千年霸氣今何在」作「千年伯氣今安在」；「并作君懷綺豔思」作
　　　　「併作君懷綺豔思」。

家易知。戲馬臺邊楚日月。歌風亭上漢威儀。千年霸氣今何在。并作君懷綺豔思。

（2）贈龍舒方密之〔註299〕

知君桂楫下錢塘。贈我驪珠青玉廂。洛下玄譚輔嗣少。諸劉文筆孝標長。驅車千里來求友。仗策三秋不自涼。顧盼英雄饒壯思。廬江不得有周郎。

（3）送王周二子入南雍〔註300〕

秋濤如洗千峰色。別艇時聞靈鴈來。猶有儒冠行不壯。兄聞飛檄意方猜。石城嚴柝涼風落。烏巷清砧暮角催。江左風流應未盡。莫辭樽酒共徘徊。

我生不識金陵道。君復倦遊心惘然。更著青衫見祭酒。相攜長劍向江天。雲辭東府懷歌扇。荷折西州不采蓮。秋氣滿天鼙鼓亂。昆明當見習樓舡。

（4）贈吳郡顧伯生

家在山邨近五湖。春來烟水艷吳歈。龍威有冊知能識。姑射爲心無所濡。芒屨一雙花處醉。籃輿三個日行俱。如公不是悠悠者。吾欲相從訪釣徒。

（5）送臥子計偕北上

北極雲平秋氣屯。送君不作楚人言。雄心欲旁盧龍塞。麗藻方高

〔註299〕文本亦收錄於「壬申合稿」，卷之十一，頁 690。「知君桂楫下錢塘」作「知君桂檝下錢塘」；「洛下玄譚輔嗣少」作「洛下玄談輔嗣少」；「諸劉文筆**孝**標長」作「諸劉文筆孝標長」；「驅車千里來求友」作「驅車千里還求友」。

〔註300〕文本亦收錄於「壬申合稿」，卷之十一，頁 690。其詩題名爲：〈送周王二子入南國學〉。「別艇時聞靈鴈來」作「別艇時聞雙鴈來」；「烏巷清砧暮角催」作「烏巷寒砧暮**角**催」；「莫辭樽酒共徘徊」作「莫辭樽酒自徘徊」；「更著青衫見祭酒」作「更着青衫拜孔子」；「相攜長劍向江天」作「羞攜長劍向江天」；「荷折西州不采蓮」作「荷折西洲不採蓮」；「昆明當見習樓舡」作「昆明當見習樓船」。

銅馬門。天下多才予未起。霸王大略爾先論。封矦亦是諸生事。幸取金甌奉至尊。

碣石東南望洗兵。翻然仗劒歷秋城。晝帆晴捲清郊色。魚鑰初含羅幙情。辭賦滿懷陵闕暮。山河未靖甲弓鳴。如君少有功名志。他日相逢見棨旌。

（6）送尚木北上

君家自古擅風流。鷁首凌波賦遠遊。紫塞雲高飛旆直。黃河水落白楊修。元龍攜手同淮海。叔度開襟覽冀州。萬里紛紜勤戰伐。終須公等鳳池頭。

常懷秋水澹無期。雅度清夷我所師。張緒方矜蜀柳日。謝玄不帶紫囊時。三吳離別徒杯酒。四海風塵繞夢思。且說長安歡樂事。梨園弟子唱新辭。

（7）贈偉南送臥子至廣陵

木落淮南秋在天。離思遥直廣陵烟。獨搖羽扇蛟龍懼。並擊珊瑚雲水鮮。感慨會登文選閣。風流遠上孝廉船。珠簾十里隋堤路。更使君懷一惘然。

（8）送舜仲北上

裘馬聯翩西北馳。朔風萬里動離思。學專虎觀金縢發。心養龍韜星劍垂。天下方須王景略。如君頗似鄭當時。相期仗有安危計。不獨區區集鳳池。

（9）追送燕又

夕霞寒澹嘐城秋。鞍馬遥聞上冀州。楓落吳江君在道。月明滄海我登樓。中原鼙鼓今如此。塞北穹廬氣未收。獻策金門應壯發。媿予謀埜日悠悠。

（10）贈李僧筏

雅擅微言世所知。興懷獨數遠山姿。門稱北海文都勝。夢繞西陵人不羈。書劍嶙峋犬子遇。滄洲歷落虎頭癡。君家彥國何曾見。常想

風流在玉枝。

（11）送方郡侯入覲〔代父〕

白鹿黃龍古所諏。君侯休績冠三吳。能親鹽米身為瘠。更厲冰霜吏不呼。銀兔影寒鷹隼色。宋輪聲震虎狼都。只今獨立應推首。常望粉榆在海隅。

油屏露冕自翩翩。五馬方驅鳳闕前。天下幾人號廉善。如公五載獨勞賢。掛魚興祖清無敵。開棘君長禮最先。身媿邪谿諸父老。臨岐不敢出青錢。

（12）贈吳子舉武科

投筆彎弧稱壯夫。虎頭萬里不崎嶇。胸懷龍豹須時出。氣若鸇鷹待一呼。躍馬遂空七校士。鳴鏃欲取五單于。書生自顧無長策。賴爾飛揚意不孤。

（13）賀吳令楊君武闈得士之作

劍閣秋雲動虎闈。使君年少識戎機。天貽一將光河鼓。聲洽三軍得伏飛。坐使龍驤開玉帳。遙傳狼纛寢金微。江湖寂寂無知己。獨羨驊騮有所歸。

十年瀚海橐駝驕。無復將軍稱度遼。明主即今思李牧。君侯此日薦嫖姚。麟洲有水傳荒檄。鴈塞無門到赤霄。願得當收國士報。太平天子錫彤□〔註301〕

（14）臥子納寵於家身自北上復閱女廣陵而不遇也寓書於予道其事因作此嘲之

曠野平陰寒未收。聞君青舫上揚州。珠簾竟捲何曾蔽。明月為心無所投。豈是木門歸漢燕。或言殿腳盡隋樓。茂陵不與臨卬並。更語相如莫浪求。

（15）贈鄭儀賓壯圖〔楚人岷王壻父游擊將軍收劉河〕

宋玉翩翩辭楚王。流蘇翠羽鄂君裝。家傳橫海黃金勒。姓氏聯天

〔註301〕原文不能辨析。疑似「弨」字。

白玉牀。逸思乘風輕五岳。驚才飛藻動三湘。莫言嬴女吹簫易。少小
曾能咏鳳凰。

繡葢明犀壓錦裘。飄然車馬半皇州。寧從稷下稱才子。不向章華
作粉倈。業陋宋人工楮葉。書成漢殿盡銀鉤。相如倘獻凌雲賦。更擬
梁園是舊遊。

（16）醻聖階弓矢之贈

三尺角弓金僕姑。忽來贈我胡爲乎。艸中狐兔不足盡。天上封狼
今在無。緩帶輕裘大將度。讀書射獵諸生圖。感君相勗四方志。勒石
燕然吾與俱。

（17）贈許非隱赴武闈

天下英聲稱虎侯。少年好援雙吳鈎。時危寶劍度江水。節短飛鶚
凌清秋。一卷陰符洞深意。相看玉帳舒奇謀。燕山自有穹薩石。身勒
雄文在上頭。

（18）寄贈楊伯祥太史之蜀藩

暫停視艸下明光。絳簡西傳龍鳳韋。八月風雲馳劍閣。三秋辭賦
橫瞿塘。漢朝才子多巴蜀。高帝雲孫出獻王。聞道閩東猶戰伐。長卿
作檄舊能長。

握手風塵未有期。吳雲楚澤一相思。方君西使乘傳日。是我東歸
留滯時。鴻鴈聲高蠻嶺直。蛟龍秋睡峽江遲。應知感慨多同調。流涕
成都丞相祠。

（19）戲筆走慰蕭如

多君裘馬昔翩翩。戲弄春風十五年。筆下殷勤定情曲。花間悵望
美人篇。機頭折柳猶能嘯。醉裏彈琴不願仙。何用青青在城闕。王昌
宋玉舊相憐。

（20）密之待予于吳門不遇而去賦此致懷

予乘素舸馳江上。君下扁舟訪武丘。同是相思明月路。不成高會
洞庭秋。家傳武庫偏能富。地號隆中似可求。出處如今渾欲托。明年

更話石城頭。

（21）檇李姚北若秦淮大會予以他故不赴此酬意

河朔風流已渺然。喜聞高會屬羣賢。將持歌扇侵明月。欲罄江波作酒泉。西曲流歡遲錦瑟。南皮逸藻麗秋天。未知好事誰爲繼。惆悵無能入綺筵。

泛彼樓船娛眾賓。翩然袪服集芳辰。可無才子青鏤筆。徧寫佳人白紵巾。天下離愁今日甚。中原兄弟喜相親。爲予多有傷秋事。金谷詩中少一人。

（22）贈番禺黎美周

番禺何似成都勝。南海波明生異才。作賦還摻太冲逸〔君欲作懷鄉賦補三都所不及〕。譚經如見仲翔來〔君注易深于互授之體〕。天河欲向銅標落。嶺霧眞從珠浦開。久識文章滿宇內。雄風豈獨越王臺。

聞君秀孝本天然。投我清詩雙玉編。昔日登高能賦處。半成躍馬論兵年。憂危滿目悲才子。辭翰傷心辱比肩。相望平生治安策。明春流涕聖人前。

（23）送彝仲北上

今日三爲送行客。憐君六上計偕車。目營四海神逾旺。身在羣賢志必虛。國論常煩一夕語。傷時久作萬言書。永嘉舊事如能繼〔張羅峯公車久不第一第而即相〕。望實知應薄魏舒。

（24）送鑒先北上

梁棟森成匠石來。觀君輪囷豫章材。今年初上平津傳。蚤歲曾登燕市臺。同閉我常關北戶。德音最可重南陔。一杯欲向西風酹。懷抱明春待好開。

（25）送從兄友三

少小宮牆襟袖聯。一門兩兩更相先。多兄駿足凌風去。歡弟牛衣擁日眠。家世冠裳傳舊德。異方僑札有諸賢。燕臺正是扳荊地。莫守

青氊屠狗邊。

（26）追送燕又

參差已復過高秋。零落空爲湖上游。兩度送君俱遠望〔癸酉之秋予在練川〕。三冬客子歎離愁。初聞宋玉先飛轡〔時尚木最先行〕。又有陳琳並馬頭〔臥子與燕又同時行〕。看爾公車良不惡。颺言早佐殿中籌

（27）追送尚木

彎弓躍馬意何長。獨向秋風首冀方。自昔輕裘惟叔子。近來武庫屬當陽。勤王初散應難戢。點□全歸必甚張。遠別未曾一攜手。知君心事日昂藏。

（28）追送楊龍友學博北上

伯起關西稱夫子。威明隴右作經師。講堂著述何季畢。濟世功名良及茲。仗劍可能報天子。伏龍久已識當時。柰予留滯周南日。悵望驪駒勞夢思。

（29）贈馮研祥

太史清風久絕倫。小馮特立更嶙峋。才名知復推第五。意氣由來勝伯仁。每見英心常自失。喜于落魄㝵相親。從君爲問虞翻里。今日青蠅可弔人。

（30）文北曕王季豹下第游湖上投詩有相知之言賦此詶意

坐看風雨復朝朝。有客雲裝共寂寥。香艸蘭蓀爲上珮。楚材杞梓是孤標。江山宜與英流對。杯酒難令壯士消。異日倘爲河朔會。許君千里獨相招。

（31）贈矦文中新婚詩

玉簫初度紫雲涼。玄夜扁舟小洞房。謝女清思能賦雪。荀郎才令更焚香。層冰已結填銀漢。驚鵲無勞報曉霜。欲獻椒花知不遠。蕙音先上鬱金堂。

（32）春過檇李朱範臣下榻數日重其殷勤賦此誌意

范蠡湖邊細艸暄。裴林宅外竹枝繁。映階玉樹看君近。滿壁芸香
對日溫。丞相清風傳舊學。司空素節有諸孫。平原十日兼醇飲。投袂
深情敢獨論。

（33）湖上遇吳去塵知其納妾吳下便成流寓喜贈

與君契濶歷春秋。湖上相逢勝舊遊。聞道玄珠恒在掌。欺人白雪
未盈頭。黃金散盡依賓碩。錦瑟移來近莫愁。知爾文園能慢世。茂陵
西去更風流。

（34）送勒卤遊梁〔註302〕

金風初爽忽離群。臨水登山一送君。賓客久傳枚叔賦。旌旗欲問
亞夫軍。淮南木落征人過。宋北河平曉月分。猶是文章梁苑客。歸鴻
千里動相聞。

畫舫輕橈出素波。別君南浦望如何。將移書帶鄰戎馬。乍聽清砧
動綺羅。楊柳秋風疎汴岸。池臺落日見黃河。相如正有求凰曲。遮莫
遊梁車騎多。

（35）慰來澤蘭吏部去官〔註303〕

胸中各有不平事。予欲上書君欲歸。自謂中天冰鏡徹。何期咫尺
蒼蠅飛。片言相慰豈殊眾。十載投心終不違。若向明時請恩澤。鑑湖
春艸正芳菲。

（36）春日懷臥子轅文〔註304〕

宋子論詩自不遲。陳生高咏正相宜。可憐一別清霜後。相失三春
瑤艸時。極北軍書驚客夢。江東花鳥作相思。莫言京洛多桃李。盡日
條風只浪吹。

〔註302〕文本亦收錄於「陳立校本」，卷八，頁 159。其詩題名爲：〈送周勒
　　　　卤遊梁〉。
〔註303〕文本亦收錄於「陳立校本」，卷八，頁 153～154。其詩題名爲：〈慰
　　　　來澤蘭吏部〉。「予欲上書君欲歸」作「余欲上書君欲歸」。
〔註304〕文本亦收錄於「陳立校本」，卷七，頁 127。

（37）上王誠宇先生〔先生庚午救家君被廷杖者〕

昔日炎天霜雪飛。曾驚御杖染朝衣。恩深救父何能報。志在陳情恐復違。兩地孤臣同白首。百年高義動丹扉。相憑一紙通佳訊。敢說身同黃雀微。

（38）酬姚文初〔時請其尊人卹典不得〕〔註305〕

客中相見益相憐。萬里陳情共黯然。予本傷心烏鳥節。君行久廢蓼莪篇。春深薊北看鴻鴈。花滿長安作杜鵑。不信浮雲能永日。常令遊子欲瞻天。

（39）贈別金長留

憐君白髮盡垂垂。潦倒看花上馬遲。俠骨不隨春夢改。鄉心每向故人悲。義高越石今誰似。貧到馮驩我獨知。惆悵難為攜手別。東風吹斷綠楊絲。

（40）贈廣陵冒辟疆

携手三年尺素長。君家姓氏復難忘。江皋春色裁宮體。鳥府賢聲接舊香。豈是文章易雄霸。更懷裘馬亦飛楊。廣陵自古多才地。作賦今過張子綱。

（41）送倪三蘭老師還朝

三吳桃李極春風。直指高名講肆中。報國頻題伯樂驥。歸朝還策鮑家驄。天開黨錮平原幸〔時以朋黨誣土公疏白之〕。人望賢門北海同。獨叩哀音向知己。論材猶復愧焦桐。

揭來赤舄苦難羈。繡斧翩翩北望馳。天子方思蒼玉珮。諸生長戀絳紗帷。殿頭白筆誰能勝。奏上金甌蚤見知。自惜曾無國士報。千秋竹帛一相期。

（42）贈倪鴻寶先生

抗疏西清動九重。瞻儀冑子更雍雍。兩朝南史推雄筆。一日東山

〔註305〕文本亦收錄於「陳立校本」，卷八，頁152。其詩題有一副標，曰：「時文初請其尊人恤典不得」。「予本傷心烏鳥節」作「余本傷心烏鳥節」。

作卧龍。自有蒼生勞夢想。如公初服未從容。極知聖主求賢切。不許人間有赤松。

（43）贈仁和令吳坦公

吳下嘗欽季子風。三年手板傲江東。訟庭無事蒼苔碧。戍鼓空懸落日紅。浪過海門高白雪。帆聯越國隱蜚鴻。思君未厭明湖色。興在鳴琴夕翠中。

（44）送黃仲霖司理開封

爲想夷門古大梁。驅車千里盡垂楊。竹刑春滿瑯玕筆。麗藻人看白玉堂。廣武秋風藏少帛。吹臺暮雨照流黃。多君北望長安近。猶有西京老鳳凰。

（45）寄懷友三從兄于海外〔註306〕

儋耳珠崖極望遙。銅章猶作漢官僚〔註307〕。飛霜欲到蠻雲樹。夜雨常添瘴海潮。江介羽書愁落日。天南鴻鴈隔春霄。相憐不少萊蕪氣。未遣明珠慰寂寥。

（46）贈胡別駕雉餘時參鳳督軍事携姬人至吳

楚客離騷舊有名。指揮曾破黑山兵。衣調錦瑟中郎帳。朝展龍韜驃騎營。玩世每搖白羽扇。論心共結縵胡纓。羨君猶有扁舟興。二月鶯啼五兩輕。

（47）新安山中寄諸弟

松林謖謖响鳴蟬。長夏空山薜荔鮮。憶弟每當清晝立。思親不背白雲眠。堂前彩股分花蕚。客裏藤牀費玉編。無賴鄉心應計日。秋風催送下溪舩。

（48）夏日懷卧子

黃鳥清音夏木疏。芙蓉池上憶君初。頗聞入洛多同調。深念歸吳

〔註306〕文本亦收錄於「陳立校本」，卷八，頁 160。其詩題名爲：〈寄懷季重家兄于海外〉。
〔註307〕原文爲異體字。以下皆是。

有寄書。自此人間停手板。莫言才子得高車。風塵千里今猶盛。懷抱
何年賦子虛。

　　磊落嶔崎見所思。十年意氣動相期。當時戲我無鱗甲。今日多君
慎羽儀。騎馬長安金殿曉。避人江左白雲遲。東歸一夕親襟袖。潦倒
尊前絕妙辭。

——文本摘自清・李雯撰，四庫禁燬書叢刊編纂委員會：《蓼齋集四十七卷・
　後集五卷》（北京：北京出版社，1997 年 6 月，《四庫禁燬書叢刊》清順
　治十四年石維崑刻本），第 111 冊，集部，頁 422～428。

《蓼齋集・卷二十六・七言律詩（四）》

1. 贈答二

（1）送馮留仙憲副左遷去官

　　青帆南浦動懸旌。海國居人送別情。幾度誓師京口岸。三年挾纊
閶闔城。聖朝黨事終應解。天下清流在此行。更說單車嚴譴日。驪歌
欲唱不成聲。

（2）送偉南之江右赴侯廣成學憲之聘〔註308〕

　　草堂攜手駐風烟。惜別江湖共黯然。碧水欲寒分縞帶。玉山自遠
更青氈。吳關楚塞飛鴻近。紫菊丹楓落日偏。極目蕭蕭秋不盡。知君
囘首豫章船。

（3）中秋後一日得密之書答懷〔註309〕

　　白門千里寄雙魚。非復人間問起居。萬字緘題明月後。隔年離別
雁行初。秋風朱鷺增鐃曲〔時密之作新樂府錄示寄〕。江介黃龍動羽書。不是
山川異吳楚。相思一望一愁余。

（4）寄辟疆

　　廣陵公子不勝情。玉盞嘗教羅袖傾。曲室相聞玄夜語。高樓同待

〔註308〕文本亦收錄於「陳立校本」，卷八，頁 160。
〔註309〕文本亦收錄於「陳立校本」，卷七，頁 127。其詩題有一副標，曰：「時
　　　　密之作新樂府錄寄」。「相思一望一愁余」作「相思一望一愁予」。

月華明。北堂彩舞雙紋結。小苑琴聲連理生。共惜秋風攜手處。思君惟有董逃行。

（5）憶臥子

欲到東山拂布衣。憐君猶作會稽雞。朱絃自直浮名合。明鏡空懸心事非。賀監湖光勞案牘。若邪谿鳥避牎扉。霜毫何日興高詠。傳向吳中老釣磯。

（6）寄孫克咸

欲寄雙魚江水深。問君幾作白頭吟。鸊鶒已莫誰沽酒。錦瑟粗安可辭心。擊劍頗能于氣象。吹簫猶足學浮沉。相憐俠骨今如許。月白風高寒色侵。

（7）寄吳子遠〔註310〕

已成遲暮莫沉吟。望爾飛騰意不禁。仗策何曾辭玉管。同車到處擁青琴。旌竿朔雪千家戍。畫角清霜萬里心。直向燕山瞻鳳闕。黃金臺上有知音。

（8）寄密之〔註311〕

故人高臥大江邊。縱酒狂歌亦偶然。明月久期千里駕。南樓益我四愁篇。芙蓉落日遲烏榜。鸂鶒微風動彩牋。苦恨壯遊無一事。憑君紈扇憶當年。

北去誰傳雙鯉魚。南來初讀季冬書。殷勤攜手知甥舅。羯末齊肩似友于。滿地江湖波浪惡。各天鴻雁羽毛疎。知君不少冥冥志。弋者何人望碧虛。

（9）寄懷睢陽友人〔註312〕

薊門黃鳥昔嚶嚶。珍重春郊送別情。自惜從戎非李廣。猶思結客

〔註310〕文本亦收錄於「陳立校本」，卷八，頁 159。其詩題名爲：〈寄子遠〉。
〔註311〕文本亦收錄於「陳立校本」，卷八，頁 158。其詩題名爲：〈寄方密之〉。「殷勤攜手知甥舅」作「殷韓攜手知甥舅」。
〔註312〕文本亦收錄於「陳立校本」，卷八，頁 158。「猶思結客問侯嬴」作「猶將結客問侯嬴」。

問侯嬴。新成辭賦空梁苑。故里衣冠滿宋城。躍馬涼風秋隼疾。中原今日欲銷兵。

（10）寄慰仲芳〔註313〕

八月金臺曉色澄。會看駿足有先登。惟余失旦無鳴躍。與子離群獨寢興。夙昔文心飛白鳳。今來天壤任青蠅。滄洲到處生君筆。馬上西山碧數層。

（11）贈王敬哉孝廉〔註314〕

鳳凰城北結交初。獨鶴翩翩傍起居。入洛余驚苟隱對。生燕君讀茂先書。江淮名士常相問。河朔風流定有餘。已是十年勞夢寐。幸看襟佩接清虛。

（12）贈御醫王泰宇〔註315〕

看君行俠幾春秋。巨顙脩髯仍白頭。醫國止存薑桂性。論交屢典鸕鷀裘。十年不見心如故。三徑方開我獨留。為問江湖隱君子。何人肯直釣魚鈎。

（13）離家四月柬示故鄉諸友〔註316〕

三月春江首重違。薊門千里動清暉。故人不見琅玕筆。客子猶披白苧衣。燕月每愁塵北至。朔風先送雁南飛。芙蓉玉露相思切。嘗夢扁舟獨夜歸。

相思不見暮雲橫。北地天風秋鵑鳴。無處埽門干相國。共憐懷刺足平生。胡笳未動千山色。江鯉何遲一月程。鮮道長安看日近。不知萬里隔承明。

〔註313〕文本亦收錄於「陳立校本」，卷八，頁153。其詩題名為：〈慰仲芳〉。
〔註314〕文本亦收錄於「陳立校本」，卷八，頁152。「入洛余驚苟隱對」作「入洛余驚苟隱對」。
〔註315〕文本亦收錄於「陳立校本」，卷八，頁153。「何人肯直釣魚鈎」作「何人肯擲釣魚鈎」。
〔註316〕文本亦收錄於「陳立校本」，卷八，頁160。其詩題名為：〈出門四月柬示故鄉諸友〉。「無處埽門干相國」作「無處掃門干相國」。

（14）送江谷尚歸長沙〔註317〕

長沙才子拂征衣。淪落京華客漸稀。楚玉深〔註318〕懷人不見。江雲高卷雁同飛。霜流湘浦蒹葭薄。月冷昭潭橘柚肥。只爲君家傳別賦。銷魂猶在送將歸。

（15）寄懷新安黃嚮先〔註319〕

連歲蘭膏共夜鐙。芸窓秋雨對贏滕。已將千頃輸黃憲。敢說三君似李膺。我道牛衣聊偃臥。時來羊角有飛騰。北平遙望龍溪月。人在雲山第幾層。

（16）送吳存初侍御巡按滇省

滇中亦是古華陽。使者褰帷下點蒼。日月猶清荒徼外。軒車莫恨箐林長。雲開漢道通金馬。章譯夷歌貢白狼。知有仁風吹六詔。天南萬里不飛霜。〔註320〕

難將六計問中原。猶有單車出國門。欲避干戈紆楚塞。幾廻驛路訪夷村。地偏新上流官疏。天末遙聞長者言。徼外三年如一日。應傳恩詔促行軒。

（17）送素心弟下第南歸〔註321〕

木葉群飛秋滿天。雁行垂翅更翩然。漁陽夕照征笳冷。鉅野平帆水荇牽。別後荋囊懷橘柚。歸時布帽任風烟。惟余留滯幽州客。每日吟思桂樹篇。

（18）送程西剛應錢明府記室之聘之京口〔註322〕

世亂無家亦不愁。連翩書記復南州。聞潮欲渡三江口。有酒宜登

〔註317〕文本亦收錄於「陳立校本」，卷八，頁 160。「銷魂猶在送將歸」作「銷魂尤在送將歸」。

〔註318〕原文請看原文。

〔註319〕文本亦收錄於「陳立校本」，卷八，頁 161。「芸窓秋雨對贏滕」作「芸窓秋雨對籯滕」；「我道牛衣聊偃臥」作「我道牛衣聊偃窩」。

〔註320〕文本亦收錄於「陳立校本」，卷八，頁 161。

〔註321〕文本亦收錄於「陳立校本」，卷八，頁 161。

〔註322〕文本亦收錄於「陳立校本」，卷八，頁 161。其詩題名爲：〈送程西剛應錢明府記室聘之京口〉。

萬歲樓。挾策新從開北府。折衝猶足佐諸侯。長安送別饒風雪。千里
蕭蕭只敝裘。

（19）送祁世培侍御刷卷南都〔註 323〕

栢堂清敞夜啼烏。驄馬南馳秣玉芻。仗節留臺看白簡。臨軒聖主
念青蒲。雕弓月滿長千路。龍劍秋開玄武湖。到日江濤增鎖鑰。孝陵
風雨未全孤。

六計霜清老惠文。星軺何事出南薰。只緣豐鎬依江左。猶使枌榆
望使君〔君常按吳〕。夜靜雞鳴連紫氣。峰回牛首繞黃雲。幾時天語風吹
下。玉佩新超鵷鷺羣。

（20）送東雲雛下第還華州〔註 324〕

我亦幽燕搖落人。送君不第復歸秦。薊門無復青楊柳。渭水猶看
白角巾。天下軍儲多阻絕。中原風雅未沉淪。爲期烽火清關塞。策馬
重來度孟津。

（21）贈張子建郡丞以守齊河功監王大中丞軍市駿畿南

〔註 325〕

七歲相違意氣新。功名重喜出風塵。齊人不久留田忌。燕地方今
貴劇辛。小邑懸旌高睥睨。長城捧檄控騏驎。遙知駿骨堆金處。正是
□雛絕漠辰。

（22）贈錢塘孫崖〔號霞骨〕〔註 326〕

霞骨山人矜壯遊。興來落筆動滄洲。藏身自號丹青客。出世心飛

〔註 323〕文本亦收錄於「陳立校本」，卷八，頁 162。「栢堂清敞夜啼烏」作
「柏堂清敞夜啼烏」；「仗節留臺看白簡」作「伏節留臺看白簡」；「雕
弓月滿長千路」作「雕弓月滿長千路」；「猶使枌榆望使君」作「猶
使枌榆望使君」（此句後還有註解到：「君嘗按吳」）。

〔註 324〕文本亦收錄於「陳立校本」，卷八，頁 162。

〔註 325〕文本亦收錄於「陳立校本」，卷八，頁 154。其詩題名爲：〈贈張子
建郡丞君以守齊河功監王大中丞軍市駿畿南〉。「七歲相違意氣新」
作「七載相違意氣新」；「燕地方今貴劇辛」作「燕地今方貴劇辛」；
「正是□雛絕漠辰」作「正是胡雛絕漠辰」。

〔註 326〕文本亦收錄於「陳立校本」，卷八，頁 154。

白玉樓。拂袖每攜筇竹杖。狂歌欲飲月氏頭。懷中徒有彌生刺。擬向朱門何處投。

（23）**贈漕使**〔註327〕

年年輪挽動經秋。使節先期集萬艘。豈獨冰夷能效順。由來蕭相本多籌。黃頭擊櫂飛遼海。紅粒蒸霞滿冀州。天子臨軒咨國計。何時特拜富民侯。

（24）**寄侯朝宗**〔註328〕

崎嶇賊裏念朝宗。秋夜相逢似夢中。別後形容寧獨悴。見時寒暖未全通。東京獻捷霜弧白。西塞思親落日紅。知爾久懷麟閣志。速飛小隊隸元戎。

（25）**和趙韞退大行季秋恭祀茂陵**〔註329〕

茂陵山色近閶中。使者行園拜望通。鳳馭霜飛吹玉珮。龍池雨過濕丹楓。昭儀別寢罘罳落。鈎弋靈衣享殿空。爲問金莖清露冷。馬卿詞賦渴秋風。

（26）**送韓景伯司理漢中**〔註330〕

三秦宦迹復加鞭。盪寇威名自昔年。指顧頻經蕭相地。干旄爲憂武都天。王師未報脩雲棧。別部猶偅守漢川。叱馭即今無不可。征西幕府憝須賢。

（27）**贈錢塘沈雲侯**〔註331〕

傾葢相逢古冀州。乍聞久敝黑貂裘。君房下筆應無對。文擧空樽欲自愁。夢到西陵思越鳥。倦遊北土看吳鈎。平生一諾行天下。不用區區問去留。

〔註327〕文本亦收錄於「陳立校本」，卷八，頁 154。「由來蕭相本多籌」作「繇來蕭相本多籌」。
〔註328〕文本亦收錄於「陳立校本」，卷八，頁 159。其詩題名爲：〈寄友人〉。
〔註329〕文本亦收錄於「陳立校本」，卷八，頁 165。
〔註330〕文本亦收錄於「陳立校本」，卷八，頁 152。
〔註331〕文本亦收錄於「陳立校本」，卷八，頁 152。「不用區區問去留」作「不用區區問五侯」。

（28）贈陳以昭〔註332〕

少小偏親遊俠塲。每行千里不賷糧。身通絕塞良家子。志斬祁連日逐王。於我交知重然諾。多君裘馬異輕狂。何時得並追風騎。射虎南山秋月黃〔以昭善射虎〕。

（29）贈鞏洪圖駙馬尊人〔註333〕

南陽貴戚不如君。終日持齋禮白雲。陽氏玉田耕已熟。青門瓜瓞種初分。天邊有子稱蕭史。世上何人過右軍〔右軍子子敬尚公主〕。九月黃花成令節。絳霄吹墮紫鸞文。

（30）送劉客生聞儆還秦

莫道秦川佳氣多。送君策馬淚滂沱。二崤有險今延敵。三輔何人更荷戈。歸去藍田勞夢寐。到來赤羽滿關河。劉郎猶是風雲客。會看英猷埽白波。　〔註334〕

與君同病復齊年。傾盆燕山並可憐。輦下交情慙縞帶。客中離別恨烽烟。河梁落月風沙外。函谷鳴雞欸叚前。贈策繞朝惟一語。異時相遇莫徒然。

（31）送趙郡丞以押運早完還任

香秔十萬達京師。水擊三千路不遲。能省金錢輸玉粒。不因冰雪損民脂。將來計最先諸郡。豈獨賢聲在度支。暫借威名彈海服。異時旄鉞末差池。

（32）歲暮束百史

紫陌晴暉映曉霜。鳳池徐步珮聲長。彤庭晝按聞天語。寶幄風披染御香。遂有青藜傳太乙。豈無彩筆動明光。羨君不作金門隱。猶喜

〔註332〕　文本亦收錄於「陳立校本」，卷八，頁 153。「志斬祁連日逐王」作「志斬匈奴日逐王」。

〔註333〕　文本亦收錄於「陳立校本」，卷八，頁 153。其詩題名爲：〈贈鞏洪圖駙馬尊公〉。「世上何人過右軍」一句後還有註解到：「子敬尚主。右軍之子。」

〔註334〕　文本亦收錄於「陳立校本」，卷八，頁 161～162。「歸去藍田勞夢寐」作「歸去蘭房勞夢寐」；「會看英猷埽白波」作「會看英猷掃白波」。

朝陽近玉堂。

（33）寄吳次尾〔時有從軍之志〕〔註335〕

飛揚不耐白門秋。壯節由來屬虎頭。投筆何須辭衛霍。請纓還欲駕曹劉。秦樓歌管猶堪醉。楚岸烽烟恨未收。五十封侯年尚少。好將紅袖拂吳鉤。

（34）送郁子衡奉使東省便道歸家

職貢年來事不同。右評新借五花驄。王人奉詔書正月。使者何心誦二東。齊城雞犬春無恙。遼海旌旗路未通。猶許單車誇晝錦。好隨南燕入吳風。

（35）送尚木奉使長蘆便道省親

未央初印紫泥香。鳳詔新承西省郎。無棣草生丹闕迥。木門春度雪波長。黃金發策勞星使。青瑣憂時問海王。猶是翩翩歌四牡。鯉庭家慶足囘翔。

（36）寄懷子建宋大

一年不見惠音遲。問子行藏今若為。莫卷丹書通脈望。應從蠹簡識俞兒。青禽自啄封籤雪。翠草常垂拂徑枝。可念故人京洛滯。吳吟無語對流澌。

（37）初春得臥子書有懷

新年遙接會稽書。欲買青山賦遂初。黃綬無情人不信。紫芝有露我將茹。鹽車到處悲騏驥。鐘鼓何心聽爰居。况復金庭春色好。幾廻飛夢入籃輿。

（38）首春柬密之

章臺跨馬復青陽。大隱金門意思長。今日鄒枚侍天子。孰云賈董傳諸王。朱絃春繞芝蘭室。玉管雲生蚩翠床。屢欲昌言人不許。何妨沉醉日清狂。

〔註335〕文本亦收錄於「陳立校本」，卷八，頁159。其詩題名為：〈寄次尾〉。其後副標相同。「壯節由來屬虎頭」作「壯節繇來屬虎頭」。

（39）贈孫儀之學博

薊闕憂天亦我儔。相逢拂拭舊吳鈎。君形止合親旄仗。時事何須
論馬牛。帳下無人問龍吉。牀頭有易號梁丘。莫言苜蓿無雄氣。此物
曾經博望侯。

（40）送方仁植先生以大中丞領屯田之任河北

公才三府仰人宗。再領中丞佐大農。地職千年開陸海。春雲正月
護勾龍。鳩迎露冕車前見。蒲發青陽輦下逢。共許富民膺賜爵。郊原
萬里欲銷鋒。

憂國如家有幾人。承恩載耜即行春。路經分陝乘傳遠。官在明農
開府新。三輔蘋風吹玉粒。中田杏雨失青燐。未嫌麟閣遲遲上。此事
真稱社稷臣。

（41）春日東魏子一

藜閣蓬山每陸沉。愛君獨坐更龍吟。屢揮太傅憂時淚。不受文園
買賦金。騎省雲連雞樹穩。芸編香暖鳳池深。鄭公遺笏今猶在。珥筆
時懸捧日心。

（42）送李梅谿侍御巡鹽兩浙

鳳墀烏府散鳴珂。二月王程馬上過。地出江淮烽火靜。天連吳越
水雲多。桃花雨後燒青草。白雪春廻漬素波。萬里霜威清國計。猶將
鼎味待君和。

（43）壽劉念臺先生

獻納常持報主身。斷氷積雪見清真。如今天下知汲直。久矣東南
倚賀循。屢作布衣辭魏闕。更餘黃髮老孤臣。聞公每飯存君父。未是
江湖獨樂人。

磷磷素節冠清曹。聖主深知風議高。憂國已成雙白鬢。還山惟有
一青袍。神芝曄曄開三徑。獨鶴翩翩在九皋。爲問釣竿初拂處。蒼生
遙屬夢魂勞。

（44）壽何憨人大父

袖拂珊瑚紫桂香。清秋初整荇荷裳。道風自昔歸愚谷。時論於今
嗣穎〔註336〕昌。宅號小山人更遠。榮分賜策珮能長。雲枝一葉參霄
上。聞道天孫有報車。

玉骨星袍老歲華。佳辰久列上清家。朝飛青鳥傳丹字。夜度黃姑
弄彩霞。鶴蓋應隨九節杖。蒲輪不讓五雲車。生涯只合依河漢。泛客
年年問海槎。

（45）壽白石陳翁

鴛湖煙水泛桃花。上有眞人乘綵霞。不羨初平餐白石。何須葛令
覓丹砂。羽陵蠹簡翻千帙。金匱芸編非一家。況有龍孫隨驥子。春風
几杖日婆娑。

（46）壽萬瞻明駙馬

鳳凰樓上吹簫客。玉女峯前採藥人。常見朱顏映玄髮。坐開金谷
待芳辰。衣穿宮錦先朝賜。果發皇封御字新。應有空中雙紫菱。年□
爲舞杏花春。

（47）送友人

陸郎年少獨懷眞。閉戶能交天下人。我至欲聞擊節語。君行何日
御風晨。芙蓉葉暗蓬門內。黃鳥聲多碧澗津。遠望草堂不可到。願從
俠客一相親。

（48）坐中戲言分贈諸妓

碧池不動畫雲輕。清管遙吟小鳳聲。別樹愁紅扇底發。隔簾幽黛
月中生。葛衫爲解纏綿意。犀轟由來躅忿名。自是傷心成怨侶。西王
不遣到青城。

繡袖翩翩繞玉樓。明光地錦簇花毬。掌中惟有紅珠暖。香裏須知
蘇合投。豆蔻稍長寧解恨。芙蓉帶冷未矜秋。蠻娘不種相思子。自此
人人字莫愁。

〔註336〕原文爲異體字。

　　錦瑟銀箏無所爲。當年碧玉自垂帷。娥娥不入鴛鴦隊。楚楚應教
鸚鵡詞。坐冷蓮香秋不語。摘殘蘭露夜何其。陸郎曾繫斑雛處。當在
垂楊第幾枝。

　　悉茗丁香各自春。楊家小女壓芳塵。銀屏疊得霓裳細。金錯能書
蠶紙勻。夢落吳江秋珮冷。歡聞鴛水楚蓮新。不知絛脫今誰贈。蕚綠
曾爲同姓人。

（49）贈人

　　雲滿瀟湘嫋綺羅。曾聞樂府大堤歌。何期楚國陽臺女。來泛江南
明月波。索襪娟娟霞上淺。紫蘭冉冉意中多。相思遠淡烟花外。惱殺
襄王奈若何。

（50）為徠西挽內〔註337〕

　　連枝繡帳不曾難。珠柱無聲玉漏殘。蜡翠簾垂霜月曉。茱萸匣近
碧燈寒。可憐交甫懷空珮。不信秦嬴騎獨鸞。烟海沉沉瑤岸遠。難携
夢草問珊珊。

　　羽葢高飛絳節飄。朱顏不住此逍遙。猰貐猶弄金鈴簌。鸚鵡仍緣
銀蒜條。初擬紅珠圓夜夜。誰言碧樹冷朝朝。玉卮自向雲中去。空鎖
葳蕤惜步瑤。

（51）送薛邇機喪

　　白衣相送接行塵。笳咽松門物色新。如此人年不四十。無端隴草
自三春。一身已盡無餘事。二篋粗安有老親。腸斷山陽鄰笛裏。莫言
千古但雷陳。

（52）哭秦道力〔註338〕

　　君家嚴父是吾師。名德清心復繼之。父子十年雙旅殯。孝廉一室

〔註337〕文本亦收錄於「壬申合稿」，卷之十一，頁 691。「連枝繡帳不曾難」
　　　　作「連枝繡帳不成難」；「蜡翠簾垂霜月曉」作「翡翠簾隨霜月曉」；
　　　　「空鎖葳蕤惜步瑤」作「空鎖葳蕤惜步搖」。
〔註338〕文本亦收錄於「陳立校本」，卷八，頁 170。

兩孤兒。傷心眞憶山陽笛。絕命遙鄰漂母祠〔君卒淮上〕。氷雪嶙嶙坏土後。難將寶劍掛高枝。

——文本摘自清・李雯撰，四庫禁燬書叢刊編纂委員會：《蓼齋集四十七卷・後集五卷》（北京：北京出版社，1997 年 6 月，《四庫禁燬書叢刊》清順治十四年石維崑刻本），第 111 冊，集部，頁 429～436。

《蓼齋集・卷二十七・七言律詩（五）》

1. 遊覽

（1）頴谷園

谷口深雲入戶親。凉探幽閣不嫌頻。辭章滿寫皆康樂。臺榭應知劇季倫。石砌苔痕侵紫繡。鈎闌鳥跡破芳塵。當年金屋何曾鎖。空使清陰悵遠人。

重樓倒景下清漣。罨畫沉沉別有天。半嶺廻風動筠檜。一谿漲水養魚蓮。文軒初啓懷瓊塵。芳草猶新假翠鈿。閒殺黃鸝在高樹。江南游子獨淒然。

（2）仲夏過吳氏澹石山房

飄然移我近青巒。百尺流泉夏水寒。山嶂未開當五月。歸雲微擁濕千竿。曾題舊字藤蘿合。猶喜層軒錦石安。吳氏二難才並敵。更修三徑足芳蘭。

（3）題靜玉艸堂

門外稀聞油碧車。艸堂深靜綠蒹葭。半岩鐘鼓清山翠。滿徑松筠淡日華。北戶著書幽澗落。南岡射虎夕陽斜。悠然選勝乘餘興。杖策溪頭弄彩霞。

（4）夏日至婁城經弇州園亭

弇州遺業近城西。水竹清陰布穀啼。別榭昔曾通白社。居人猶自號清谿。羅含松菊隨新主。庚〔註 339〕信文章有舊題。深鎖重門獨不

〔註 339〕原文爲異體字。以下皆是。

見。池塘芳艸正萋萋。

（５）題祁侍御園亭

使君衣錦歸寧日。吳下新祠瞻望同。自有棠林垂吾土。更勞樾舘慰秋風。門前柳色如張緒。樓上月明懷庾公。聞說山陰多勝事。剡谿青舫畫圖中。

客中離思滿錢塘。湖上高樓對夕陽。水氣初含明月佩。凉風欲捲芰荷裳。越江黛遠秋逾碧。吳岫楓稠夜有霜。來往東山謝安石。明懷澹澹不能忘。

（６）早春遊萬駙馬白石庄和臥子韻〔註340〕

白石橋邊接御堤。沁園池舘向清谿。花分洛苑香猶靜。樹擬長楊葉未齊。金井牀寒妝閣後。玉樓簫斷鳳城西。青山半入朱軒裏。門外春風聽馬嘶。

（７）春日游米氏湪園題贈吉士〔註341〕

高亭水樹帝城隅。半捲西山入畫圖。檻外波濤凉素壁。風前蒲柳亂春雛。南樓遠望蒼龍闕。北渚如移玄武湖。此地登臨幽興極。看君常自在氷壺。

（８）與王叔遠同王敬哉米吉士登真覺寺浮屠覽眺郊甸〔註342〕

寶鐸參差度晚風。香林高影出晴空。西王淨顯三明域。北地登臨二妙同。樹向五陵山色翠。天低雙闕暮雲紅。不堪極目郊原外。遠客心愁春霧中。

（９）夏日與周農父及董天藍朱全古遊水關觀蓮〔註343〕

芙蓉雙闕背清陰。楊柳參差池籞深。紫燕穿波飛帖帖。朱蓮垂水

〔註340〕　文本亦收錄於「陳立校本」，卷七，頁 136。其詩題名為：〈早春遊萬駙馬白石庄追和臥子韻〉。「白石橋邊接御堤」作「白石橋邊御路堤」。

〔註341〕　文本亦收錄於「陳立校本」，卷七，頁 136。「看君常自在氷壺」作「看君嘗自在氷壺」。

〔註342〕　文本亦收錄於「陳立校本」，卷七，頁 136。

〔註343〕　文本亦收錄於「陳立校本」，卷七，頁 136。「荷裳秋思日相侵」作「荷裳秋思日駸駸」。

碧沉沉。昆明遥接銀河浪。鵁鶄高停玉樹林。同是江南作賦客。荷裳
秋思日相侵。

（10）同東雲雛米吉士登顯靈東閣〔註344〕

翠栢森成倚太清。高秋極望市朝盈。千峰西繞蒼龍闕。三殿東臨
紫鳳城。絳屋迎雲遲鶴馭。彫甍晃日動霓旌。相攜滿目風塵事。惆悵
霜前白雁鳴。

（11）重陽後二日同米吉士遊高梁橋〔註345〕

千萬垂楊映玉波。秋深猶得見婆娑。已看紅葉催征雁。但少黃頭
發棹歌。上苑相逢多挾彈。曲江欲避有鳴珂。自憐不及涓涓水。日向
朝元殿外過。

（12）初春月夜同方密之劉慧玉劉澕柱步馬玉河橋有訪不遇

天上春多隔御溝。月明宮樹隱青樓。連鑣未後高陽客。歸馬方從
平樂矦。何處悲歌憑痛飲。幾時絲管釋邊愁。狂來錦瑟如堪問。猶憶
當年俠少遊。

（13）許芳城招飲練谿

散髮相逢鹿院中。汝南兄弟盡名通。筵開水鷁觀濤白。煙繞長林
入寺紅。詞賦飄零多意氣。江山寂寞少英雄。與君醉飲西干下。太白
灘頭覽古風。

（14）和江都將龍潭夜集詩

湖上樓船隱夕陽。江城晚色靜蒼蒼。十年戰馬風塵骨。永夜金樽
遊俠場。長劍欲教紅袖倚。短簫更入碧雲凉。將軍橫槊猶能賦。白首
文通未可量。

（15）暽城傳令融過齋頭與同社夜集兼示沈彥深作

秋水芙蓉白苧城。故人相見集高清。臨風皓月觀愁落。岸幘雄襟

〔註344〕文本亦收錄於「陳立校本」，卷七，頁136～137。其詩題名為：〈與
　　　　東雲雛米吉士同登顯靈宮東閣〉。「翠栢森成倚太清」作「翠柏森成
　　　　倚太清」。
〔註345〕文本亦收錄於「陳立校本」，卷七，頁129。

近酒明。寂寞江湖多聚會。悲涼羽翰失飛鳴。憑君爲向休文道。意氣如公日不平。

（16）宴聞子將吳山園亭

秋亭蕭瑟鎖煙皐。握手開襟慰昔勞。鳳嶺雲歸龍馭杳。江聲夜落海門高。當年縞帶成金石。天下風塵問羽毛。耳熱能忘擊劍起。如何公等尚蓬蒿。

（17）八月十三夜橫雲山侍家君宴時座客有善絃索者

露白雲高秋月明。開樽相見數峰清。將雛不獻青桐樹。下食應餐紫桂英。坐上金風吹玉律。燈前牙憐勝銀箏。樓臺永夜常如晝。不用萱蕪慰曲情。

（18）至前一日敬哉玉叔吉士約集摩訶庵冒雪而往余不能從諸
　　　　君歸述此敘之樂因賦

諸君踏雪帝城西。翠蓋張油帷幰低。安道幽棲無俗駕。遠公勝事亦招提。蓮臺夜語驚狐兔。栢葉新㪺飽駃騠。此會不曾同努力。爲愁青女惑前谿。

（19）春日宴冉心淳駙馬茂林園

朱門春色賦初筵。傲客留連愛主賢。寶瑟猶調雙鳳管。墨池新拂五雲箋。花移繡柱分璇蕚。月麗金鋪散紫煙。四壁滄洲如可望。先朝甥館是神仙。

2. 時序

（1）癸酉元日

白鶴雲多寒未還。平明萬戶且舒顏。寧聞正殿開樽獸。安有西王來玉環。滄海無人稱下瀨。中原不自把重關。緣知天下爲春日。只在鶯聲花氣間。

（2）上元

小雨迷煙清漏遲。吉璘穿影夜離離。七香不動朱塵陌。九鳳安棲碧玉枝。翡翠屏開傳細語。鴛鴦紙滑記新詞。不知更有羈愁客。人靜

樓高聽野吹。

（3）寒食

寒食長風埽艷陽。花枝搖落倚橫塘。龍孫自長開湘翠。燕子無愁語苑香。日暮小橋雲閣迥。春深澗戶女蘿凉。思烟亦是他年事。冷淡柔芳我最傷。

（4）七夕

碧河深杳濕清虛。紈扇徘徊露下初。褰幔金波侵月浪。却煙霄網帶星裾。猶憐飛鳥空歸後。此夜靈風獨自疎。憶得茂陵雲幄啓。眞妃親發紫囊書。

內院先開雲母窗。明璫小女夜焚香。皆言天上黃姑宿。不數人間白石郎。王子鶴來聲正細。麻家龍至爪初長。從來此日多繁會。只有秋娥夜未央。

（5）九日〔時讀木臥子士計偕〕

遥海頹雲淡不流。綠楊原上望高丘。江湖自送燕山客。風雨翻爲吳地愁。天外旌旗聯北闕。霜中橘柚麗南州。傷心不是登臺日。獨對平皋萬里秋。

（6）冬至〔註346〕

日下狼山只慚長。月中青女更吹霜。高樓玉笛愁無緒。小苑寒花近有香。氣暖瓊泉龍睡足。風來沙渚雁行凉。自憐獨望滄洲外。不及葭灰一寸揚。

（7）甲戌元日風雨

寒城宿雨曉蒼蒼。池閣淒清簫管凉。多見白雲迷黛色。誰云金鳥報青陽。飄搖四海旌旗舊。寂寞孤亭鳥鵲忙。豫有傷春今日始。不知何似去年長。

〔註346〕文本亦收錄於「壬申合稿」，卷之十一，頁688。「日下狼山只慚長」作「日下狼山只漸長」；「氣暖瓊泉龍睡足」作「氣煖瓊泉龍睡足」；「風來沙渚雁行凉」作「風來沙渚鴈行凉」。

（8）二日

夕霞沉隱復參差。高閣登臨在此時。楊柳未從歌裏出。梅花先向笛邊吹。中原涕淚今誰雪。南國風烟又可悲。獨自含情頻四望。紅苞翠羽晚相宜。

（9）三日

稜稜雨雪入樊樓。有客傷心樓上頭。不是許玄今獨望。亦同王粲舊忩愁。蘭風縹緲孤根細。鶴氣縱橫遠際浮。常自無聊春苑晚。蒼茫雲木向人幽。

（10）人日行春

日出東方歌吹傳。玄冬凌競入新年。土牛出土今榮甚。人日爲人倍悄然。雲細風嚴鴻雁色。柳昏梅暗夕陽天。故人杯酒方寥落。高杜空多遺贈篇。

（11）立春

青幡嫋嫋逐風廻。氷氣凌凌未可開。掌上金盤寧有露。枝間紅藥不須裁。蒼茫萬古魚龍戲。婉孌平時鸚鵡盃。總是蕭條不可問。未知春色爲誰來。

（12）上元

無數琪花沒翠筠。銀車誰識曉街塵。樓寒緗箔常棲鳥。欄接櫳梅獨倚人。不見祠來蠶室女。相傳迎得紫姑神。蘭燈此夜多明滅。惟悴無心入錦茵。

（13）長至

風吟廣漠惜寒芳。樹色平郊返照黃。天下通儀見履韈。登臺舊事奏雲祥。家依曠野烟霜近。樓枕清池竹栢凉。應有紅霞招暮景。葡萄帳暖坐焚香。

別鶴橫飛噪野田。高樓長笛咽迷烟。蕭蕭冬日復南至。冉冉寒花

悲暮天。西舍赤丸不假貸〔時隣有雀苻之警〕。我家青氈猶復全。男兒置身無長策。攡袖獨飲涼風前。

（14）乙亥元日

每見春盤愁艷陽。幸留淒雨在池塘。中原躍馬竟不歇。江左飛鶯行復忙。攡節遠慙荀令則。笑人更憶王元長。東風淡蕩又如此。使我躊躇蘭蕙光。

（15）元夕

相留明月照春城。羌笛樓中折柳聲。西漵〔註347〕爭然獨不見。南梅欲落向人清。不知金縷誰家好。應有鈿車入隊行。寥落平江花影薄。須教豉吏作彌衡。

（16）花朝

香氣朝遊小苑通。柳絲和雨又墻東。五湖草滿空愁綠。二月鶯啼休洗紅。檻外木蘭花盪槳。坊中玉勒錦纏鬃。春心欲度知何處。繡閣朧朧隔曉風。

（17）九日〔註348〕

誰能九日不登臺。萬里秋風亦壯哉。幾歲滄江成獨坐。屢因遲暮憶雄才。山川清歷魚龍臥。禾黍參差鳬雁來。樽酒每當搖落處。東籬無復數花開。

蒹葭日暮動滄洲。莽莽風煙屬季秋。水落吳江楓樹老。吟成楚客芰荷收。黃龍誓約廻天地。白雀功名散馬牛。天下兵銷應在眼。傷心未許極登樓。

（18）除夕飲臥子齋

辛盤醉客玉顏酡。陳子風流不易過。羯鼓廻春耳熱後。蘭燈消雪夜明多。布衣歷落皆如此。戎馬縱橫奈若何。三十已非年少事。幾時

〔註347〕原文爲異體字。
〔註348〕文本亦收錄於「陳立校本」，卷七，頁127～128。其詩題名爲：〈九日作〉。「屢因遲暮憶雄才」作「屢因遲暮念雄才」。

起舞一高歌。

（19）丙子元日日有食之

百官此日會朝天。曙色初礑金縷烟。萬戶含愁指若木。三微見祲晦虞淵。誰司衮職思山甫。却令封章憶鮑宣。聖主未歸長樂御。春風欲度更迴旋。

燒尾初傳栢葉杯。高樓憑檻暮雲回。十年鶴影常爲伴。此日蘭風未易裁。羌笛寒聲怨梅柳。故園春色傷池臺。亦知潦倒愁生事。且向鶯花欲小開。

（20）金陵七夕

蒼蒼暮雨隔紅樓。碧海銀河此夜秋。柳色華林通帝苑。鐘聲平樂出諸矦。芙蓉小院臨波晚。香粉千門入鏡流。爲問迢迢天上女。何如桃葉一輕舟。

（21）九日

被落江湖黯淡秋。況逢佳節對林丘。風吹鴻雁愁無數。樓枕香秔薄未收。極北勤王遲捕□。征西開府費懷柔。悵然欲下中原淚。誰謂登高散百憂。

叢菊茱萸兩未開。明囊不用絳紗裁。人依秋艸蒹葭冷。天入重陽風雨來。盛事至今傳戲馬。雄心何日復登臺。無聊更想穿楊會。擬向城南射酒盃。

（22）九日與兄弟宴集〔丁丑〕

重陽常作登高賦。今日登高意若何。聯袂弟兄新涕淚。折花賓友舊悲歌。茱囊菊蕊曾無異。衰柳殘楓故自多。不是秋來頻中酒。愁看明月下青蘿。

雁戞天空欲暮秋。相攜此日復登樓。多年辛苦縈霜菊。向晚蕭森蘆荻洲。黃犬何曾馳野外。青萍止合在牀頭。故人樽酒兼橫笛。吹出楓林紅葉稠。

（23）長安除夕〔註349〕

若爲守歲駐京華。紫霧沉沉接暮霞。孤客未曾千里夢。春風先入五侯家。雲深別殿歌鐘細。香繞嚴城銀漢斜。欲問故園堪憶處。好移樽酒近梅花。

孤舘清罇聊及脣。一年一去不由人。身慚江左稱才子。父作天涯老放臣。伏闕未知明主意。披衣再拂洛陽塵。故交且盡平生話。不信來朝是早春。

（24）戊寅元日〔註350〕

千年帝闕麗神皋。萬歲呼嵩駐彩旄。曉日初寒象輦外。春雲早覆鳳樓高。公卿盡是昇平客。草莽微聞拜慶勞。幸喜三朝無一事。九重深鎖對仙曹。

（25）元夕〔註351〕

天晴晚色靜長安。萬戶千門相向看。明月自鄰珠樹白。微燈不並水晶寒。關河羽檄春仍在。京輦烟花夜未闌。獨作蕭蕭燕市客。夢囘江左憶芳蘭。

（26）人日登司天臺晚眺〔註352〕

長安人日一登臺。千里神州霽色開。地繞黃龍成北闕。山廻青嶂自西來。朱樓暮啓臨飛騎。玉笛春寒動落梅。聖世即今多盛事。無煩災祲報蓬萊。

〔註349〕文本亦收錄於「陳立校本」，卷七，頁 128～129。「故交且盡平生話」作「故交且盡平生語」。

〔註350〕文本亦收錄於「陳立校本」，卷七，頁 129。其詩題名爲：〈元日〉。「萬歲呼嵩駐彩旄」作「萬歲嵩呼駐彩旄」；「曉日初寒象輦外」作「曉日初寒龍輦外」；「春雲早覆鳳樓高」作「春雲欲散鳳樓高」。

〔註351〕文本亦收錄於「陳立校本」，卷七，頁 126。「萬戶千門相向看」作「萬戶朱門相向看」。

〔註352〕文本亦收錄於「陳立校本」，卷七，頁 126。「長安人日一登臺」作「長安人日共登臺」；「地繞黃龍成北闕」作「地繞黃龍城北闕」；「山廻青嶂自西來」作「山廻青障自西來」；「無煩災祲報蓬萊」作「無煩災異報蓬萊」。

（27）寒食〔註353〕

誰能寒食不思家。御柳紛紛欲作花。天下何曾接烟火。京師不解
重龍蛇。傷春滿目風塵異。作客深愁雲霧遮。憶得故園歸夢好。飛飛
燕子向人斜。

（28）上巳〔註354〕

每懷上巳逐芳辰。遊子踟躕忽暮春。不見秉蘭川上女。但看折柳
路傍人。鶯啼只愛三宮樹。花暖常飛九陌塵。苦憶江南修竹裏。惠風
搖落露華新。

（29）人日與同社宴集〔己卯〕

佳期此日一登高。孤舘清深見我曹。擁膝何時揮羽扇。披衣幸不
隔綈袍。十年鶯語愁空度。三徑蘭風辱問勞。傳說黃巾復南下。聊將
樽酒慰江濤。

（30）七夕

昨見金風度桂枝。微河淡月隱佳期。長秋別殿收紈扇。結綺高樓
競彩絲。永夜白榆常歷歷。明朝青鵲更遲遲。山中獨有思歸客。相對
蒼松玉露滋。

（31）長安五日〔註355〕

帝城五日復傳觴。蒲葉青青杏子黃。不見樓船移太液。少聞鼙鼓
息漁陽。承恩畫扇迎風細。入御金盤貯粉涼。願作五絲能續命。莫教
長楚怨蒼蒼。

（32）七夕〔註356〕

建章宮柳入新秋。御苑垂虹向晚收。五夜香通鳷鵲觀。雙星光滿

〔註353〕文本亦收錄於「陳立校本」，卷七，頁 126～127。
〔註354〕文本亦收錄於「陳立校本」，卷七，頁 127。
〔註355〕文本亦收錄於「陳立校本」，卷七，頁 129。「莫教長楚怨蒼蒼」作
　　　　「莫教萇楚怨蒼蒼」。
〔註356〕文本亦收錄於「陳立校本」，卷七，頁 129。其詩題名為：〈長安七
　　　　夕〉。「御苑垂虹向晚收」一句後還有註解到：「是夕微雨」。「分果
　　　　當筵吳客愁」作「分菓當筵吳客愁」。

鳳凰樓。飛雲出塞燕山直。分果當筵吳客愁。安得明河波浪息。不勞
烏鵲報牽牛。

（33）長至雪霽登報國寺毗盧閣眺望〔註357〕

緹室廻陽曉氣澄。禁城寒色玉崚嶒。天低蓬閣迷雙闕。樹隱瑤光
近五陵。宣榭占雲宜鶴氅。堯階視日益朱繩。聖朝惟有看年瑞。此地
何妨一再登。

（34）甲申元日

長安兩度閱三朝。此日棲遲更寂寥。用筆屢嫌銅爵令。看人不耐
玉驄驕。萬年枝上風初動。百子池邊雪未消。莫說萊衣常獨舞。每將
留滯媿漁樵。

閒道霓旌簇畫竿。五更齊仗肅千官。爐烟出殿迷宮雉。瑞靄迎春
挹露盤。但使河東無羽騎。已愁江上失芳蘭。何人補袞承清問。白獸
尊前慰履端。

（35）人日憶弟

長安暖氣日邊廻。人日鄉心豈自裁。不見梅花驚短牖。還愁竹葉
泛深杯。三春雁影江湖斷。五夜烏啼城闕來。遙憶故園芳艸動。幾人
聯袂復登臺。

——文本摘自清·李雯撰，四庫禁燬書叢刊編纂委員會：《蓼齋集四十七卷·
後集五卷》（北京：北京出版社，1997 年 6 月，《四庫禁燬書叢刊》清順
治十四年石維崑刻本），第 111 冊，集部，頁 437～444。

〔註357〕文本亦收錄於「陳立校本」，卷七，頁 129～130。

《蓼齋集·卷二十八·七言律詩（六）·五言絕句》

1. 七言律詩（六）·詠物

（1）雪〔註358〕

麗藻迷愁不可支。瓊樓高在碧潯湄。羽葆六蓋遲鸞馭。組練千林偃翠旗。蕙帳小開琴靜悄。青城不夜鶴禂襹。趙家玉體矜寒際。可要牆東射鳥兒。

帝女珝寒施淡妝。玄洲瑤圃更相望。燭銀夜照飛瓊入。琅實先教青鳥嘗。天上可曾裁白紵。人間多自舞霓裳。楚王旣宴章臺醉。翠被濃香倒玉牀。

（2）**晚晴見紅霞覆積雪**〔註359〕

遠白高寒意未收。夕陽遙射閣西頭。珠塵谷量輸青海。瓊液壺傾灑聚洲。鶴氅明童廻錦袖。絳霄玉女燭星眸。紫霞宮裏渾常事。散作人間一段愁。

（3）春雪

玄宵英粉下遲遲。且教東風莫細吹。爲遣鸎花迷造次。先驚蝶浪影披離。緣知碧落深飛日。正是紅樓低舞時。青女不言身是老。翩翩來惹艷陽期。

飄飄俱是白綸巾。會欲明妝壓麗春。殿盡廣寒寧獨月。城疑不夜別愁人。千尋碧沼鯨文斷。萬戶垂楊鶴氅勻。惟有東王能好事。芳蹄初試踏珠塵。

〔註358〕文本亦收錄於「壬申合稿」，卷之十，頁 682。「瓊樓高在碧潯湄」
　　　　作「瓊樓高在碧潯潯」；「羽葆六蓋遲鸞馭」作「羽葆萬蓋遲鸞馭」；
　　　　「帝女珝寒施淡妝」作「帝女珝寒施誕妝」；「楚王旣宴章臺醉」作
　　　　「楚王旣晏章華醉」；「翠被濃香倒玉牀」作「翠被濃香倒玉床」。
〔註359〕文本亦收錄於「壬申合稿」，卷之十，頁 682。「遠白高寒意未收」
　　　　作「通白高寒意未收」；「夕陽遙射閣西頭」作「夕陽鬮射閣西頭」；
　　　　「絳霄玉女燭星眸」作「絳綃玉女爛星眸」；「散作人間一段愁」作
　　　　「散作登樓一段愁」。

（4）賦得明月照積雪

碧牕清影晚瑩瑩。無限離思下玉京。銀海不波停素女。藥淵夜啓望飛瓊。雀驚珠綱應迷路。鸞向晶宮別有情。各自嬋娟兩不語。紫蘭花莖最分明。

（5）詠中都松梅合幹圖代時宰應制

帝孝虔恭日未央。山陵千載奉嘉祥。瓊枝遠托蒼龍幹。翠蓋翻疑白鳳翔。旣喜堯天同雨露。還看壽域共氷霜。小臣只合欽連理。自愧無能賡聖皇。

（6）七星檜

碧海霞宮日暮凉。高枝聳立待虛皇。九秋共映星榆白。午夜常侵月醴香。雷雨蒼茫存舊跡。蛟龍偃蹇欲高驤。秦松漢柏摧無數。根有丹砂未可傷。

紫府仙人辭碧虛。蒼精夜直玉清居。曾爲照魅枝先折。猶是棲鸞勁有餘。月明時掛青童籙。碣斷嘗聞帝子書。千尺鱗文渾落盡。蕭然特立向風疎。

（7）景陽井〔註360〕

宮井當年欽翠華。景陽休唱後庭花。不堪羅襪欺寒藻。賸有臙脂染暮霞。永夜銀牀閑素統。千秋玉砌炯幽葩。可憐僕射還衣錦。素頸殉王獨內家。

（8）楊柳

約約纖纖梳曉風。奼霞弄水夕陽中。流蘇帳暖韓嫣睡。拂舞巾開謝豹通。無賴碧蹄青陌態。有人芳草玉樓空。江南塞北春何限。放誕繇來爾獨工。

〔註360〕文本亦收錄於「壬申合稿」，卷之十，頁 684。「宮井當年欽翠華」作「宮井當年斂翠華」；「景陽休唱後庭花」作「景陽休唱櫳庭花」；「賸有臙脂染暮霞」作「賸有燕脂染暮霞」；「永夜銀牀閑素統」作「永夜銀牀輰曉綆」。

（9）桃花

緩山泛艷倚酣姿。高下繁穠覆曲池。扇低明光通火鳳。樽前霞氣醉紅兒。臨波自覺縝文暖。發日難忘金鑷宜。迷殺東風不知處。雲昏萬里欲留誰。

（10）梨花

三春花雨亂霏霏。上苑相逢有縞衣。素冷自隨珠露曉。紫輕欲與綠雲肥。荒臺霡霂蕪香薦。獨夜明離掩繡扉。最是含情金谷裏。遊絲將盡獨流徽。

（11）楊花

吹盡江頭二月花。微風細落洞庭沙。相依粉蝶何曾夢。慣逐黃鸝不作家。南浦月明歸素羽。西陵雨冷濕青霞。三春碧麗傷心處。惟有年年楊白華。

（12）玉蘭

高姿珍重畫樓深。月魄凝香冐遠潯。碧砌無聲寒欲上。璇臺不動夜方沉。雲垂玉蘂疑三素。日照華簪射八琳。願借五明鸞扇擁。春風無力得相侵。

（13）紫藤

碧麗傷心遠翠微。高林春盡默含暉。紫房倈澹迷山鬼。羽蓋流離覆水妃。千尺龍鬚紅霧籠。一庭雲蘂淡凉歸。葳蕤亂結深深縷。日鎖黃鶯靜不飛。

（14）詠菊

停風欲素隱秋姿。曲榭彫闌相對遲。漢殿凉深長信夜。楚江英落露華時。絳囊九日餘香腕。玄客千齡費玉匙。三徑久荒不可道。疎疎清影獨東籬。

（15）宮柳〔註361〕

宮柳清陰著地垂。好風披拂最長絲。花飛白雪昭陽殿。影弄朱霞

〔註361〕文本亦收錄於「陳立校本」，卷八，頁172。

太液池。晨露每隨天仗落。流鶯日共御香遲。可憐墻外青青樹。攀折由人那得知。

（16）和臥子宮燕詩〔註362〕

甞將善舞擅長楊。春日承恩輦路光。綺翼斜飛芳草色。紫泥銜出御溝香。不愁公子多金彈。尤喜才人近玉筐。無恙離宮三十六。年年青鎖得高翔。

（17）燕

海棠新雨弄斜陽。相見都應在畫梁。身怯枝前趁花落。舞低簾外及春忙。留仙裾上風無力。探玉田中暖有香。十里皐蘭芳緒亂。爲誰先入莫愁堂。

（18）春雁〔註363〕

燕臺春思日紛紛。坐看東風送雁羣。萬里不曾通北信。數聲猶似戀南雲。心驚桃李經年發。路近關山幾處分。我欲彎弓仍罷却。憐君歸翰特殷勤。

（19）孤鴛

花羽離披秀頸猜。煙波留滯不雙來。心期魏殿瓦俱碎。怨向青陵雲不開。連理枝頭芳緒少。相思浦上繡襟回。竇家錦裏多儔匹。玉尺金刀莫浪裁。

（20）詠螢偶作艷體

能雨能風自可明。羣飛亞亞復輕輕。紅樓遠望芙蓉岸。青鳥延歸玳瑁屏。直入冰絲知不暖。應分夜蛤未全盈。蘭湯出浴相依近。猶有當年紈扇情。

（21）絡緯

獨吟幽素發清商。玉砌無聲零露光。園客絲成纏夜月。天孫機冷怯秋牀。初聞金井低闌藥。又上葡萄半女墻。總是空閨聽不得。籌燈

〔註362〕文本亦收錄於「陳立校本」，卷八，頁171。
〔註363〕文本亦收錄於「陳立校本」，卷八，頁172。

自起攬衣裳。

（22）詠燈花

銀缸翠燭夜珊珊。明暗蘭膏紫燄殘。丹粟初成寧解鍊。金芝倒掛未能安。亦知遠客千山阻。且博深閨一夕歡。為有佳期常畏誤。鴛鍼刺手不曾彈。

（23）家童捎桂禁之不止傷而賦之〔註364〕

楚楚幽香鎖翠翹。竹枝深掠墮輕綃。玄鸞已去空囘首。丹雀飛來悵寂寥。無復瓊姿憐月姊。猶餘芳思守青腰。漢宮欲貌夫人影。蕙帳珠蕤冷碧霄。

何不移根天上栽。紫皇玉女數能來。有香自與蘭同病。無術能如櫟不材。山鬼翠旗餘碧葉。仙人英饌半荒苔。輕衫猶自沾芳味。懷袖臨風不敢開。

（24）四時閨曲

無限東風淺草香。鷓鴣啼上赤欄旁。鞦韆架冷臙脂雨。宛轉屏開玳瑁床。桃葉勤飛趂雙槳。柳條深鎖是斜陽。相思錦閣空無賴。一夜紅愁浸海棠。

半捲紅綃嬾不支。黃鸝小睡綠楊枝。水晶如意當胸冷。桃竹流黃向午移。紈扇無情都似月。荷裳欲製不成絲。薔薇此夜初休浴。暗數牽牛七月期。

青姨初起白蘋洲。蕙帳珠簾一夕秋。露下曲欄侵翠袖。更深明月抱箜篌。蓮塘有雁芙蓉外。金屋無螢梧子稠。獨恨杜鵑秋不語。離人總在玉關頭。

霜葉寒雲相背飛。雁聲清怨動虛幃。綠熊自暖無心入。紅獸銷成未解衣。黃鵠磯邊冰屢斷。白龍堆下信多違。銀燈夜夜裁縫歇。玉箸臨鍼不敢揮。

〔註364〕文本亦收錄於「壬申合稿」，卷之十一，頁689。「楚楚幽香鎖翠翹」作「滿滿幽香鎖翠翹」；「山鬼翠旗餘碧葉」作「山鬼旌旗餘碧葉」；「輕衫猶自沾芳味」作「沾衣久已承佳惠」。

（25）春遊

柔風膩雨澹江南。燕語紅樓夢未酣。薇帳自開香淺淺。女牆多見
碧毿毿。星旛北斗烟中秀。鳳子西園花裏探。最是吳姬強解事。春來
無不帶宜男。

碧天無限裊晴絲。廣陌平川處處宜。翠翳沈陰翻雉子。瓊沙明暖
浴鶩兒。紛紛絳樹當臆出。軟軟金鞭和袖垂。正是惱人昏艷裏。臨風
一曲竹枝詞。

清江畫舫細煙籠。問蕐吹芳繡戶中。雲葉垂垂憐楚袖。綠香泛泛
倚東風。歌從北里難爲艷。花入西陵不是紅。無奈傷心碧草路。鶯啼
蝶舞最能工。

綺閣流思花滿煙。木蘭枝上鷓鴣眠。爭看柘彈須投果。齊脫金蟬
作意錢。黃粉衫輕香步緩。青珠簾箔曉妝鮮。莫言芳草無情思。石竹
羅裙惹刺牽。

青郊輕絮欲纖纖。五里長亭有酒帘。刺眼紅藤黏竹粉。趂人黃口
啄金鹽。畫眉樓上銀箏發。濯錦谿邊羅襪尖。不畏香塵飛不盡。夜深
還洗玉繩蟾。

參差萍荇遍橫塘。海燕相逢毒玡梁。露冷蘼蕪香未起。風輕苜蓿
日初長。金梯競躡條桑女。玉勒齊廻遊冶郎。小艇蘭橈無限意。高歌
驚出兩鴛鴦。

解意春風剪柳條。含情獨在曲欄橋。衫名杏子調綠鳳。水長桃花
飛白鰷。茂苑森森鶯作侶。平池灩灩月當宵。秋娘家住棠梨舘。罨畫
罘罳別夢遥。

飛香吹暖玉街來。藕葉菱絲日漸栽。鳧鴨新餐見魚婢。驊騮春戲
得龍胎。笙歌繞出雞鳴埭。羽騎登臨射犬臺。聞說盛時多意氣。書生
寥落媿雄才。

（26）消夏

覆檻紅桐葉復齊。清蟬高在畫樓西。銅池漾漾金苔滿。玉甃泠泠
素綆低。戲採桃膠成琥珀。却留鉛水凍玻瓈。無端自卷湘紋箔。摘果

敲冰打碧雞。

　　涼生池閣浸雕菰。薴股常牽雪藕鬚。蜀玉影隨清藻净。葡萄枝暗碧雲腴〔註365〕。纖腰帖帖彎荊玉。素手垂垂唱孟珠。更笑日長無一事。臨波寫得北風圖。

　　木蘭青舫進蓮塘。遙渚如聞石葉香。氷玉彄環侵鴨綠。生綃半臂待龜黃。涼雲欲渡歸星浦。仙鼠飛來過屧廊。不喜赤花桃竹簟。夜分猶自奏招商。

　　星管雲和水調歌。白蘋風起泛微波。團團障面蟬文扇。一一清膚蛺蝶羅。素足緣流吟謝客。明珠投浦望湘娥。夜舒清濕如幢蓋。三尺紅蕖養黛螺。

　　激溜縣波碧瓦寒。海綃龍拂霧中看。帷承細鳥氷絲重。手放康狨玉局殘。午梛欲眠閒畫檻。晚蓮宜睡淨漪瀾。丹魚宷喜青萍食。折取蝦鬚作釣竿。

　　六月紅薇別有春。重陰密密水粼粼。桐郎白帢先移帳。獺女青衫自涉津。夜蛤明犀光灧歙。龍堂貝闕玉璘峋。絲絲雨脚泥雲外。薄暮雙虹是美人。

　　纖鱗文甲靜媚娟。小院芙蓉獨秀鮮。素練新濡泥帚字。霜毫初試側文箋。石床董偓嬌思嬾。團扇王珉細語綿。一幅霞綃渾似剪。飛來落向蓼洲邊。

　　玉魚畣冷不勝衣。龍扇流颼豈待揮。荳蔻湯溫英粉薄。紅蕉花滿媚蟲飛。瓜聞暖麝香應落。菱泛青氷葉未稀。不有靈麻來照夜。絳囊螢火識林歸。

2. 五言絕句・擬古

（1）少年行〔註366〕

玉面青絲驄。金彈畫寶弓。朝來灞滻上。逐處是春風。

〔註365〕原文爲異體字。

〔註366〕文本亦收錄於「壬申合稿」，卷之十一，頁 692。其詩題名爲：〈少年〉。「金彈畫寶弓」作「金彈畫寶弓」。

少小狹斜遊。宮袍掛玉樓。生從豹尾貴。不尙郅支頭。

（２）婕仔怨〔註367〕

雪盡宮梅發。春來御柳垂。可憐長信殿。亦有艷陽時。

（３）明妃怨〔註368〕

雁塞春風斷。龍堆霜雪深。琵琶萬里曲。猶作漢宮音。

（４）綠墀怨〔註369〕

桐露滴不去。秋塵埽不來。雲屛明夜冷。難向玉階開。
香殿芳菲滿。金鋪射日紅。東風吹礠砌。只有鳳車通。

（５）朝來曲

繡戶斜開掩。溫風早自通。乍驚蜂度入。覆却玉盤龍。
半起約流黃。薰衣向牀著。知是怕春風。不啓葳蕤鑰。

（６）中流曲

愛逐鴛鴦鳥。雙雙水上仙。中流猶不覺。更被菱花牽。

（７）採蓮歌

日落蓮塘下。香風四面通。爲愁儂欲采。故作可憐紅。
相約采蓮去。喚儂坐不起。采盡芙蓉花。那得見蓮子。
誤打雙鴛鴦。濕妾紅羅衣。不惜羅衣濕。蓮裏見分飛。
芙蓉是何草。絲縷結中腸。遭儂采摘去。牽絲上儂裳。
儂捉花根檠。歡唱采蓮曲。荷花滿艇子。江水爲儂綠。
獨折芙蓉花。來向牀前種。蓮子無根株。教歡不得弄。
可憐木蘭船。香叢低昂照。歡若見蓮時。隨風入懷抱。
歡乘白馬來。繫在垂楊柳。喚儂儂不言。蓮刺敗儂手。
種蓮蓮不開。藕葉當空大。菱茭念菰蔣。何處相鈎帶。
儂上蓮舟去。歡從道上看。蜻蜓逐魚虎。飛下悥流灘。

〔註367〕文本亦收錄於「陳立校本」，卷九，頁 173。
〔註368〕文本亦收錄於「陳立校本」，卷九，頁 173。
〔註369〕文本亦收錄於「壬申合稿」，卷之十一，頁 692。「秋塵埽不來」作
　　　　「秋塵掃不來」。

3. 五言絕句・雜詠

（1）慶忌塔

不得吳王國。還成豎子名。秋風吹壯骨。千歲作山精。

（2）折梅贈臥子賦得二絕

一枝寒小玉。相折贈君看。剪剪清霜下。春風亦不難。

幽夢終何極。寒香未可裁。神傷攀折處。不見綠華來

（3）題畫

桃花新漲闊。楊柳綠帆平。此日江南望。春山眉黛清

——文本摘自清・李雯撰，四庫禁燬書叢刊編纂委員會：《蓼齋集四十七卷・
後集五卷》（北京：北京出版社，1997 年 6 月，《四庫禁燬書叢刊》清順
治十四年石維崑刻本），第 111 冊，集部，頁 445～451。

《蓼齋集・卷二十九・七言絕句（一）》

1. 擬古

（1）吳宮詞

臨江初試錦艪艟。小隊紅妝香霧濃。對月長堤弄楊柳。橫波水殿
宿芙蓉。

霧縠吳刀製彩新。五湖煙草別時春。三千寶劍渾無力。爲爾宮中
玉袖人。

輕妝祒服動江東。曲水蘭橈處處通。無數鶯啼花月暮。春風吹入
舘娃宮。

（2）姑胥臺

當年越女醉春風。玉砌彫闌香霧中。蘭麝無情他自冷。畫船龍笛
日相逢。

（3）楚宮詞

渚宮別望楚雲長。露冷蘭皋秋未央。煙艸不知紅袖恨。却教明月

染瀟湘。

月殿清霏香拂衣。洞庭波滿照江妃。君王自向南雲去。青兕初擒獵未歸。

昨夜章華承燕遊。清歌激楚在蓮舟。蒼梧南接深秋色。併入江皐帝子愁。

水晶簾影下珠堂。玉殿涼多翠帶長。最近陽臺獨不見。空將暮雨怨君王。

（4）秦宮詞

卷衣秋殿蕩焚香。六國宮娥踏曉霜。鐘鼓沉沉連夜永。不知飛輦出咸陽。

朧朧密樹隱金椎。望見君王上道馳。羨殺楊花御溝畔。年年飛絮貼旌旗。

（5）漢宮詞

雲旗日暖覆龍衣。窄袖彫弓侍武幃。蘭麝欲生春草氣。長楊宮裏射熊歸。

歌舞平陽出每遲。九微燈下見來時。含情不語龍顏動。獨侍更衣人未知。

銀漢秋回澄夜光。連珠寶帳待君王。三千宮女如花朵。借問何如郭密香。

積草池邊苜蓿多。西來天馬覆香羅。親迴玉勒朝明主。翠袖龍霞紅錦靴。

御柳垂楊拂玉塵。上林芳艸不勝春。宮鶯愛啄金鈴鑼。喚起昭陽歌舞人。

鯨波秋浪觸平霞。縐結羅裙冷石華。雲母船輕蓮葉暗。涼風作伴月爲家。

（6）秋宮詞

秋風金殿鎖鴛鴦。紈扇無情清夜長。七尺雲屏眠畫鴨。月明深覺

水晶凉。

　　玉砌娟娟金露催。君王更上望仙臺。長秋宮裏碪聲歇。彷彿猶聞赤鳳來。

　　低光香老石鯨秋。連愛雙絲發棹謳。漏轉西宮人靜悄。昆明池上拜牽牛。

　　鵲繞金明高下枝。纖纖素月下簾遲。建章夜飲燈如畫。獨向長門照別離。

　　葉落蟬哀紫桂香。彫弓初賜殿前張。射聲女騎深深約。莫射飛鴻第一行。

　　窈窕明河鳲鵲樓。可憐清影是銀鈎。君王愛向雲舟宿。白鷺紅鴛望滿洲。

　　承恩獨帶辟塵犀。玉殿沉沉螢火低。昨夜金刀撒素手。至尊親削紫輕梨。

　　女珊瑚照碧琅玕。太液池中望露寒。未了金鍼催玉杵。爲他夜搗息肌丸。

　　金莖盤上露華天。冷珮鞱鞱〔註370〕愁欲眠。夜半傳騎果下馬。綠綈封內有恩宣。

　　深深明月啓秋帷。殿後焚香殿內吹。對食不知身自禱。他生願作羽林兒。

　　（7）西宮怨〔註371〕

　　花滿西宮紫燕飛。珠簾不捲對清暉。玉顏未擬君王棄。猶看承恩舊舞衣。

　　夢向春深傷綺羅。莫將心事寄雲和。青青輦路餘芳草。獨似昭陽殿裏多。

　　（8）昭君曲

　　天山明月照琵琶。隴上飛雲辭漢家。明主不知紅袖怨。更新邸第

〔註370〕原文爲異體字。
〔註371〕文本亦收錄於「陳立校本」，卷九，頁184。

望韓耶。

漢皇宮闕在長安。獨羨南鴻馬上看。撥盡胡笳恨邊月。玉顏此日為君難。

（9）**魏宮詞**

鈿車寶馬傍青槐。繡帳幢幢照眼開。石葉聞香三百里。那知不向鄴宮來。

冰井臺高高入天。玉簫金管向誰邊。西陵煙雨皆如畫。長袖春風獨可憐。

（10）**銅雀伎**

銅爵高高總帳秋。漳河水傍鄴宮流。烏飛明月無棲處。曾向君王曲裏愁。

碧簫金管動清吹。歌舞分明奉御時。腸斷西陵秋草歇。青青松栢照蛾眉。

（11）**晉宮詞**

絳紗輕籠玉摻摻。遲日深宮下殿簾。香輦不將羅袖援。承恩濫用水晶鹽。

（12）**南朝宮詞**

橫江秋水澹芙蓉。織畫龍旛合綵縫。天子明朝射雉去。薄妝曉趁景陽鍾。

屈膝屏風暗畫裝。葳蕤金鎖拂垂楊。新教槌碎于闐玉。琢就明璫伴麝黃。

彫闌龍檻夜珊珊。一曲烏栖水上彈。春色江南甚無賴。菖蒲花滿月中看。

沙暖鴛鴦臥玉池。華林苑裏折花枝。無聊最是青谿女。可羨宮中楊叛兒。

璧月瓊枝夜不秋。流雲半捲度箜篌。金屋何曾下魚鑰。春風容易望仙樓。

月下雪驄白玉珂。杏衫齊著試春羅。詞臣爭撰新宮曲。誰入清商
水調多。

（13）北齊宮詞

新牽楮白拜儀同。玉印霜蹄踏曉空。勅賜淑妃旋按轡。畫眉小鏡
照飛龍。

朝看握槊暮藏鈎。突騎平陽入晉州。索得文□〔註372〕馬上著。
始知天子信無愁。

（14）隋宮詞

天子樓船錦繡張。新開別院在維揚。洛陽宮柳千門暗。盡解東風
銷殿黃。

銀甲鳴箏深夜遊。採蓮歌罷唱揚州。君王夢見江都好。造得蓬萊
不肯留。

細浪雲帆畫舞鸞。香堤弱柳護春寒。綠螺偷寫長眉樣。斜抱輕橈
明主看。

薔薇花影踏歌聲。一勺紅粱盞底清。見說雞臺傳舊恨。江南天子
是多情。

（15）宮詞〔註373〕

桂殿沉沉宮漏長。五明扇影曜瓊璫。玉函不復關封事。素手閒垂
倚御床。

葡萄苜蓿上林中。花氣遙聞長樂宮。自是君王遊樂少。內家何處
獨當熊。

金戟彫弓繡畫裝。催來馳射獵長楊。宮中自有材官客。邊騎紛紛
太劇忙。

〔註372〕原文爲異體字。左示右孨。
〔註373〕文本亦收錄於「壬申合稿」，卷之十一，頁 700～701。「金戟彫弓繡
　　　　畫裝」作「金戟雕弓繡畫裝」；「紫薇深禁近隣天」作「紫微深禁近
　　　　隣天」；「鐘鼓遙傳隔細煙」作「鐘鼓遙傳隔細烟」；「御勅宮中頒彩
　　　　絲」作「御勅宮中頒綵絲」。

紫薇深禁近隣天。鐘鼓遥傳隔細煙。惟有中書對便殿。近來時過五花磚。

御勑宮中頒彩絲。接來爭作繡麟旗。軍容將出明宸賜。天策神威絕塞知。

（16）青陵臺

連理枝頭蛺蝶飛。青陵臺上紫鴛歸。雙雙盡是相思種。散入人間織錦機。

（17）綄紗女〔註374〕

欲采紅霞染絳紗。碧流春洗露桃花。無聊獨向谿邊立。山色青青近若耶。

（18）少年行〔註375〕

金鞭寶馬日行馳。結客當年輕薄兒。醉向紅樓邀玉笛。春風千萬綠楊絲。

能解金貂秦復陶。由來自許五陵豪。欲知俠骨相親近。夜夜樽前看寶刀。

（19）從軍行

關山夜色動旌旄。萬里西風鴻雁高。沙磧深埋龍虎氣。黃雲冉冉照征袍。〔註376〕

受降城外白雲低。戰馬千羣盡駃騠。一夜邊聲聽不得。胡〔註377〕笳吹斷數峰西。〔註378〕

烽火樓高月照臺。玉關門向陣雲開。旌旗遠逐□〔註379〕于去。

〔註374〕文本亦收錄於「陳立校本」，卷九，頁184。其詩題名爲：〈浣紗女〉。「無聊獨向谿邊立」作「無聊獨向溪邊立」。

〔註375〕文本亦收錄於「陳立校本」，卷九，頁184。「能解金貂秦復陶」作「楚玉隋珠秦復陶」。

〔註376〕文本亦收錄於「陳立校本」，卷九，頁185。

〔註377〕原文模糊難辨。

〔註378〕文本亦收錄於「陳立校本」，卷九，頁185。

〔註379〕原文不能辨析。但根據陳立校點的《雲間三子新詩合稿》所輯錄，

金鼓還迎飛將來。

　　結髮從戎事朔方。自言身出羽林郎。三秋黃鵠家千里。一曲琵琶淚萬行。〔註380〕

　　朔風吹動薊門秋。戍火高懸百尺樓。永夜征人常獨望。雙雕自落海西頭。〔註381〕

　　曾將鐵騎埽羌渾。破虜營開靜不喧。蒲海層氷消馬尾。蔥山夜雪照旗門。

　　漢月輝輝青塚祠。白龍堆上望焉支。軍中盡解吹羌笛。只恨關山動別離。

（20）塞下曲

　　玉帳分符度朔邊。單于秋色靜烽煙。霜封蔥嶺連天曉。氷合黃河直塞川。

　　百尺危旌動素秋。鳴弓夜獵海西頭。今年盡奪焉支色。不用人間萬戶矦。

（21）涼州詞

　　秋風夜動玉門關。大將旌旗霄漢間。今日天聲越青海。莫教羌笛怨西山。

　　隴水西鳴漢月孤。黃沙磧裏萬人呼。騎囘宛馬銜苜蓿。捉得胡雛制橐駝。

　　居延白草夕陽殘。拔起龍泉馬上彈。戰士黃金新受賞。琵琶月色不曾寒。

　　金鞭鐵勒向安西。踏破黃雲戰馬蹄。一夜弓刀嚴殺盡。鐃歌清唱磧天低。

（22）秋夜曲

　　一夜秋碪動玉扉。薄寒更起換羅衣。水晶簾外銀河落。獨看栖烏

　　　　此爲「旌旗遠逐單于去」。詳見陳立校本，卷九，頁185。

〔註380〕文本亦收錄於「陳立校本」，卷九，頁185。

〔註381〕文本亦收錄於「陳立校本」，卷九，頁186。

回回飛。〔註382〕

　　銀河落處楚江流。寶帳茱萸怯素秋。永夜嬋娟明月裏。芙蓉別淚照星眸。

　　（23）青樓曲

　　青鎖高樓大道傍。朱闌畫戟望垂楊。鶯花日暮能留客。半醉胡姬蘭麝香。

　　金閨小婦學秦箏。瑟瑟明珠作一行。夫婿承恩在平樂。由來不出鳳凰城。

　　戲上青樓看幾回。調鷹走狗出章臺。香風吹滿紅塵動。知是君侯盤馬來。

　　撾鼓鳴金上渭橋。羽林年少各招搖。就中一騎龍旗後。紫玉圍身靉絳綃。

　　（24）青樓怨〔註383〕

　　緗簾乍捲碧雲流。彈罷鳴箏月照樓。爲解烏樓增曲恨。芙蓉帳冷不禁秋。

　　（25）柳枝詞〔註384〕

　　高樓十丈鎖金鋪。妬却春風吹柳開。無數枝條柔似我。黃鸝偷弄去還來。

　　紫陌森森柳自長。臨池又欲覆鴛鴦。長條縱有千尋綠。莫繫襄陽錦襦襠。

　　斷却青絲踐馬蹄。狂花不得舞東西。猶憐脩葉愁眉似。啼露盦煙

〔註382〕文本亦收錄於「陳立校本」，卷九，頁176～177。「莫教長楚怨蒼蒼」作「莫教萇楚怨蒼蒼」。

〔註383〕文本亦收錄於「陳立校本」，卷九，頁194。

〔註384〕文本亦收錄於「壬申合稿」，卷之十一，頁695。其詩題名爲：〈柳枝詞〉。「妬却春風吹柳開」作「妬却春風吹柳開」；「紫陌森森柳自長」作「紫陌森森柳自長」；「莫繫襄陽錦襦襠」作「莫繫襄陽錦雨襠」；「斷却青絲踐馬蹄」作「斷却青絲踐馬蹄」；「猶憐脩葉愁眉似」作「猶憐修葉愁眷似」；「啼露盦煙傍小閨」作「啼露愁烟傍小閨」。

傷小閨。

芙容葉嫩水萍滋。云是垂楊花所爲。老去春條不堪剪。何當玉笛
又頻吹。

（26）小遊仙詩

紛紛車騎入青霄。龍輦朝天絳節遥。帝陽靈符分宴飲。流霞堂內
教吹簫。

瑶草芊芊臥白龍。星冠初曜紫芙蓉。烏衣女子傳消息。夜半焚香
發短封。

鈎翼宮中養慶安。逸才輕邁不成難。少年屢欲侵仙伯。罰取雙花
白玉冠。

碧桃枝下看花囘。煙浪雲濤濕不開。傳冊且教赤鳳住。陵陽自遣
鯉魚來。

一夜玄霜度綠河。龜臺阿母信來過。仙姝誤笑方瞳客。發入崑崙
擣玉禾。

香母施煙雲外飛。雙雙霞袖掩朝扉。楊郎乞得丹文讀。紫鳳傳聲
叫隱暉。

紫童驚蕩躡虹霓。常向天門聽玉雞。調笑人間許斧子。紅霞箋上
乞交梨。

王氏羣眞總一家。相攜玉女弄春霞。不知錦尾小龍子。誰食園中
碧奈花。

虎節龍旛出紫宸。玉皇傳詔不稱臣。宮中小女嬌無度。降下雲軿
師眾眞。

石枰凌亂隱瓊茵。輪却乘颷玉錦輪。此去增城三萬里。好將火棗
飼麒麟。

——文本摘自清・李雯撰，四庫禁燬書叢刊編纂委員會：《蓼齋集四十七卷・
　　後集五卷》（北京：北京出版社，1997 年 6 月，《四庫禁燬書叢刊》清順
　　治十四年石維崑刻本），第 111 冊，集部，頁 452～457。

《蓼齋集‧卷三十‧七言絕句（二）》

1. 雜詠

（1）家園四絕

綠沉漵柳午陰遲。嫩玉蘭皐風度時。寥落不堪花底事。新添杜宇在高枝。

夕陽西上海桐花。細雨紛紛入戶斜。樓閣久從愁裏坐。春風去我不曾遮。

吳兒不自帶吳鈎。紫絡銀鞍南陌頭。惟有洞庭雙橘柚。夕香偏入小樊樓。

麥光黃淡海雲歸。雙蝶翩翩刷紫衣。最是棟花風雨近。離思一夜壓薔薇。

（2）初夏絕句

平綠亭亭養暮涼。竹竿嫋嫋釣絲長。雷聲一夜翻萍葉。飛入文鯇〔註385〕在淺塘。

霜綃煙縠蹙花袍。欲試身輕蕩淺舠。金縷雙雙繫紫燕。銀絲細細籠櫻桃。

魚拂蒲塘掛水渶。蟋蛄聲滿綠楊中。東西蛺蝶飛何事。望帝枝頭有怨紅。

輕融雲態下高唐。青玉桐枝小洞房。蕙帶明囊聞麝煖。瓊壺珠液鬬茶香。

萬里平疇接漲流。煙虹日暮下彤樓。吳娘妬彩繰新繭。競織生綃染石榴。

長日江南好扳蒲。夕陽高柳喚提壺。渡頭桃葉勤雙槳。白足羅裙紅繡襦。

南浦稠雲天正低。水禽飛出荻苗齊。插秧打鼓村中社。箬笠新編

試淺泥。

　　四月江邨榆柳烟。五湖晴綺芰田田。鯉魚曳尾桃花色。鸂鶒將雛菱渚眠。

　　（3）五日

　　江南此日泛龍舟。紫艾青浦映碧流。乞得五絲雙跳達。年年繫在碧繩頭。

　　（4）秋夜聞笛〔註386〕

　　誰家長笛散秋聲。萬里西風向月鳴。一曲關山無限意。青楓江上有懸旌。

　　（5）看菊〔註387〕

　　東籬欲落問奇葩。更入柴桑處士家。不用黃金買秋色。却憐青女鬬妍華。

　　秋原攜手復遲遲。欲折繁英三兩枝。聞道洛陽花滿縣。何如江左太平時。

　　（6）夜雨

　　清舘明燈帶雨凉。離人枕上夢瀟湘。縈烟濕霧迷歸處。不逐行雲就楚王。

　　玉漏遲遲不可知。無端清怨落寒池。雙鴛失渚單鳧立。此夜無情是雨師。

　　（7）不寐遣懷

　　鶴欲驚霜月墮時。氷池清影碧離離。人間無數香閨暖。可有隋家來夢兒。

〔註386〕文本亦收錄於《雲間三子新詩合稿・卷九》，明・陳子龍、清・李雯、清・宋征輿撰，陳立校點，瀋陽：遼寧教育出版社，2000 年 1 月第 1 版，頁 177。

〔註387〕文本亦收錄於《雲間三子新詩合稿・卷九》，明・陳子龍、清・李雯、清・宋征輿撰，陳立校點，瀋陽：遼寧教育出版社，2000 年 1 月第 1 版，頁 195。「聞道洛陽花滿縣」作「聞道洛陽花滿苑」。

　　幽衾楚楚不成眠。簫鼓無端吹入天。夜半傳燈更起坐。爲誰獨檢
定情篇。

　　畫角清嚴夜有威。朔風四起雁南歸。三看寶劍光涼甚。一擁寒貂
不脫衣。

　　滿懷兒女及風雲。總是荒荒不可分。聞說神仙自玄暢。明春擬拜
玉虛君。

　　（8）春情

　　遲日明妝上翠樓。玉簫聲斷碧池頭。千條弱柳隨風散。吹出楊花
滿地愁。〔註388〕

　　江南芳草欲萋萋。三月春風送馬蹄。陌上相逢采桑女。玉筐移處
落金鎞。

　　（9）青谿

　　青谿岸上女郎祠。渡口流雲向玉姿。盡日無言秋水畔。芙蓉明月
最相思。

　　（10）桃葉渡

　　桃葉青青古渡頭。木蘭丹上對青樓。笙歌遙夜隨風墮。盡作秦淮
春水流。

　　（11）莫愁湖

　　一夜秋風蓮子黃。莫愁湖色似瀟湘。爲誰艇子催將去。遠岸明沙
雜珮涼。

　　（12）長干里

　　長干古道鬱塡塡。長干女兒何處邊。紅越應隨西客賈。蒲環出自
廣陵船。

　　（13）孤山弔小青

　　孤山不見小青墳。竹栢蒼蒼空暮雲。正似□□□竹岸。清流白石
弔湘君。

〔註388〕文本亦收錄於「陳立校本」，卷九，頁194。

紫燕蜻蜓各自知。當年此□怨蛾眉。月明翠竹憐雙袖。花落空山聞子規。

（14）錢塘聞子規

曾爲怨魄羈三蜀。乍聽愁聲下五更。總是錢塘花月好。傷春如此最分明。

啼歸更欲歸何處。口血空多染白雲。寥落江南春欲暮。人間何日不離羣。

（15）湖上絕句

靜綠湖波荇藻長。畫橈艇子又垂楊。樓臺盡日清如洗。獨有春山近晚妝。

雜花細雨復濛濛。春盡西湖烟翠中。遠岫乍明山帶雨。隔谿啼得杜鵑紅。

十里春波淡月華。江南天子作浮家。未聞漢代昆明事。更少秦淮王樹花。

湖上高填十二樓。宜持絲管對青流。西陵松柏關人意。能使春風入夜愁。

（16）湖上苦雨楚客王季豹作詩贈余及轅文引兩家故實頗以屏翳見屬作此還之

何事行雲暗不開。洞庭愁客此徘徊。君家最近巫山下。疑帶瀟瀟神雨來。

（17）聞雁

窮秋孤客夜深聞。一雁南飛聲入雲。烟水蒼茫明月下。不知何處復離羣。

湖上相聞聲頗多。清天搖曳動微波。北風吹滿蕭蕭樹。水夜高樓奈若何。

（18）野泊

不堪曠野獨停橈。朔氣矜寒逼紫貂。爲有離愁徒四望。落霞孤雁兩蕭蕭。

岸黑高林遠火歸。清霜初下不成飛。星稠荒野當空大。獨聽波聲觸釣磯。

（19）齊魯道中口占〔註389〕

歲暮辭家涉路蹊。朝經東魯晚行齊。平原獨立愁千里。日落山黃看馬蹄。

（20）長安春詞〔註390〕

初從珠市買明璫。更向牀頭貼麝黃。但恐春風無氣力。不曾馬上惜紅粧。

（21）舟次聞歌〔註391〕

一曲吳歌子夜新。玉簫低度畫樓春。明簾不捲清霜月。愁殺江南搖落人。

（22）聞子美學歌甚苦作詩問之

水竹緗簾不上鉤。紅牙小板逐輕喉。緣知明月春風下。細轉新聲問莫愁。

憐君慢世不勝情。學得歡聞子夜聲。楊柳欲眠桃葉小。未知春事有黃鶯。

（23）嘲子美

楚瑟秦箏繡戶聞。茂陵家事不如君。秪愁玉帳臨明月。欲遣瀟湘洗白雲。

（24）嘲贈

輕姿淺黛復濃雲。一曲揚州水上聞。見說錢塘蘇小小。西陵烟月不如君。

仙仙流影下西干。雙笑羅帷夜未闌。始信有心許斧子。交梨火棗不曾難。

〔註389〕文本亦收錄於「陳立校本」，卷九，頁180。
〔註390〕文本亦收錄於「陳立校本」，卷九，頁176。
〔註391〕文本亦收錄於「陳立校本」，卷九，頁180。

（25）贈歌者

嘗聞水調擅江東。艷入吳波曲未終。擁楫可當郎主盼。明風吹滿舵樓中。

（26）聞一姬為友人所苦作詩鮮圍

高唐即在楚西偏。暮暮朝朝亦偶然。但使君王留意住。飛雲更落阿誰邊。

（27）秋夜夢諸女郎鬭蟋蟀籠以金舟週以玉池人旣妍妙事又清勝遂賦詩二絕覺後憶得兩語因足成之

秋淨銅池苜蓿肥。羅衣初薄雁南飛。風清玉腕梧桐下。更啓金籠打一圍〔下一聯夢中句〕。

吟蟲切切冷秋裳。侍女階前進樂方。遂演朱幖連日鬭。却輸十斛辟寒香。

（28）飲唐友白寓中觀諸美人詩畫

明燈遙夜動清商。畫扇微聞蘭麝香。豈是棲眞老何點。未能無意作王昌。

玉蟇詞賦向人傳。金粉丹青入袖鮮。最是難忘綺麗□。憑君又欲問青蓮。

（29）題錢塘章素止畫蘭

翠帶宜長寒露光。濡毫不語對春陽。祗緣常寫閨中意。含雨含風結楚香。

猶想江妃紉佩初。非關鄭女折殘餘。西陵盡是傷心草。似此輕盈總不如。

（30）題美人畫木末芙蓉

木末谿頭黯〔註 392〕澹紅。輕烟和麝點秋風。傷心更有西湖水。不向君家乞一叢。

爲想臨秋淡抹時。可憐湖上麗愁思。雖然不着臙脂色。紅淚珊珊

〔註392〕原文爲異體字。

未可知。

（31）題畫蕉

湙向釣闌鎖月華。青霞斜影綠牕紗。蝶飛不到苔紋暗。宜在清秋碧玉家。

（32）西隱寺詠聖果〔上紅下綠兩兩相比〕

靺鞨瑯玕同一村。碧雲朱草暗相扶。當緣青鳥銜不盡。更作維摩如意珠。

玄圃宮前未有栽。二珠樹上不曾開。豈知天女施花亂。惧散同心果一枚。

（33）桐花

高花細繮隱簾鈎。湙碧輕黃出畫樓。長笛數聲霞半紫。玉環斜倚弄搔頭。

（34）楊梅

來同碧奈後枇杷。綻紫勻肌濕絳紗。一口紅霞夜湙嚼。不教羅袖染桃花。

（35）萍花

清波淺碧泛輕黃。細雨亭亭濕不妨。朝繞鴛鴦宿囘渚。暮隨蓮女引橫塘。

（36）苜蓿〔註393〕

靡靡碧葉紫花叢。曾伴葡萄入漢宮。宛馬不知何處有。至今猶想貳師功。

天馬銜來紫塞西。上林芳草六宮迷。今來盡被行人踏〔註394〕。雨打風吹作燕泥。

（37）黃鸝

公子金衣何處來。雙雙飛度柳陰開。韓侯彈下能無怕。碧玉眼中

〔註393〕文本亦收錄於「陳立校本」，卷九，頁195～196。
〔註394〕原文爲異體字。以下皆是。

喚幾囘。

（38）乳燕

池上翩翩新紫衣。銀鈎垂處傍人飛。青蟲銜得猶難食。半落流黄織錦機。

（39）畫眉

碧窗碎語日紛紛。喚起明粧對曉雲。柳葉何曾待京兆。遠山應是學文君。

（40）蟬

玉觀高凉動遠招。夕陽清吹更嘹嘹。無端拾得金莖露。常抱靈□細柳腰。

（41）蝶

一生花下最分明。弄粉驚香對對行。白玉堂中吹不散。青陵臺上更多情。

（42）鷹〔註395〕

天子長揚獵未囘。奇毛初試海東材。秋風萬里黄雲薄。目盡平原不下來。

（43）鷺鷥

素衣宛在不曾移。玉立清寒何所遲。啄得錦鱗張翼去。青山明月碧離離。

（44）鸕鷀

碧烟紫霧不曾看。繫足高飛事已難。獨自唧魚食不得。滿翎冰雪向人寒。

（45）挽恭愼侯吳國華〔註396〕

玉軸牙籤三十車。難忘易識是君家。門前列戟金枝冷。愁殺秋風

〔註395〕文本亦收錄於「陳立校本」，卷九，頁195。其詩題名爲：〈詠鷹〉。
〔註396〕文本亦收錄於「陳立校本」，卷九，頁193～194。「已見民間賽火紅」
　　　　一句後還有註解到：「傳侯没而爲神。」

繞暮鴉。

　　灞陵原上角弓稀。細柳營前秋葉飛。不見投壺祭征虜。年年華表白雲歸。

　　憶昔相逢金市東。當陽緩帶萬人中。不知青骨眞如許。已見民間賽火紅〔人傳侯沒而爲神〕。

　　芸香寂寂繐幃披。珠履無人鐘鼓移。他日東封問遺策。富平黙識更堪思。

——文本摘自清·李雯撰，四庫禁燬書叢刊編纂委員會：《蓼齋集四十七卷·後集五卷》(北京：北京出版社，1997 年 6 月，《四庫禁燬書叢刊》清順治十四年石維崑刻本)，第 111 冊，集部，頁 458～463。

《蓼齋後集·卷一·樂府·四言古詩·五言古詩·七言古詩》

1. 樂府

（1）東門行寄陳氏〔附書〕

　　出東門。草萋萋。行入門。淚交頤。在山玉與石。在水鶴與鶖。與君爲兄弟。各各相分攜。南風何颼颼。君在高山頭。北風何烈烈。余沉海水底。高山流雲自卷舒。海水揚泥不可履。喬松亦有枝。落葉亦有心。結交金石固。不知浮與沉。君奉鮐背老母。余悲父骨三年塵。君顧黃口小兒。余羞三尺童子今成人。聞君誓天。余愧無顏。願復善保南山南。聞君慟哭。余聲不續。願復善保北山北。悲哉復悲哉。欵不附青雲。生當同蒿萊。知君未忍相決絕。呼天叩地明所懷。

　　三年契濶。千秋變常。失身以來。不敢復通故人書札者。知大義之已絕於君子也。然而側身思念。心緒百端。語及良朋。淚如波湧。側聞故人頗多眷舊之言。欲訴鄙懷。難於尺幅。遂伸意斯篇。用代自序。三春心泪。亦盡於斯。風雨讀之。或興哀惻。時弟已決奉柩之計。買舟將南。執手不遠。先此馳慰。

（2）南山一章

南山有鳥。自名鳳凰。忽逢風雨。毛羽摧藏。羅畢旣加。失其翱翔。張喙求食。自同鷺鷀。哀鳴淚下。思我故鄉。有桐萋萋。丹山之岡。十步一啄。簫音琅琅。時不我與。白日雨霜。削桐伐竹。以拔不祥。世無泠倫。孰謂我臧。稽首天老。上章軒皇。願辭鳳名。與時頡頏。

2. 四言古詩

（1）於皇八章章八句送洪相國鎭撫江南

於皇受命。神武惟清。奮埽羣慝。宅是二京。二京旣宅。帝醽厥武。乃命元臣。載釐南土。

維茲元臣。克廣德心。虔恭朝夕。毋斁王箴。用儀百辟。介惠孔直。毗此王畿。慰於四國。

四國來同。自西而東。皇儀允濯。周召之功。或啓其先。或繕厥後。江海滔滔。于公是佑。

皇命我公。作鎭於揚。龍袞華舄。虎帳大房。珠弁如星。璨奕有光。彤弓旅矢。上服蚩黃。

皇命我公。勿震勿劘。戒彼舟航。言觀其旂。師謨孔勗。文德來綏。荊閩粵黔。至于滇陲。

公拜稽首。對揚王休。往于旬宣。克暢其猷。爰□〔註397〕爰諮。爰即爾謀。南人曰歸。公不我遒。

公不我遒。載其覆女。爾宅爾田。日恒安處。公曰爾來。屬其士女。蠻賓海琛。不絕于旅。

公在在南。邦人所瞻。蠻方來賓。無咎無愆。公拜稽首。祈萬億年。公袞來歸。天子毗焉。

〔註397〕原文爲異體字。左言右耴。不知讀音。

3. 五言古詩・述憫

（1）李子自喪亂以來追往事訴今情道其悲苦之作得十章

憶昔不能寐。攬衣夜未央。國步不我夷。父子結衷腸。過庭敦往訓。耿介若懷霜。傾車馳將相。奔浪促侯王。仰視大廈顛。屹嶝正低昂。天弧不發矢。藩圉恣封狼。何意妖夢踐。文思失苞桑。紛虹亘長衢。白日為摧藏。

摧藏奄昏暮。驅馬登王路。時運一朝傾。明聖焉能度。遺失墮紫霄。枉矢紛如鶩。百川方亂流。九虎高其步。昔時繁華子。都為黃金誤。辭此八驪雄。受彼三木錮。哀哉陳奻人。富貴安足慕。

富貴非我鄰。我生獨不辰。龍胡不可望。雊昧貽我親。枯楊梯為棺。蓬蓫屈為衾。哀號從虎穴。擗踊俱未伸。白刃挾道周。側之城南垠。竄身笤井間。別棘誠苦辛。

辛苦復誰依。良友與我歸。襃衣拭我淚。餔糜慰我饑。傾耳聽賊氛。宵遁發滛威。鬱攸起深宮。火鳥薄天飛。箕帚越曠林。有女懷中幾。相視不相顧。忼慨丘中歔。

丘中何歷歷。白雲在青山。玄鳥嗣好音。東鄰來急難。縞素為先皇。冠者何巒巒。黃腸易朽櫬。庶人以哀歎。顧余遭薄怙。乞食誠孔艱。幸蒙時宰顧。置之翰墨間。拂拭憔悴容。仰瞻雙闕端。

雙闕麗天衢。皐門平旦啓。市朝猶未移。玉步方更始。難忘故國恩。已食新君餌。冠裳襲□〔註398〕緱。簪纓承明裏。高殿吹涼風。宮樹何靡靡。俯仰神自傷。淚落垂丹阤。憶我親生存。愛子不能已。昔為席上珍。今為路旁李。名節一朝盡。何顏對君子。

君子有明訓。忠孝義所敦。豈曰無君父。背之苟自存。念我親遺骸。不能返丘園。偷食在人世。庶以奉歸魂。彼軒非我榮。狐白非我溫。太息儔侶間。密念誰見伸。落日悵悠悠。策馬望中原。枯殣飛為塵。猦狢居人垣。造物豈我私。氣結不能言。

〔註398〕原文為異體字。左巾右至。不知讀音。

　　欲言心斷絕。薄暮含氷雪。故鄉三千餘。綿綿隔吳越。連枝各一方。同袍永垂別。豈無芳草思。馨香誰爲悅。命琴操南音。代馬亦北發。傷禽驚虛弦。天路安可涉。晨起踐嚴霜。躑躅行車轍。荒途浩縱橫。客子心常怯。

　　怯心耿路窮。蘀葉舞廻風。玄陰蔽陵闕。松栢何蒙茸。玉椀在人間。帶劒登我壟。誰懷左徹心。崇此喬山封。繚垣缺東隅。驅車從閟宮。罒罘脫爲薪。繫馬金門東。誰知寄生者。飲泣風塵中。

　　風塵何冉冉。歲月忽已晚。驚魄悼前危。覊情迷後菀。雀蜃移海波。橘枳變淮畎。我生亦已微。倏隨時化轉。哀此形累牽。致我令名短。父兮父不聞。天乎天蓋遠。南土曠茫茫。北風吹不斷。離居發苦吟。悵然神獨惋。

（2）和曹秋岳侍御閒居詩

　　晨風警北戶。玄闕多秋陰。駕言望天路。河漢阻且深。遊魚念同川。覊鳥思故林。自昔罹孔艱。良友知我心。蕨薇在何許。悠悠高山岑。失路慙甞食。沉憂托令音。栖栖章甫士。顧影自悲吟。性行一朝乖〔註399〕。體髮隨見侵。棄置勿復道。飇風披我襟。

　　白露泫微蘀。玄鳥逝庭皋。借問爾何時。秋氣肅平郊。佳辰試鳴鏑。炫服麗朱鑣。微策狐兎間。工者行射鵰。鞠躬金馬門。儔侶不見招。形貌粗相似。智態不相交。越鳥懷南音。風雨自飀搖。矯矯玄豹姿。失霧常悲號。嗟哉孤客子。日晏心徒勞。

　　承明昔巖棲。雷電薄堦庭。戛戛司晨鳥。擁翅不曾鳴。黽勉二三子。盛譽發華齡。失時委化遷。焉辨淄與澠。覊思展柔翰。多難結中誠。芳草各盈懷。馨香誰爲傾。招搖指孟秋。促織吟西榮。臨風當浩歡。黙塞徒屛營。

　　玄旻何寥廓。日月更紛張。候蟲應時鳴。百草代玄黃。嗟余蓬澤士。寄生於壺漿。謬通金閨籍。側足如履霜。十日三休沐。卒業在編緗。匪議叔孫禮。難求陸賈裝。陽忍東方傲。黙羨接輿狂。徘徊盼露

─────────────

〔註399〕原文爲異體字。

寒。掩袂過長揚。九衢尚如髮。城闕鬱相望。故者日以新。新者未渠
央。誰令君多念。百慮結中腸。

（3）憶弟

翩翩巢中燕。羽衣自蔥蒨。兄弟四五餘。飛喝互相盼。嗟我懷同
生。沉吟阻鄉縣。契濶閱三年。家國逢雙難。丁年阻層憂。鬢髮俄已
變。朝雲戀故山。暮雨趨荒澗。人生念本根。幽思自組緶。

谷風吹原隰。好草無定姿。女蘿翳中阿。松栢懷卷葹。我本亡國
士。託命燕山陲。父讐在萬里。撫劍西南欷。側身在天地。茹苦甘如
飴。感彼栢山鳥。思我連理枝。異族還相命。兄弟不相知。一夕起三
嘆。淚下安可揮。

同懷每忘樂。在戚恒念臺。況乃罹鞠凶。骨月苦橫分。親柩寄京
域。居者號空墳。驚飆發陰埃。菁露沾衣祍。顧影何傮傮。孤特傷我
神。窮途隕高節。苟活非俊民。雖託同根條。能不愧余心。

蹙蹙故鄉遠。栖栖行邁遲。雲路多阻脩。有翼安能飛。疇昔連襟
袂。遊戲谷水湄。解纓更濯足。讓果或分飴。前隨華髮翁。後攜黃口
兒。何意回飆舉。吹我入京師。目覩天維傾。心愴人義睽。太息瓊樹
根。化爲蔓草滋。伸章寫哀嘆。欲訴難爲詞。上言望生還。下言長渴
饑。

（4）送朱氏

玄陰起幽谷。□潦浩中衢。愛子不能留。願言心煩紆。飛蓬寄天
地。托體一何疎。飄泊各有歸。欲徃形不俱。征途戒阻雨。臨風攬衣
裾。屏營岐路側。慼此不肖軀。

良時不我遇。太息同羈愁。朔風吹胃湖。雪涕登高丘。心期悵已
矣。言別感所由。黃鵠當遠飛。哀鳴辭匹儔。毛羽雖摧頹。不與雁鶩
謀。耿介發中途。俯仰自千秋。

仗策臨廣陌。戒爾車行遲。有酒不盈樽。聽我忼慨詞。峩眉變雪
霜。妒嫭猶在茲。物候殊冬夏。晦朔各一時。交交風雨中。耿耿金石

姿。良懷任卷舒。我道復奚疑。

（5）送熊雪堂少宰請告南歸

童童豫章木。結根在高山。君子懷令名。時會良獨難。春草易妍秀。移植〔註400〕猶翩翩。秋蘭豈不佳。嚴霜悴其顏。哲人秉攸尚。耿耿心內堅。更絃傷佳調。投跡惑新阡。迷陽何却曲。服義從所安。驅車秋郊道。禾黍發重歎。送者復幾何。亦藹東都賢。

夙昔崇志烈。皎如霜雪姿。攝提遂無紀。大義忽中暌。沉吟仰天步。中心當告誰。抱器有本懷。陳範非媚茲。一爲清商曲。絃絕繼以思。凉風驚白鷺。玄隼臨旦飛。願言采芙蓉。濡足良可譏。黽勉遂初服。晤言用是私。

灼灼麗初日。市朝復旦盈。所期不在中。何用攖我情。壘壘北邙冢。惟昔公與卿。驚心啓達化。歷變貴文明。諒懷先覺姿。豈復聽鐘鳴。羨君發明誓。朗若披丹青。寧與飄蓬飛。不隨蕘草□〔註401〕。威鳳高其翔。哀音切太清。寄言謝矰繳。無勞視青冥。

（6）送朱滄起先生告歸

高雲薄天飛。流泉繞澗吟。幽人坦素履。結念自蕭森。遺榮簡二代。邁世寧陸沉。逶迤綿上駕。窈窕汾川陰。懷文遵佳趣。尋烟獲異林。松栢慰君歡。猨鶴懷新音。鳳歌既欵欵。鵠舉亦駸駸。彷彿長松下。迎風開素琴。

樓山鬱雲望。列岫羅前楹。佳樹敷密陰。園林有餘清。青蓮秀中阿。白石含紫英。朝囘羽人駕。夕拂天女瓔。逍遙二氏間。卓犖觀平生。天子杜德機。渺若外天行。白雲未封谷。將毋欵柴荊。

（7）同梁道生雪中訪李神仙不遇

春寒策敝驢。踏雪尋仙侶。不見餐霞人。何日聆眞語。茫茫大海波。擾擾黃塵聚。勞生惑已多。漂泊今何許。金門諧舅倩。龜策淪季

〔註400〕原文爲異體字。
〔註401〕原文爲異體字。疑似「屛」字。

主。千秋仰高風。蟬脫而鸞舉。疑彼軒車煩。更使雲裝屢。不若楊子
雲。曠哉心容與。

（8）初秋萬懷擬古

皎皎明月暉。蕭蕭秋竹枝。秋竹誠可憐。明暉鑒幽思。綺窗迥夜
分。促織戒我期。良辰秉機杼。札札鳴素絲。時服變舊章。惜我流黃機。
太息斷餘組。綦縞良自持。豈不炯微素。氷雪難有爲。鬒髮罷雲澤。紛
珮消蕙滋。終風起闈闥。盛年處窮幃。時命既已然。妾心當告誰。

（9）七夕

初月麗素秋。長河淡佳夕。團團玉樹枝。瀼瀼露華濕。美人居天
端。窈窕儀靈匹。枉駕惠玄津。雲錦停織室。佳期耀人間。烏雀生顏
色。天路有險夷。風雨紛擾溺。羽蓋隨波傾。芝軿乘霧釋。豈期帝女
靈。飄然偕負軛。太息限河梁。參差眾星歷。廻望朱雀窗。迢迢不可
得。寄語嚴君平。無問支機石。

4. 七言古詩

（1）苦雨行東京師諸友

日日衝泥騎馬過。金馬門前起白波。何處官曹出無馬。蹇驢著雨
行蹉跎。青氈半褁如束薪。蒙頭掩面遭人呵。舊官翠栢青嵯峩。御溝
平瀉傾銀河。朱樓彷彿隔秋水。金盤夜賜勞明駝。城門半開雲浪湧。
連乾障泥廻波重。公子難爲吉莫靴。霜蹄踏破琉璃甕。東家溝水西家
流。傾簷頹壁不得休。曄曄〔註402〕震電何所怒。豆苗不復期高秋。
我生何若懷百憂。脫帽露頂隨犁牛。曷不歸耕南山疇。

（2）乙酉三月十八日袁京兆令昭招飲韋公祠同謝護軍朱龔兩
都諫張舍人友公賦

嗚呼。韋公祠南古木多。海棠紅雪堆高柯。暮春春寒作惆悵。陰
風碧野吹坡陀。京兆置酒羈玉珂。消愁綬帶催鳴鼉。江左才人二三子。
折花微解朱顏酡。喪亂以來淚洗面。一朝一夕春風見。今年花開祇樹

〔註402〕原文爲異體字。

林。去年矢及承明殿。觸事難忘舊恨深。春草春花雙紫燕。誰說開花不看來。看花正是傷心伴。家國興亡若海田。新花還發故時妍。萬年枝上流鶯語。今日人間作杜鵑。

（3）乙酉除夕

不知今夕是何夕。又見東風起遙陌。白燭徒燒歲暮心。明星偏照思歸客。思歸思歸日月浹。兩年積淚凝霜襟。天吹火樹作氷雪。黑風乍解魂岑岑。鬢髮空隨時代新。遺體何薄狐貂親。有影眞慚問罔兩。多愁奚用迎陽春。憶昔玉壺吟不止。北風馬鳴夜中起。一朝心事如委灰。三年壯士成老子。天下旌旗鎮日多。丈夫淪落終如何。虞氏青蠅那可弔。阮公褌蝨肩相摩。長安小兒競羯鼓。夜飲屠蘇醉且舞。惟餘一事似先朝。五色飛錢照門戶。

——文本摘自清・李雯撰，四庫禁燬書叢刊編纂委員會：《蓼齋集四十七卷・後集五卷》（北京：北京出版社，1997 年 6 月，《四庫禁燬書叢刊》清順治十四年石維崑刻本），第 111 冊，集部，頁 653～659。

《蓼齋後集・卷二・五言律詩》

1. 五言律詩

（1）大行皇帝輓詩

帝德高逾悴。皇情黯自消。由來亡國恨。未有聖明朝。玉几勞彤陛。金甌墮赤霄。普天同飲泣。不復聽簫韶。

太息庸臣甚。難忘明主心。金縢朝啓事。石室夜書箴。武士圖神駿。端憂罷雅琴。若逢巖築相。三五必駸駸。

野哭山崩日。雲愁海立年。數行遺墨詔。百萬再生天〔帝書衣帶云京師百姓一箇不可殺〕。父老悲楊閭〔時帝歖於門上〕。風塵豈豆田〔時有言帝出亡者〕。從龍非昔日。亦自有諸賢。

求治神彌役。敷文意必長。焚香祈上帝。嘗膽見高皇。道豈崆峒拙。儒從濂洛章。千秋恭儉德。無以繫苞桑。

音時有神劍。曾爲埽封狐。鳳見占王瑞。河消表睿謨。八屯何不

力。九虎竟相趨。遼后妝臺外。傷心是雟湖。

枉矢侵龍武。長繩奉至尊。登陴無敕使。哭闕有遺民。臣節生前薄。君恩亂後眞。長安諸父老。憤憤說黃巾。

祖德宜千祀。皇仁足萬年。如何玄武仗。不見白雲天。改步黃腸貴。更衣玉貌全。思園日可望。流涕上陵篇。

珠囊不可問。金策竟如何。文武一朝盡。衣冠九廟多。羣工嗟後夗。異俗拜前和。萬壽山頭月。年年映薜蘿。

憶昔今王月。蓬萊仗甫移。微名勞玉指。陋質隔龍墀。幹棄非明主。藏身荷聖慈。及今憂國淚。難灑萬年枝。〔今春曲沃穀城以賤名上達先皇先皇問其字作何寫宰相以雯字對先皇親書御几幸未授官得全其生故云〕

烈烈龍騰氣。凄凄弔馬鳴。天衢猶未逞。大厦忽先傾。無復屠羊績。空悲越石情。蒼梧應不遠。愁看暮雲橫。〔屠羊說復楚國越石乞師伐國無救懷愍之亡〕

（2）旅思

家國今何在。飄零事日非。依人羈馬肆。鄉夢憶牛衣。有淚吟莊舄。無書寄陸機。鷦鴣眞羨爾。羽翼向南飛。〔懷南之鳥初出必南飛也〕

（3）甲申秋懷雜詩

傷心驚白馬。建號值神麚。肌骨同秋鶴。饔殄望日華。星沉壯武劍。霜落邵平瓜。朝夕楊朱淚。無人繼永嘉。

凄凄經漢寢。惘惘惑堯封。自顧無方寸。何能冀萬鐘。扣鐶悲獨鹿。策馬媿從龍。高步風塵外。千秋郔曼容。

搖落華林樹。凄清雁鶩池。星辰寒玉砌。鳧藻隱秋姿。社屋虛朝幌。雲臺罷夜思。生年天保季。孤負太平時。

聞道于闐玉。當年萬里來。先皇弘儉德。是物委陳灰。世亂寧無價。時輕不用媒。翻憐楚卞子。抱足幾徘徊。

日月猶如此。山川奈若何。不知九閩重。秖恨一身多。鷹路開青嶂。氈車渡白河。蕭蕭班馬動。迸淚落銅駝。

淪落身逾賤。飄零興日孤。乃心徐孝穆。失足阮元瑜。誰復投青

案。何煩碎玉壺。自憐□命薄。不敢恨窮途。

帝室丹楓外。園林宿莽中。此生如斷梗。忍歾對秋風。戰骨沙間白。宮雲晚際紅。御溝應到海。洒恨寄江東。

東極雲沙暗。燕山落日低。盧龍不用買。善馬到今齊。亂嶺通黃谷。都人舞白題。秋來征戍婦。無夢越遼西。

獨活眞難活。當歸豈得歸。久傷烏鳥志。深羨鶺鴒飛。異味沾醲酪。同根念蕨薇。沉淪終到此。浩蕩欲何依。

細竹彫青女。飛蓬過白榆。十年嘗泣玉。一日暗投珠。命苦空倉雀。身同轅下駒。寄言南國士。蘭蕙已全蕪。

冀北彫弧盛。天南白鳥稀。諸侯開府橫。王室載書違。惜緯能無歎。操戈安可揮。子卿初奉使。珍重節旄歸。

苦心常帶索。孤願獨懷氷。念爾諸兄弟。因之廢寢興。亡親無貝玉。弔客有青蠅。夢繞城南路。狐狸簧夜燈。

豹尾明燕塞。牛頭梗渭川。自天寧厭亂。蹙國實多年。世恨追夷甫。人才幾石虔。華陽祈息馬。歸種海東田。

趙至驅車北。盧諶奉使南。二賢各有志。余事不相叅。惜別一雙鵠。思鄉三寸柑。早知戎馬疾。恨不老江潭。

滿眼繁霜菊。秋深作淚斑。獨將孤客意。如對故人顏。國信須黃耳。身謀瑣白鷳。萬方俱戰伐。初服阻雲山。

邊聲殷地發。鳴鏑向中州。月白雙鵰落。天高萬馬秋。客心寒越鳥。歸夢問吳舟。江海年年思。中宵望女牛。

餘生浮二代。爲客越兼秋。萬里憐明月。單衣憶敝裘。風嚴弓角勁。霜落雁行稠。薊北黃花戍。鳴笳忌暮秋。

（4）暮秋自遣

朔風驚客耳。黃菊悵秋幃。好夢今難憶。良辰願數違。黑貂滿眼盛。青鶻向人飛。莫聽鳴笳曲。蕭蕭淚染衣。

鳴絃秋易勁。霜葉夜多風。久客重亡國。微官幾鞠躬。謹聲馳薊

北。掩面問江東。願此關山靜。無令峰火紅。

　　不見丹楓落。愁看白草多。亂雲飛不盡。征雁日相過。難說昇天引〔余嘗云生今之世惟有白日飛昇乃佳〕。何堪據地歌。買山今未得。薜荔意如何。

　　餘霞明近塞。別殿隱寒花。可惜高秋日。都非處士家。天風懷橘柚。心淚濕琵琶。繞樹鳴烏雀。余生未有涯。

　　不識金萇路。空披玉署塵。深知囊米貴。無益五車貧。莫問冠裳會。猶然江海人。茫茫陵谷事。天地有遺民。

　　羣公忘髦冕。時俗尚雕鞍。倉卒氷霜悥。栖遲歲月難。有家愁虎穴。無地拂魚竿。翻畏真消息。陰風吹暮寒。

　　千里亡巢鳥。三年不繫舟。長吁那可數。短髮又何求。霜落蒹葭老。天高禾黍秋。故鄉多難後。不敢說吳鈎。

　　龍沙一片月。偏照鳳凰城。欲望粉榆影。惟聞砧杵聲。中宵驚鶴語。廢并聽狐鳴。莫作江南賦。青山縱復橫。

　　身在家仍破。途窮夢亦迷。驚心如鋋鹿。毀羽□山雞。草閣江湖遠。秋空障塞低。高深總不定。何處問丹梯。

　　頑民豈洛邑。京觀半吳墟。火發空霜候。砂寒白骨初。朱顏成老病。綠字想音書。諸弟應猶在。荒村尚倚廬。

（5）顧影

　　相憐惟有汝。獨看訝全非。漸識新狸製。寧堪舊鈎磯。羽毛從假貸。肌骨豈輕肥。亦自同流俗。翩翩短後衣。

（6）冬日接山東宋玉叔書知同鄉故人消息

　　二載霜前別。三冬亂後書。言潛青翰舫。亦近白雲廬。羽扇誰揮得。江楓豈宴如。稜稜鶡冠子。且莫厭逃虛。

（7）弟至

　　兩地重生日。三年驚夢中。相持一悲慟。纔喜不朦朧。顏面初堪異。衣冠訝許同。那無收涕淚。還問及兒童。

　　天寒吹雁序。風急到鴒原。故國今如此。微軀何足論。離羣欣得

弟。失路媿爲昆。寂寞經萬里。空悲父骨存。

（8）和龔孝升見慰原韵

餘生懷遠志。隱語在文無。旣識風雲幻。奚驚鱗甲殊。羊裘堪我
老。麟閣豈須圖。況此扁舟客。連翩願入吳。

誰復甘黃祖。君曾薦賈生。一人足知已。季世惑尋盟。妒莫相依
拙。心因不競明。滔滔日月去。天地欲無名。

淪胥非束帛。悰志列寒泉。俊鶻雖能動。饑鷗亦易全。柳車誠子
職。墨絰有人憐。弢〔註403〕筆無餘事。歸應北雁前。

未脫風塵色。難矜一物長。君才誠不世。余病亦相當。袖豈因人
拂。蘭思故國芳。江湖猶未小。魚鳥在春塘。

（9）和曹秋岳見慰原韵

蟻爭何日息。蕉夢幾人醒。北闕繁霜白。西山日暮青。鷹飛猶霍
霍。鵠舉自冥冥。莫道無藏壑。三江有草亭。

賣文眞避地。負謗可由天。國破身難立。生微譽豈全。不煩留鳳
沼。亦自有龍淵。寄語峩眉者。何心寶鏡前。

按劍良倉卒。虛舟任有無。浮雲他自好。流水意何殊。負土還微
願。彈冠豈壯圖。伯鸞先我志。盡室合居吳。

窮鳥栖枝久。驚丸俠客長。有人同去國。猶喜未爲郎。丙□心愈
悴。喬陵夢不忘。歸從諸父老。痛哭對蒼茫。

（10）春日病懷

白雪迎春晚。青旗壓曉寒。病容癯似鶴。歸思急於湍。新月寧堪
醉。餘冠不用彈。毿毿江上柳。作意待人看。

彷彿東山夢。差池北雁行。陳根翻苜栢。癈峽檢芸香。生在依空
骨。家亡僅草堂。得歸無遠志。猶足見行藏。

望歲人老老。尋方病日紛。素車誠可載。赤芾又何心。抱犢驚新
幕。鳴禽去上林。春風無不可。吹我百愁侵。

─────────────

〔註403〕原文爲異體字。

　　流鶯宜落日。古木謝芳辰。但使風雲壯。知非蘭杜春。五湖能憶我。二豎正欺人。此去成高臥。吾師鄭子真。

　　玉帳開正月。霜蹄濯御溝。未知司馬法。誰是不寧侯。太白高逾怒。中黃鬱未休。飛塵天地滿。何處復埋憂。

　　浮雲掩貝闕。細雨踏花泥。多病須栽藥。看春幾杖藜。棲遲猶薊北。飛越已淮西。愁聽關山月。東風厭鼓鼙。

　　入官真草草。纏骨苦綿綿。洗面三年淚。思家萬里船。閉門金勒遠。望雁白雲穿。擬說人間世。昏昏益晝眠。

　　白日如玄夜。春風我不知。更無人勞苦。賴有弟維持。魂識樵漁路。心驚蒲柳姿。百年鮮好夢。懷古望鴟夷。

　　弄晴雙紫燕。作健兩驊騮。得意宜常好。何心計客愁。偷生誠一欓。良友動千秋。欲問萇弘血。新添碧海流。

　　明月愁難盡。棲烏故自號。乾坤猶野哭。占候見星勞。是病非枚發。斯人入楚騷。文章增命薄。久合擲蓬蒿。

（11）清明有感

　　古寺日荒荒。東風到北邙。丁年常抱恨。丙舍永相望。舊坎填黃土。新枝長白楊。他年有馬鬣。何用作墓郎。

　　晴拂橋邊柳。風吹陌上塵。但添孤子淚。豈望故園春。北弔山陵寂。南來鴻雁頻。非關酬令節。寒食久逡巡。

（12）阻風任城道中

　　浩浩水虛白。茫茫雲澹浮。山青似江左。浪濶隱扁舟。返照鷗仍浴。漁翁網可收。風波猶未惡。客意在滄洲。

　　倦客心偏急。舟人役每遲。危檣輕燕子。長荇唼魚兒。蒙羽堯封近。瑯琊漢域疑。山川悲往事。暮鴈繞孤枝。

（13）邳州道中

　　朝雨流蒸暑。平川湧白波。草香南土近。帆落楚風多。久客親洲渚。長途畏勞歌。滔滔東逝者。天地欲如何。

余本江湖客。何須復問津。披衣寧識我。執紼爲寧親。邙碭雲俱
絕。蠙魚貢屢馴。山川今滿目。常使涕沾襟。

（14）舟次維揚感懷

微雨收平望。秋風動客情。新氓初比旅。故壘尚縱橫。飲馬邘溝
碧。藏鴉隋柳晴。荒途今古恨。無意賦蕪城。

敗驛仍孤柝。流螢傍女牆。方秋聞露墜。隔水識菰香。鋒鏑留餘
鏃。溫柔此故鄉。辛勤史相國。遺愛畢城隍。

（15）季冬望月述感

江南明月好。冬夜獨貪看。行樂思疇昔。傷心豈一端。風凋雲葉
散。霜靜石華寒。無限山陽笛。聞時淚未乾。

憶昔燕山日。愁看月出時。今來霜兔影。獨上嶺梅枝。風木遲庭
院。人琴久夢思。紛紛玄素變。墨子正悲絲。

（16）冬日轅文北行同尚木過余言別因憶臥子兼敘病懷之作

久病憐余瘦。惟君兄弟親。正當離別日。重憶歲寒人。世險江湖
急。天陰鳥雀頻。願因知己醉。分夢惜芳辰。

（17）冬夜與轅文敘別

寒夜樽仍在。離情雁復過。淚從愁日慣。話向故人多。朔雪軍寧
老。南雲海尚波。升沉我未諳。送子意如何。

（18）丙戌除夕

歲盡愁難盡。春來笑不來。已慚高士傳。莫數大夫才。天叙囘芳
草。家園問早梅。自憐清影在。猶對燭花開。

（19）丁亥人日

微生忝此日。四十復爲人。坐對琅玕竹。常懷白氎〔註404〕巾。
花開亡國社。鶯語昔年春。亦欲登高去。何心逐錦茵。

（20）上元日舟次婁東

海色明沙樹。風光入上元。亂餘驚候早。小邑見人喧。市火千家

〔註404〕原文爲異體字。

合。青衫午夜溫。昇平如在眼。且莫辨晨昏。

（21）初春四日與張郡伯冷石陳黃門大樽小飲柯上人息菴時兩君已受僧其矣

相逢半緇素。相見必禪林。猛虎廻雄步。潛龍長道心。域中春屢換。世外語能深。日暮浮雲合。遙思梁甫吟。

春寒矜翠竹。客至禮慈雲。今古園禽變。人天初地分。長旛猶掛樹。斷雁復呼羣。別後悲歌者。同時清磬聞。

（22）春日題虎丘雪上人山房

相攜白社侶。同到惠休房。忍草尋幽徑。鐘聲近講堂。滿函經榻手。對嶺鬢〔註405〕雲藏。疑是天花落。風吹古杏香。

（23）金陵雜感

猶是龍蟠地。無如劍去時。雪消五馬度。雲散萬年枝。江鶴凌風直。宮鶯過苑遲。平生遊樂處。囘首重淒其。

易生江岸草。難洒玉階塵。璧月涼侵霧。金塘暗度春。沙飛青蓋後。馬放雀桁晨。誰唱西州曲。東風滿綠蘋。

在昔黃圖壯。鍾陵紫氣重。一朝看逐鹿。何處問從龍。金殿應猶閟。靈衣不復封。千秋思禮樂。滴淚黯枯松。

崎嶇結綺殿。漂泊景陽宮。謀社聞君子。傾城托數公。三山春草外。六代翠微中。今古皆如是。江流落日紅。

花月春江晚。魚龍白浪高。錦靴看自貴。金埒不成豪。腐草埋鴛甃。饑烏下碧桃。夕陽陵闕在。無語濕青袍。

帝里歌鍾斷。龍池浴鐵齊。無花開上苑。有雨漲青溪。文彩王寧朔。風流謝鎮西。吾懷獨不見。江外數峯低。

一代風雲變。千年帶礪徂。自開驃騎府。不羨執金吾。忝時依羣牧。和門寄直廬。烏衣諸子弟。寂寞對平蕪。

宿霧涵沙鳥。春流漾鳳城。江非鐵鎖斷。歌剩竹枝清。樹古空王

〔註405〕原文爲異體字。

殿。烟迷故國情。華岡石子路。磊落詎能平。

　　京兆諸生老。金門雅志違。餘纁良可憶。雜珮竟全非。日月摧青
鬢。山川數落暉。翩翩江上燕。好傍故官飛。

　　徃在西京盛。人稱鄴下才。星辰忽一散。麟鳳至今哀。銀海沉三
尺。金枝落九垓。翠華空想像。彷彿閱江來。

──文本摘自清・李雯撰，四庫禁燬書叢刊編纂委員會：《蓼齋集四十七卷・
　　後集五卷》（北京：北京出版社，1997 年 6 月，《四庫禁燬書叢刊》清順
　　治十四年石維崑刻本），第 111 冊，集部，頁 660～668。

《蓼齋後集・卷三・七言律詩（一）》

1. 七言律詩（一）

（1）甲申夏日寫懷

　　父讎國難兩茫茫。愁對燕山夏日長。乳鷰亡巢尋畫棟。明駝呼子
入宮牆。南冠無語看霄漢。北闕何心數夕陽。欲望江東垂淚處。新亭
草木亦吾鄉。

　　一炬明光付紫煙。萬方囘首失朝天。孤臣薜荔裳先裂。客子衰蘇
服不全。望帝山川雲渺渺。令威城郭鶴翩翩。思家每向南風立。無淚
堪揮明月前。

　　黃鸝啼過苑牆陰。禾黍無情草色深。司隸章新重譯字。金門署冷
滑稽心。鳥號墮日思高厚。莖露收時已陸沉。我欲言愁愁不盡。邇來
三月絕吳吟。

　　辛苦誰看上苑花。雕牆碧砌隱朝霞。紅藥出水依原廟。翠栢垂枝
接御斜。亡國何曾歌玉樹。思君終日泣胡笳。江南庾信成搖落。此日
無家勝有家。

　　赤眉亂後日飄零。茸甲霜弧已數經。世運漸看如莫笑。此身那得
更浮萍。天高羽翼思鴻鵠。曠野飛鳴念鶺鴒。蕘市東阡無限恨〔先君權
塵之所〕。西風先落栢枝青。

　　漫結懸鶉獨力衣。自看形貌已全非。長歌不與金樽並。短髮常教

明鏡違。湖海欲交南浦夢。薆雲難採北山薇。故人昔日車前別。回首河梁雙雁飛。

昔日嘗登百尺樓。年來浩氣失千秋。襄陽劉表今何在。魏國陳琳豈見收。欲卷詩書隨走馬。未聞刀劒易全牛。丈夫出世渾常事。自嘆無端已白頭。

新思瓜瓞倚青門。種豆桑田亦不存。薊北黃龍夸九子。江南芳草失王孫。孤雲自送陰山鴇。野火容驚楚國猿。欲問故園消息好。幾時音榭達中原。

錦裘花帽耀關東。始信孤塗曉日紅。長樂無鐘傳薊闕。上林有樹似新豐。黃龍立國應天授。白水何人更巨公。十二園陵金殿鎖。可憐風雨晦明中。

關山歷歷淚沾纓。西苑烟波尙玉京。不見含桃供影殿。好將首蓿種王城。從臣冠珮朝無色。望帝弓刀夜有聲。輦路芋芋新雨後。青蒲細柳不勝情。

（2）季夏二十八日　大清有事於太廟遷明主也

黃日無光鐘鼓遲。猶隨萬舞出彤墀。山河忽變千秋色。龍袞空瞻一日儀。甘露昔曾沾玉樹。白烏將復換金枝。祠官雪涕宮埌外。哽咽清波太液池。

紫葢龍旐不復臨。朱絃裊裊越松陰。非關孟夏含桃薦。已痛先秋玉露侵。何代衣冠遊月出。向來弓劒隔雲深。極知盛典昭明祀。難對長安舊羽林。

（3）是日太祖神位遷於帝王廟

高皇神武驅今古。列聖英靈實弟昆。豈有松□存廟貌。猶將磬管憶曾孫。新朝秩禮衣冠聳。故國几筵日月昏。聞道江從龍馬渡。五陵佳氣復雲屯。

（4）中元日從先君瘞所還過秋岳曹侍御夜坐

萬里悲秋泣薊門。中原無果薦蘭盆。烏飛宮樹猶三匝。雲滿秋郊

隔九原。吳酒莫澆亡國恨。燕山不返大招魂。故人慰我頻頻酌。玉盞
愁心敢細論。

（5）初秋感懷

未逢搖落客愁侵。忽復涼風拂素琴。黃土自傷秋栢冷。墨衰何意
玉堂深。故宮無葵銜荒草。落日聞蟬邑暮砧。爲問江南心斷絕。幽州
戎馬欲駸駸。

國鬨家風萬事非。百年今日罷萊衣。自憐魚菽無秋薦。漫擬蓬蒿
結綆幃。碣石雲連開紫塞。桑乾度馬到黃扉。金明枝上三更露。永夜
沉沉螢火飛。

（6）秋日過西苑有感

年來何事不傷心。況復秋陰滿上林。日麗緗波蓮粉重。風飄錦纜
白鷗深。玉堦輦草餘麋鹿。桂殿清暉鎖碧岑。故國孤臣禾黍恨。長揚
欲賦不成音。

太液池中秋水波。芙蓉別殿漫青羅。星榆綺栢誰堪數。野鶴遊鷗
迥自多。中使浪傳烽火樹。牧兒輕折望舒荷。先皇臨幸無餘暇。不及
西園夜月歌。

（7）和龔黃門寫懷八首

苑西宮梛尙垂垂。秋雨新平九曲池。鳳去金輿眞杳渺。鴛飛碧瓦
亦參差。湘娥竹斷雲衣薄。子晉笙寒月影移。長樂無鐘羌管邑。南鴻
北雁不相知。

甲第朱門半有無。秋深池籞綠萍枯。竟非我土愁雙鬢。悔不當年
賦二都。明月幾時清玉笛。白雲何處冷金鳧。青山屏障猶如昔。無復
長安舊酒徒。

蕭蕭涼風吹杖蒚。北來秋氣自無閒。一時名節隨都尉。千載英心
弔望諸。不見星槎通碧漢。每從霜露憶鱸魚。南陵已斷前生夢。羨煞
人間廣柳車〔時江南被難諸老柩多南歸而不孝如雯未能負先人骸骨也〕。

宮槐滴露夜烏啼。北斗離離南斗低。江上青楓愁已絕。關南白草

望將迷。未辭乞食爲牛後。豈意全生學馬蹄〔註406〕。三徑猶存松菊
老。父魂子願隔丹梯。

　　千秋社稷一戎衣。不信瞻烏事已非。野井欲埋秦帝璽。諸于常裂
漢文幃。六宮花草隨時落。七畧圖書每市稀。應有高皇三尺劍。夜深
猶望大江飛。

　　御溝秋水落梧桐。雙闕催寒塞上風。宮髻盡拋鴉頂黑。寶釵先折
石榴紅。黃龍白雀天猶怒。丹桂清霜地不同。可惜東吳好男子。難將
高節對無終。

　　天崩地坼恨如何。萬歲山前草木多。枉殺元臣寧碧血。偷生諸將
復銀戈。張弓未掛秦川月。擊筑遙添易水波。四海誰傳秋士淚。窮途
止有一悲歌。

　　中興將相氣如雲。痛哭鍾陵天地聞。尺素漫傳江海使。松楸孰慰
聖明君。鴻溝未割金甌色。雞澤空思白馬文。極北羈臣精衛志。橫秋
歷歷度吳分。

（8）秋日覽朱舍人恭臨先皇帝御筆

　　舍人退食昔遲遲。曾奉丹書映墨池。萬事不離哀痛詔。一言猶足
帝王師。金縢零落蛟龍跡。寶匣猶存弓劍思。捧讀未終俱涕淚。橋陵
風露正淒其。

（9）歲暮感懷

　　漫道家書抵萬金。數行止益百愁侵。天涯獨鶴驚歸夢。歲晚栖鴉
戀舊林。極目雲山餘布帽。滿懷冰雪罷瑤琴。燈前欲語惟孤影。永夜
書空不自禁。

　　十年蹈海幾蹉跎。飄泊風塵可奈何。地濶盧龍吳語盡。天寒鵝鵲
塞雲多。三江錦樹愁魚素。萬里綈袍阻玉戈。故國故園他日淚。攀條
擬向落梅歌。

　　朔風枯柳尙堪攀。白草宮垣豈笑顏。朝暮麻衣衝雨雪。秋冬雁影

────────────
〔註406〕原文爲異體字。以下皆是。

隔關山。初聞恩詔園陵使。苦憶先朝供奉班。太息身隨飛鳥後。路迷江海不知還。

客子三冬賦式微。寒星瀝瀝淚沾衣。彤弧不覺秦關遠。土鼓寧知漢臘非。餘燭猶明分夜照。敝貂相守忍朝饑。經年遙望江潯月。烽火連天獨鳥飛。

桑乾東畔草迷迷。野馬黃羊逐駃騠。此日蕭朱無近援。當年蘇李惜分攜。旗翻皓月尋玄兔。雪覆青氷瑩碧蹄。風景一新鄉土異。斷腸西嶺夕陽低。

生不逢辰只自傷。毛錐脫穎負青緗。鍾儀還楚無消息。郭隗遊燕亦渺茫。遠望當歸霜樹白。登高欲嘯暮雲黃。一身未朩心先朽。何信堪傳婉孌鄉〔士衡詩云婉孌崑山陰余家別業在焉〕。

沙暗雲昏不見家。征南飛控戛胡笳。未知江表留桑梓。空滯燕關老歲華。旅殯銘旌繩已絕。寒燈綦縞鬢方鬆。神傷不得為人子。踏雪侵霜莫怨嗟。

寒郊牧馬自悲鳴。亂柳蒼霞捲暮晴。九市相連燈火合。三宮無影月華明。每逢佳友疑良夢。不意浮生如夜行。雪後故鄉梅信好。干戈阻絕暗江城。

帶索長歌行路難。暮鐘殘雪客中寒。牛車盡繞蒼龍闥。馬肆新傾碧玉盤。征鳥歸雲分去住。攀髯附翼黑悲懽。側身懷古心常苦。嗟爾遼東管幼安。

凄清風木冷幽燕。夙昔詩書已枉然。膡有積骸堪獨弔。難將出處問前賢。龍荒半入因提紀。鳥跡重翻蒼頡篇。往事茫茫付陵谷。南方歸去再生天。

（10）甲申除夕和令昭韻

日月無端幾盪磨。一年喪亂苦經過。共君白髮非人老。祭我青山入夢多。朔氣看廻新鳳曆。西宮不奏舊雲和。傷心往事重重數。坐對明燈聽玉珂。

（11）乙酉元日和令昭韻

聞說朝元不敢遲。雞人三唱日中時。龍顏欲整金烟細。豹袖爭翻赤羽垂。青瑣未連雙鳳闕。春鳳還拂萬年枝。侍臣馬上看雲物。惟有西山靜不移。

（12）春夜同友蒼上人集令昭袁大齋賦得林字

正月繁霜簾外深。故人樽酒重相尋。青燈共照天涯影。玉律難忘孤客心。風景沉沉遲漢苑。江山落落費吳吟。春來只覺安禪好。識得人間支遁林。

（13）百史自南來悲喜交集而賦

冒雪侵霜萬里行。燕山正月慰投荊。去時心夘程嬰傳。來日人傳張祿名。不信河梁重會面。每因烽火見初情。上林芳草年年秀。待爾春風滿鳳城。

存亡離合渺難知。執手猶如夢見時。各有胸懷言不盡。共含涕淚客中垂。幽陵落日寒龍馭。西省餘清集鳳池。江左人才今幾許。爲憐栖息久同枝。

（14）喜聞西捷

捷書九日達皇州。萬里關山指掌收。但使龍驤分白羽。豈留鼠首在青丘。因之再下興亡淚。非此誰伸君父讐。自恨生平無壯事。不能抜劍取封侯。

（15）春思

春來雨雪暗燕山。日夕柴車紫陌間。人望五雲恒獨嘯。魂迷三徑幾時還。歸鴻尙帶江湖影。明月誰開桃李顏。憔悴繁霜生旅鬢。傷心何必玉門關。

少年寥落付三春。客子披衣常畏人。豈有青絲〔註 407〕能繫馬。何須瓦釜不吹塵。相逢積雪憐萍梗。莫憶飛花着錦茵。腸斷故宮輦路草。東風拂袖又懷新。

〔註 407〕原文爲異體字。

　　二月清郊社燕飛。舊巢猶是主人非。游絲落日金丸少。毳帳新畬黃犢肥。花月朝鄉憑夢到。音塵諸弟隔年違。茫茫雲海無程路〔註408〕。鶴怨猿吟人未歸。

　　遲日青氷解御溝。柳絲如睡白蘋浮。花驄放牧騏驎苑。畫棟分移鴗鵲樓。薤髮漸從書帶長。加餐空憶錦熒流。沈郎但有腰支在。羸得春風萬里愁。

　　九陌春風接杏梢。荒烟斷壁冷蕭蕭。苔生別殿迷青雀。草淺平原掣皂鵰。三輔鶯花非異域。五陵風雨認前朝。布衣染淚知多少。藥裹琴樽久寂寥。

　　碧山墓樹倚橫雲。曾夢堦前草色分。夜雨幽蘭傷委珮。東風黃鳥惜離群。當時梨棗欣相得。此日松楸不可聞。尺土未歸家萬里。餘生何以慰先君。

　　畫舫清波花影遲。江南風景正堪思。別來辭賦誰爭長。辭後飄零我獨知。抗節難爲東海蹈。論文眞媿北山移。三春心事如垂梛。雨打風吹千萬絲。

　　未聞京國麥苗青。厭說中原戰血腥。蒿里曉風春夢短。黎花殘露客愁醒。亦知避地催年矢。豈敢古天問歲星。滿目山河成黯澹。只今何處不新亭。

（16）上巳

　　三日題詩問水濱。百花如霧又如塵。難將此日思歸引。示我當年共禊人。上苑碧桃空蜚翠。茂陵金椀尙騏驎。鬪雞無復西郊客。誰識春光到幾旬。

（17）十九日集孝升齋和其原韵時同賦者朱鎣初胡孝緒

　　殘春廻首見明光。飲泣東風又數行。國恨如新芳草碧。故人懷舊夕陽黃。花通鶴禁愁千緒。日冷松門天一方。誰抱衣冠遊月窟。殷勤宮監說先皇。

〔註408〕原文爲異體字。以下皆是。

千載遺弓怨暮春。燕山燕水正傷神。上陵紙陌無新薦。稽首旃檀有舊臣。妖夢一年餘景物。窮途數子見情親。綺寃〔註409〕日落花前淚。同是西京作賦人。

（18）二十日朱龔二黃門招飲報國寺觀海棠即事

難歌難哭泛深杯。宜白宜紅帶笑開。不畏流鶯街汝去。爲愁野馬逐人來。相依蓮社同心契。欲問滄江無信廻。攜手莫辭花下醉。落花零露委蒼苔。

（19）暮春寄懷曹秋岳侍御時方較士盧龍

三月盧龍綠未齊。絳幃春色起鳴雞。清心高挹無終嶺。氷鏡平分太乙藜。桃李新枝通紫塞。山河淨業洗心鎞。知君尙有愁心賦。孤竹城西布穀啼。

（20）暮春胡孝緒太史招飲花下

名花綺戶兩相宜。郢客新傾絕妙詞。有酒只應良夜醉。多愁莫遣暮春知。鬱金堂上風簾靜。丹鳳城南碧草滋。一曲瀟湘渾未竟。何人不發大江思。

（21）四月二十七日先君忌辰禮懺憫忠寺

緇索相絫肅起居。晨聽法鼓禮眞如。人逢初地心微悟。事到終天報已虛。寶鐸勤宣消萬刼。雨花輕散接三車。憫忠祠畔忠魂在。應抱生前痛哭書〔先君於破城半月前尚作疏請出募義旅討賊〕。

（22）四月晦日追憶去年危難之況愴然有作示梁析木吳索求米吉士朱中立平叔兄弟諸子皆同患難者

不淺交情多難中。猶思聯袂隱牆東。年華豈信空頭白。生灭難忘一炬紅。良友眞如同命鳥。男兒今日可憐蟲。何時遂愜漁樵興。更數燕山有數公。

（23）四月八日謝都護招飲天慶寺即事得元字

薰風朝夕度含光。忽見晴郊柳絮翻。客裏送春當佛日。愁中多病

〔註409〕原文爲異體字。以下皆是。

豈文園。新詞痛哭惟烟草。故國交遊似弟昆。惆悵江南行樂處。落花
今日幾枝存。

（24）端午前一日熊雪堂少宰分俸相餉

竹林豈敢列群賢。漫辱山公乞俸錢。五月羊裘希越布。三餐脫粟
繼青煙。游從入洛心逾悴。節近懷湘醉可憐。不見彩絲長命縷。故人
嘉惠實相延。

（25）端午日吳雪航水部招飲孝升齋看演吳越春秋賦得端字

高會猶將令節看。素交風義豈盤餐。酒因弔屈人難醉。事涉亡吳
淚已彈。生意盡隨麋鹿後。鄉心幾度玉蘭殘。年來歌哭渾同調。顛倒
從前非一端。

（26）憶密之時聞在粵西

孤劍南行事忽諸。當年忍处慕包胥。自言同學非胡越。不道中原
隔應徐。朱雀龍飛雲蔽日。蒼梧人遠雁無書。青蠅阻絕相思路。萬里
關山恨有餘。

脫屣妻孥氣崛奇。憐君終是一男兒。豈知別浦離雙劍。尚復臨湘
怨九疑。虞帝祠前工灑淚。昭王臺下正愁思。同心異地何時合。共采
琅玕繫釣絲。

（27）憶大樽

天分地濶不相聞。生处交情苦憶君。斷髮久辭飛雀鏡。名山負爾
薜蘿裙。江東不見盧從事〔盧湛自北使南而余不得也〕。海內猶知殷仲文。儒
雅風流今在否。難忘玉立對青雲。

（28）憶轅文

不聞高論已三年。日月空羈古北燕。九辯君家應更賦。七哀我欲
向誰傳。衣冠無語安殊俗。顏面多慚識俊賢。昔日惠莊今異代。白雲
來徃共凄然。

（29）和孝升懷密之韻

猶思慷慨露桃春。星下盟書定幾人〔甲申春賊勢將逼與魏子一張幼文吳介子侯

〔叔岱及雯父子謀奉一皇子而南〕。龍種無緣先入手。螭頭有語但沾巾。長安不敢
降襲勝。江左何心譽太眞。五嶺雲深瘴海白。不知何處泣孤臣。

　　金臺銅柱各風烟。時勢相驅兩不然。文到庾徐方薄命。交推蘇李
益深憐。聞雞自昔多雄志。攬髮於今孰少年。我道未亡君後歾。莫將
心事墮飛鳶。

　　誰翻黨籍佐中興。仗策孤征屢擔簦。東上江楓丹羽度。南穿蠻嶺
白猿升。不愁鸚鵡驚黃祖聞〔君先依鄭帥相得甚歡〕。空爾蓴鱸憶季鷹〔君先卜
居於敝郡已而復南去〕。精衛有心滄海上。參差余始負良朋。

　　草履黃冠賦遠游。丹心一片對滄洲。麒麟高閣人難盡。貝錦孤臣
淚未收。南極星辰看異代。孝陵風雨更千秋。百年名士多銷鑠。賴爾
江東識故侯。

——文本摘自清·李雯撰，四庫禁燬書叢刊編纂委員會：《蓼齋集四十七卷·
後集五卷》（北京：北京出版社，1997 年 6 月，《四庫禁燬書叢刊》清順
治十四年石維崑刻本），第 111 冊，集部，頁 669～676。

《蓼齋後集·卷四·七言律詩（二）·七言絕句·十體詩》

1. 七言律詩（二）

（1）夏日酬袁令昭

　　仕隱如君物外潀。爲憐形影共浮沉。一身已逐風塵換。兩鬢無煩
霜雪侵。但說投人皆按劍。相逢何處不焚琴。惟餘樂府烏栖曲。猶向
梨花問賞音。

（2）臥病射陂喜逢萬內景有贈

　　故人薙髮意如何。一縷無遺足嘯歌。野袖最宜蕭寺靜。綵毫更覺
白雲多。班荊亂後無餘話。贈藥愁中日再過。海內弟兄零落盡。非君
孰與慰蹉跎。

（3）哭周生

　　亂後身名可自由。憐君不及鄭台州。劇秦新論誰爭草。月旦家風

乃世讐。國事既看如覆水。斯人豈合付刀頭。平生尚有延陵劍。不敢
高懸隴樹秋。

（4）八月十五

素節平分玉樹林。雁行無序亂秋砧。高原射梆驚新俗。故國烹魚
失好音。長白東來春浩蕩。黃河南去日浮沉。思鄉望月先憔悴。不自
當年梁甫吟。

（5）十六夜集秋岳齋即事同友蒼上人張爾唯王照千錢韡農賦

把酒論交只細傾。凉風主客不勝情。人間新向黃龍府。天上誰憐
紫鳳城。輕暈欲迷秋草白。彤雲猶傍漢宮明。蒼茫江海多愁思。飛入
寒光永夜清。

四海蕭條正角弓。獨憐無劍倚崆峒。關山寫照今年異。家國難忘
此席同。不分明蟾高北斗。願隨賓雁到江東。故人千里應懷我。幾夜
金風玉露中。

（6）和龔芝麓十六夜作用原韻為贈

燕南極目五湖遙。騎省秋荒夜寂寥。白眼那堪更按劍。青衫只合
對吹簫。金仙有泪關山月。銀漢無波烏鵲橋。憶昔親經建章火。傷心
枯樹復攀條。

玉繩耿耿露華清。南國芙蓉夢不成。莫倚鄉心驚越鳥。且將幽恨
付秦箏。凉風不覺天街淨。秋月還同青塚明。壯骨如君何所寄。白頭
吟罷意縱橫。

（7）九日和朱篷初黃門得重陽二韻

江山烽火隔重重。故國荒基白露封。九月鄉心紛木葉。兩朝清淚
落芙蓉。榆關獵獵漁陽鼓。燕市蕭蕭長樂鐘。同是飄零吳楚客。強將
黃菊慰秋容。

欲上金臺且望鄉。西山千嶺對斜陽。同心好作萊萸侶。異地那聞
橘柚香。亂去天涯忘令節。愁來雲海憶先皇。登高莫向思陵路。松栢
新零青女霜。

（8）九日又和令昭

中原天地再經秋。九日同君數舊愁。雁足何年通海上。狼牙終日暗幽州。思吾生夗惟鄉土。滯洛浮沉豈宦遊。爲問黃花今幾許。霜天搖落不堪收。

（9）初冬感懷于秋岳席上賦

北風此日又黃昏。痛哭松楸何處存。客難數言還霧倩。辨亡雙論更平原。淶宮落葉憐青女。明月傷心似夜猿。耳熱故人醴酪酒。不須剪紙更招魂。

（10）于爾唯貳公席上喜值敬哉南歸同話而有賦

天涯襟珮喜相親。況復開樽得故人。圖難莢吳眞易地。當筵兄弟更同塵。來時應識青楓樹。沒後難忘烏角巾。不敢憑君問鄉里。烟波江上几垂綸。

（11）上元後一日賀閣學賜婚

上元小女絕堪憐。春夕春燈艷少年。東閣英姿披鶴氅。南宮盛事錫瓊筵。卿雲自繞乘鸞客。甘露先承種玉田。袞職殷勤仲山甫。神鍼妙引綠□前。

孔雀銀屏相對開。九微光下月徘徊。自傳天上蒼龍珮。不數人間玉鏡臺。火帶餘工經黼黻。采蘩精意助鹽梅。太平不少階符奏。重答君王湛露杯。

（12）春雨欲過宋玉叔不果賦贈

臥病三朝乏俸錢。題詩一往奮長牋。新詞索對宄良友。細雨無情濕禁烟。騎馬差能過百步。衝泥不復似當年。一生少壯憂愁盡。羨爾英騰早着鞭

（13）春日訪吳雪茵老師偶賦

執手相看白雪衣。風簾未捲淨春暉。突煙久識君偏冷。癯面翻驚我不肥。一事關心何用語。百年荒忽好忘機。吾師道味眞殊勝。囘首雲空任鳥飛。

（14）清明

滿樹棠梨花發時。他鄉寒食重淒其。聊持麥飯吹塵土。未有銀錢
挿竹枝。禁火青燈明野墅。啼鳥黃口弄晴姿。布旌無恙空門外。故國
松楸永夜思。

（15）春日復病

春寒春暖怪芳菲。旋坐旋眠心事違。厭卜歸期勞季主。猶將藥裹
問王微。章臺盡聞青驄健。紫陌誰教白雉飛。不是朝絲期不顧。自從
昔日典裝衣。

朔風吹病過春陽。天濶鴻低信渺茫。細柳連營催日落。桃花流水
共愁長。負檐獨坐支書篋。夙夜興言減藥囊。稽首靈輿兼佛足。布帆
三月下橫塘。

（16）送令昭之任臨青

袁生開美世無雙。亂後常傾白玉缸。自有才名矜水部。豈惟科稅
到雲艭。洞簫皓月驚玄幙。凉署春風臥碧幢。羨爾臨流能獨詠。郵書
早晚達三江。

（17）春暮

零落飄飄幾暮春。何心復作未歸人。天風碣石吹華表。夜雨滂沱
浥路塵。草履黃冠容我老。青袍白馬莫相嗔。可憐腸斷烏栖曲。三匝
無枝繞棘榛。

當年不爲看花來。花落春雲濕未開。不見流鶯聞布穀。相思紅杏
似青梅。風霜草莽臣三載。日月山陵士一坏。欲去那無長太息。黃金
臺下白龍堆。

（18）舟次白洋

當年雪渡白洋河。今日還扶丹旐過。暮雨深愁村樹見。洪波只益
泪痕多。千蹄牧馬聯青草。咫尺雲濤歇櫂歌。河伯不知秦漢事。教人
無奈客愁何。

（19）七夕潤州張司理登子招飲署中

不數佳期已四年。人間離別總茫然。幸逢好友當今夕。亦復開懷托二天。秋水再看朝鐵甕。江帆初穩泛漁船。故園五日無消息。坐對明河迥一川。

（20）暮冬風雨寫懷

暮陰脩竹影珊珊。風雨連宵逼歲寒。多難歸家猶作客。病餘對酒不成歡。三冬鶴怨昇天遠。四海猿啼行路難。惟有驚鴉夜來去。門前五栁幾盤桓。

（21）冬夜與諸弟飲素心弟齋

往事傷心病復愁。相扶今日始登樓。喜因同室皆兄弟。況復長宵有勸酬。勻服可憐紅鞣韃。舊詞猶唱白浮鳩。怪來語笑三千斷。爛醉方知是海鷗。

（22）歲暮奉先大夫之喪葬於胥浦

猶將病骨捧靈輿。霧慘雲愁歲復除。不審半眠眞勝地。即今蒿里是安居。三年淚盡松楸外。一日魂歸華表餘。腸斷先朝多雨露。碑陰未敢識黃初。

（23）除夕立春感懷

長安春到不知春。今夕春來是故人。鬢髮豈皆年歲變。亂離初喜物華新。衰麻草草君親盡。花果紛紛兒女眞。秪恨東風吹不破。舊愁重發栁絲塵。

（24）亂後重過吳城

春風渺渺入通波。有客東來發棹歌。明月正當麋鹿後。烟花無奈薛蘿何。星橋斷絕孤舟冷。粉堞參差獨雁過。薄酒一樽酬故壘。要離塚上暮雲多。

（25）春日訪梅玄墓諸山小遇風雨

細雨春山路不迷。琪花玉樹隱禪栖。不辭素袖侵香濕。爲趁飛英

入幃低。雪浪捲湖風度雁。梵鐘出岫午聞雞。別來五載藍輿在。依舊
冰霜滿碧谿。

（26）春日小飲吳魯岡先生齋同吳駿公宗伯朱昭芑文學賦

莫向罇前問亂離。東風楊柳復垂垂。多君黃綺眞高致。歎我求羊
亦數奇。煙火春城催社鼓。庤穌小雨散晴絲。青門瓜種知偏盛。遲日
還同倒接䍠。

（27）舊京花朝

寥落花枝與柳枝。春風着處不勝吹。江南此日猶漂泊。薊〔註410〕
北當年幾夢思。青漆樓邊聞篲栗。桃花馬上醉醄釀。相逢不敢還相避。
誰似長干遊俠兒。

（28）丁亥夏日行役之作時余假滿抱病北上日占以代呻吟而已

辛苦支離觸墊行。自憐自鄙總非情。已將病音爲長物。敢向高人
出怨聲。天覆雲衣欣僕馬。日分藥裹進王程。故園或有殘松菊。應識
當年處士名。

壯夫星髮忽盈頭。試問津梁發百羞。泣血三年無別履。兼程五月
一羊裘。自知身在同膏燭。豈恨官遲若土牛。我欲凌風黃鵠去。助人
千里夕陽愁。

白雲流水日堪思。心跡〔註411〕雙違豈世知。窮尙有途猶未哭。
病當無藥亦安之。吳中名士聞求叔。天下英雄敢問誰。老去若餘烟日
在。隔江橫笛沂風吹〔時道有投老江北之意〕。

朝朝炙背想南薰。夏木千章蔭若雲。大火未流常作客。小山欲賦
不成文。日長好聽黃鸝語。圃燕爭看朱果分。即此土風良可念。不能
回首望殷勤。

高柳清蟬自不休。綿綿蕀藙衍中疇。乍停羽檄增村市。新覆茅茨
飽麥秋。敢說生涯半戎馬。難忘鄉土及梧楸。經遇盡屬歌風地。原廟

〔註410〕原文爲異體字。
〔註411〕原文爲異體字。以下皆是。

蕭條亦一丘〔時道出豐沛間〕。

　　挾火揉烟赤伏天。氣如絲髮且加鞭。當時不學爰旌目。今日奚思魯仲連。茹苦向人逢一笑。懷恍自我惑三慾。微軀父母曾憐惜。永日悲吟明發篇。

　　泥行十步九廻腸。單父城西雲樹蒼。千里驅車逢壯縣。連朝脫粟賴賚糧。鄉心斷續黃梅雨。宦況虛無白玉堂。莊舃越吟聲最苦。不知何日達君王。

　　相逢馬上問平安。眞歎余生行路難。豈倚勞薪供善病。反因逆旅慰加飱。黃河斷岸皆周道。碧草搖風亦漢壇。車下忽承朝日照。傷心鵠影教人看。

　　一年來往皆三伏。萬里馳驅歷兩京。竊意王師應臥鼓。豈知湖海尚論兵。望秋蒲柳驚先候。滿眼丘墟畏及情。憶昔空山高寤日。夢廻清壑〔註412〕繞松聲。

　　赤塵百道午熊熊。牛鐸如鍾語未通。露頂盡袪白帢子〔時病中恒戴一自布帽已復除之〕。緇衣重事黑頭公。相從不必誇秋駕。若我何須諱夏蟲。一疏乞骸心未夗。匆匆欲發畏雷同。

2. 七言絕句

（1）獨坐自遣

　　春來無復樂游原。鬼草孤燈滿目繁。碧海空憐銜石鳥。玉環猶鎖斷腸猿。

　　三春國淚并鄉愁。月冷花寒若素秋。但願二陵喬樹秀。年年風雨哭高丘。

　　鐵騎稜稜掣紫烟。梨花滿地陣雲天。白狼河畔濚沱日。野雀拚飛宿麥田。

　　年來同患亦同歡。才說思歸去住離。三尺春波雙袖淚。故人今日又桑乾。

〔註412〕原文爲異體字。

兔起烏沉不向人。漸漸野水復蹄輪。思乘西極開明獸。踏破人間懊惱春。

數莖殘髮不曾梳。獨檢華陽肘後書。文彩風流今已盡。惟餘善病似相如。

不識東風濯梆枝。薄春最苦落花時。狂歌痛哭俱無地。悶殺燕山高漸離。

朔雪春風塞外多。射來雙雁落平坡。新年不唱遼西曲。玄莬山前子夜歌。

曾識橫江朝暮潮。降帆飛渡果雲霄。當年不信陳江總。今日方知嬾折腰。

驚風苦雨亦多時。海燕何心桃李枝。總爲飄颻雙翮鍛。莫教蒼鶻更相疑。

（２）戲柬轅文

龍城綦縞髮如霜。一日春風淚萬行。爲問香車新女伴。幾回顧步惜紅妝。

阿監傳說好蛾眉。珍重鸞釵十二枝。解得琵琶爭上道。莫教幽怨獨文姬。

（３）過玉芝宮感懷

鐘鼓無聲寶瑟翻。玉芝宮畔草如璊。夜來翠竹涓涓露。滴入朱絃作淚痕。

憶昔丹楹祀睿皇。渚官魂魄杳茫茫。堦前尚有朱干戚。不入新朝逐舞行。

3. 十體詩〔花朝社集秋岳丝限韻〕

（１）七言排律

言歸不及杏花前。一日鄉心路幾千。短策恒過金馬地。長悲難屬鷓鴣天。開懷且用栽松菊。修禊何時復管絃。牛角扣殘雙闕暮。鶯聲啼破五陵烟。更端頓足愁他累。有事搔頭憶去年。幾度飛鴻驚紫塞。

空思寡鶴振螽田。折巾於我眞無分。布帽逢君共可憐。欲到江干成鵠望。每憂桑井未蠶眠。芙蓉別院平蕪外。騏驥荒臺古道邊。漠漠雲霞常作錦。紛紛尨李莫論錢。東方執戟今已矣。稷下雕龍亦偶然。但使岩耕當谷口。奚須扈從問甘泉。燕中一夜吹簫客。夢裏三春載酒船。插柳情從多難老。稱詩月向故人圓。自慚久負琅玕筆。同喜新聯曰玉編。薊北遊塵良可拂。南皮勝事至今傳。

（2）五言律

不情嫌月苦。無計耐花繁。惟有親良友。差能忘故園。霜消鴈雁緩。沙滿駃騠尊。御柳飄搖甚。春風幾樹存。

（3）五言排律

靈甫南風斷。晴郊西嶺橫。客愁今實甚。春思詎能平。高會如三日。人才尙兩京。更增新大雅。莫望舊承明。綠野猶分帳。黃龍未洗兵。沙中偶語易。塞外健兒生。有地羈王粲。無文勞長卿。關心宜藥裹。懷古只書紫。薜荔儀禽向。干將冷矗荊。過淮常作枳。入海不成鯨。月近流霞動。風來細栁迎。懽時徒黙黙。別緒重行行〔時將南歸〕。宣曲多班馬。長楊少聽鶯。避賢穎可脫。中聖酒能清。餐栢應吾道。紉蘭非世情。狐貂毛自賊。虎豹尾爲旌。白骨縈蕭草。芳樽倒鳳城。大都沉玉漏。誰復舞雞聲。敝帚千金濫。浮匏五石輕。君看北海外。何地索高名。

（4）七言律

一哭蒼茫更一歌。傷心無限莫誰何。露零芳樹金盤折。弓落頭鵞虎旅多。人作酒徒天亦許。花明燕市日相過。醉來馬上須扶力。不遣新愁到玉戈。

（5）七言古

有柳須從彭澤老。有山願問田橫鳥。有酒常澆信國壙。三事不成空潦倒。曹侯達者興崛奇。高文會客傾芳卮。楚宋葵齊更吳越。角材選藝龍蛇披。珊瑚出水虹霓色。黃鵠摩天霜雪姿。四座相驚工力揆。停杯握素春風遲。天下才人不易得。窮途尙欲存風格。猶是凌雲賣賦

人。俄成離黍悲歌客。鴈影春寒紫鳳城。牛鳴日落銅駝陌。三年故國已荒陵。二月清明正寒食。薄宦何須苦見留。曳車終日畏王侯。人生失意當盡意。數子論文日不休。不然匡床紅玉柔。冥冥壑谷無春秋。不然脫屣城門倅。一朝弄鳳凌滄洲。我獨何辜限江海。素車樸馬家何在。白日蒼蒼不盼人。空餘寸管勞光彩。

（6）五言古

燕山上無極。遠望孤竹封。浮雲千里去。中有雙飛鴻。音響屬霄漢。翶翔一何雍。念我失路士。躑躅微塵中。肌骨既銷鑠。毛羽無豐茸。促促若檻羊。啾啾非候蟲。彼美陽春節。欻然互相從。薄歡理幽素。沉藻發芳叢。吾友多令音。揚言結惠風。一吟再三唱。朗月懸墻東。照影目紛徹。俯仰卑賤容。俗時多冶化。蛾眉苦未工。方春桃李顏。萎若秋田蓬。喬陵雲氣深。霓旌藹飛龍。我思不可望。哀音寄豐隆。亡國無貴士。興朝無素功。雖懷女蘿心。恐未當長松。曠野多車騎。川谷何蒙蒙。惜哉朱絃絕。太息懷蒿宮。清商振玄陰。斯曲安可終。

（7）三言古

長安道。塵如海。鼓鼕鼕。城門外。老栢庭。斧薪行。青牛夾。金梟驚。生十駒。囊腹腴。不可已。絡流蘇。花濛濛。雜霧中。歌且嘯。難爲容。莫開口。但飲酒。禮太山。瞻北斗。早歸休。賢通侯。誰云者。雙梟鳩。

（8）四言古

春華旦發。素翰雲飛。同聲齊氣。和若笙竽。良友在堂。嘉言咏觴。左拂遞鐘。右採蘭芳。春草靡靡。在其城闕。班班柴車。不我能說。颸風忽至。吹彼棘人。永懷故都。於今九春。翩翩園禽。焚巢哀吟。喬木既萎。實傷我心。昔擷香草。及爾偕行。契潤三年。然疑並興。謂玉爲石。不敢不堅。謂荃爲茅。夫誰怨焉。素心可喻。榮名不兼。凡我同袍。曷此初筵。

（9）五言絕句

柳拂青驄馬。花明玉甕春。黃壚舊酒伴。同是有心人。

（10）七言絕句

昭陽新雨露寒風。鴛暗花啼事不同。莫聽伊梁舊時曲。當年曾度鳳簫中。

——文本摘自清‧李雯撰，四庫禁燬書叢刊編纂委員會：《蓼齋集四十七卷‧後集五卷》（北京：北京出版社，1997 年 6 月，《四庫禁燬書叢刊》清順治十四年石維崑刻本），第 111 冊，集部，頁 677～684。

補闕：《幾社壬申合稿》

1. 卷之五‧古樂府

（1）枯魚過河泣

枯魚過河泣。作書戒鯨鯢。鯨鯢笑相答。芳餌今不施。

——文本摘自明‧杜騏徵等輯，四庫禁燬書叢刊編纂委員會：《幾社壬申合稿二十卷》（北京：北京出版社，1997 年 6 月，《四庫禁燬書叢刊》明末小樊堂刻本，中國科學院圖書館藏），第 34 冊，集部，頁 599。

2. 卷之六‧古樂府

（1）善哉行

天門日蕩蕩，賤子悲毛羽。生在日月下。瞑目不得覷。〔一解〕襄智如鮭□〔註413〕。是以吾不與。披髮從南山。鬱紆當誰語。〔二解〕士賢者卑棲。玉石不能侶。太息于嗚呼。安所適晉楚。〔三解〕吾願於童昏。指右不識左。四海如焚焦。鳥鼠悅其處。〔四解〕烈士難為羈。食愁日無緒。浩浩者天乎。契濶不可怙。〔五解〕吾嘆將安窮。所思亦難佇。今吾將何游。霜雪又紛阻。〔六解〕

（2）懊惱曲

置蠟安花那得子。搏雪築城空流水。一雙鸂鶒不相顧。翻作嬌媒引飛雉。藕心欲白蓮欲紅。連根結體事不同。濁河照天失星宿。姮娥皎皎當清空。馬蹄踏地隨青草。春蠶守絲筐中老。碧簟貫憐玉膚寒。

〔註413〕原文為異體字。

皓腕何須守宮抱。小吏墓前毒桐枝。華山幾下蔽膝絲。燒灰作九飲蕩子。莫令深閨空獨思。

（3）夜度娘

脫妾長袖衫。星光抱妾槳。打折芙蓉花。君聽波聲響。

——文本摘自明・杜騏徵等輯，四庫禁燬書叢刊編纂委員會：《幾社壬申合稿二十卷》（北京：北京出版社，1997 年 6 月，《四庫禁燬書叢刊》明末小樊堂刻本，中國科學院圖書館藏），第 34 冊，集部，頁 604、608、619。

3. 卷之七・五言古詩

（1）倣古十二首

寒日照北林。悲風號其巓。氷雪相層居。積幽無與宣。歲暮懷苦心。慷慨思長言。高臺植棘荊。卑岸樹芷萱。菀枯各有遇。誰爲相周旋。眷彼蒼鷹姿。翶翔陵中天。苟自生羽翮。孰云非高賢。如何幽居子。沉落傷華年。

其二

宿昔〔註 414〕好童心。崢嶸視九州。跳達臨路衢。意廣難爲謀。二十事詩書。折節下朋儔。覽古不得志。壯士成舊丘。徽音蒿與萊。燕雀鳴啾啾。豈無吾所懷。欲告將無緌。東者流水駛。西者白日浮。是道不可易。怒然起長憂。

其三

採穀崑山禾。路遠不及飧。假衣吉光裘。歲晏不及寒。遙望雖苦辛。此志良獨難。君子有異尙。小人多平懬。手植青桐枝。繫以翠瑯玕。萬年摩穹蒼。時一儀凰鸞。吾生誠不待。聊用息徙歎。

其四

東吳富烈士。專諸及要離。清霜發中懷。凜勁生悲奇。斯人今已亡。聞有舊塚閭。松栢生其身。狸狌舞其墟。取琴向此彈。用酒斟酌之。擊劍起悲歌。涕淚沾吾頤。褰衣舍之去。白日無光輝。

〔註414〕原文爲異體字。以下皆是。

其五

孔雀矜羽翰。刷翅臨南崗。爰遇雙鷙鳥。讒我於鳳凰。本自懷醜質。妄欲相摧藏。朱雁從西來。黃鵠偕翱翔。相期輝天衢。繽紛有容光。倉黃束孤咮。翁羽逃菰蔣。惜〔註415〕哉秉高德。細故時相忘。

其六

雲霓織如組。山川鬱紛拏。生不近日月。孰能無崎嶇。茫茫視荒城。人獸相雜居。各自榮其生。角牙與刀鋸。夸父自驚欸。豈能恨陽烏。安得返太清。逍遙陵長途。

其七

吾有雙珮環。結綠與懸黎。左刻青松枝。右蟠蛟與螭。覊以朱絲繩。襲用冰蠶綈。犀櫝蔚龍文。嵌巖吐火齊。置之懷袖間。十年無所貽。寶此神物光。恐或沉污泥。

其八

昔日湛盧劍。光聲冒三吳。一朝舞白鶴。驚飛入楚都。燁若流星光。皎如匹練舒。瀟湘積雲霧。不敢相盤紆。楚王夢中見。欽若賢士俱。再拜列九賓。拂拭召風胡。龍淵及工布。因此相奔趨。不見鳴犢欸。仲尼為廻車。

其九

黃河西北來。江漢為南維。不期會溟海。同波不相疑。神龍輸上天。澎濞空中施。蒸然起萬族。不知誰所為。如何宴藪子。中田畫町畦。鳥雀各自飽。紫蛤不相肥。顧此復奚嗟。小物多紛岐。

其十

盧敖山上呼。若士雲中游。攜手四五人。洪崖與浮丘。袠氏呻吟者。秋栢徒脩脩。不見秦王醫。車多乃益羞。豫章宿為薪。梯楊不相憂。愧非趙李姿。無為驅鳴騶。

其十一

西北有好女。綽約芙蓉光。紫霞為上襦。白雲為素裳。秀擢停玉

枝。微風激中香。含思無所繫。挾志凌朝霜。奈何彼戚施。媸醜姿猖狂。怪鳥鸘間鳴。青雀高飛翔。飛飛入何所。不歸白玉堂。遠望使心迷。流光結中腸。

其十二

人言長生樂。長生良苦悲。朝見親戚歾。暮見城郭非。高臺生黃埃。豐屋臥狐狸。歾者則巳忘。生者徒長嘻。仙人王子喬。奉吾藥一笥。三歲不敢吞。心中生狐疑。

（2）寓言四首

應龍登天衢。奮澤下土膏。及乎臥深淵。昏然若不昭。吾觀籬下蟲。緝穴何紛騷。未聞金翅鳥。營營工其巢。君子務四方。小人刈蓬蒿。各自有本事。何能相爲勞。

其二

吾聞指佞草。生在陶唐時。上有賢聖君。纖柯奚爾爲。又聞古傑奸。往往神仙姿。奚獨紫庭寵。良云造化私。不然賢達士。戚戚何空悲。

其三

赤驥走萬里。不貴守戶庭。養鷹如養鵞。豈能求其騰。小制不大立。緩轡可崇登。用人若草本。奚爲徒兢兢。奴隸則封侯。漢室以大興。

其四

首陽止一山。夷齊踞其巔。是以呂子牙。遂有營丘田。高臥良有謂。投袂非徒然。區區歎段馬。欲騎將安先。麟鳳不敕時。鴉狐誰當憐。拔劍擊四荒。雲雷鬱相連。

（3）幽人

羣山不能聚。游雲亦時通。山桂有餘香。千里誰當同。宿昔層城思。杳冥浮霄中。幽人渺何居。青嶂含鴻蒙。天漢落水聲。碧潭沼霓虹。日月在吾目。曠然聞清風。百才極用壯。余因造化工。氣酣飲天酒。賓客東王公。不聞秦家鹿。奚知漢氏龍。蜉蝣多聰明。朴心有所

崇。是人不可見。浩歌誰爲雄。昂首呌鳳凰。飛雲日馮馮。

（4）田家詩二首

布穀深春鳴。披蓑向隴首。新霖養稚禾。細草足牛口。荒理視所勤。即事不可苟。良苗植深根。懼彼蒲稗醜。利此鎌與鋤。毋然脫吾手。貓虎不足求。所視防堤厚。以茲衛盛苗。苗盛天所右。螟螣不爲飛。蓐妝相與守。蒸然秋玉姿。不在風雨後。八月梨棗熟。九月丹鳥臼。坎坎蜡〔註416〕鼓聲。飮酒樂相壽。

其二

五月南颷癸。良疇亦婉孌。畆中流水綺。溝中流水澱。蛙黽視吾耕。飛魚白如練。老牛不下田。童子勤挽牽。家長自縣歸。嚴符縣中見。不言力耕田。但言速輸縣。兩稅尙云寬。今欲求其羨。不聞天子憂。不見東西戰。長老疾驅牛。述之聲鳴嚥。吾苗日以長。吾農日以煎。顧此敲髓資。乃在柔芳甸。水深魚鱉游。水竭魚鱉胃〔註417〕。小人分有常。安敢思荒晏。

（5）旱

上澤久不下。積雲如委灰。熹〔註418〕然曝萬里。白日光徘〔註419〕徊。草乾長驕蟲。山焦鬱枯雷。農歎夜有聲。訛言日喧詼。獨坐空堂中。如聞禾黎哀。神龍復安居。涸潄令人猜。波竭潭宮傾。豈惟蛙魚災。微雪亂氣度。颶風猛相尵。人事有所召。可以術理推。戈甲半天下。鼠思反嬰孩。笑歌彼何人。安得無深裁。

（6）雨

大風十日號。屛翳曠其職。詎意蒼眷回。頗恃蝦蟆力。瀕同空波濤。摧摺莽相直。白浮平遠姿。眾苗欣巳葻。顧其碟裂時。足令愛者感。苟或抒勞農。致曰非帝德。六符未可陳。九野鮮静域。吁嗟荷鋤子。所耕非其食。窮馬多傾輈。鋌鹿思險匿。及茲未崩莽。猶足加憫

〔註416〕原文爲異體字。
〔註417〕原文爲異體字。
〔註418〕原文爲異體字。上高下灬。
〔註419〕原文爲異體字。

側。雨餘空翠來。雲歸晴江黑。仰目盱天施。后土時沾埴。

——文本摘自明·杜騏徵等輯，四庫禁燬書叢刊編纂委員會：《幾社壬申合稿二十卷》（北京：北京出版社，1997 年 6 月，《四庫禁燬書叢刊》明末小樊堂刻本，中國科學院圖書館藏），第 34 冊，集部，頁 623～624、631、635、635～636、637。

4. 卷之八·五言古詩·七言古詩

（1）家園詩次年少韻

平生湖海士。特立俯大荒。身愧愧豹姿。家擅巖林長。結交應劉徒。浩邁聊相當。遂枉濠上訪。披衣登高岡。仰視星河深。月出山衣霜。青崖有孤思。頹雲積澄涼。哈呀吐長風。碕礒亙短梁。脩竹影娉娟。潛葩發微香。驚鳥天上呼。神物湫中藏。谷道舞山魅。枯林凍寒螿。幽然石閨女。不下瓊露漿。懷珮無所貽。采芝欲誰芳。左顧豫章木。森竦來清商。右激西澗泉。濕翠蕩中央。煙深梟鵰苦。水涸黿鼉傷。相覽獨無言。緬冬心徬徨。

（2）寒園詩二首

荒庭集靜楚。遙覗多清歷。深靄晚際紅。細草巖下碧。池凍掣魚尾。冰紋見鶴跡。積翳參以差。脩竹响樓翮。雅意任空囊。古人列素壁。頹放豈吾懷。難與世相適。

其二

斂氣味幽賞。霜雪清我襟。目逐飛枯征。神與竹栢深。凌嚴桂枝直。枯氽青桐吟。短褐非吾冷。狐貉無溫心。窮山惜衰蕙。悲墅憐寒禽。陰霞送日末。皓月撫夜沉。懽樂不吾將。惻惻愁空林。

（3）分詠西京雜記〔斬蛇劍〕

金虎東攫六禽氽。大爐銷兵騰煙紫。那知猶有三尺鋒。芒鍚山中護龍子。秦險楚氛剗若豚。區區羣雄安足論。七星離離擁日月。留侯蕭相功名尊。憶昔高宗伐鬼方。神鋒巖巖白大荒。千年顥氣不可滅。再興眞人肅世綱。此物豈用珠宮秘。月色霜華暗中熾。雲孫龍睡蝶英

威。柄入椒房與常侍。二猾竊鐵無久功。典午創圖非英雄。異物不爲
庸主御。衝颾抉雲有所從。

——文本摘自明‧杜騏徵等輯，四庫禁燬書叢刊編纂委員會：《幾社壬申合
　稿二十卷》（北京：北京出版社，1997 年 6 月，《四庫禁燬書叢刊》明末
　小樊堂刻本，中國科學院圖書館藏），第 34 冊，集部，頁 644、646～647、
　651。

5. 卷之九‧五言律詩

（1）病鸚鵡

豈無嶺海思。空伴曲閨愁。孔雀休云妒。雄鳩吾意羞。廢〔註420〕
香憐翠羽。瞑目傍銀鈎。恃有能言智。敢爲僕妾謀。

（2）枯損

幹自青銅立。枝非鳥雀安。沉濃思昔蔭。疎老未云殘。白月憐彤
影。玄霜擎古寒。遙知風雨夕。歌響夜珊珊。

（3）送董子出塞

董子竟北去。朔風秋塵揚。種芝不待長。拔劍良有光。燕市訪屠
狗。龍沙好秋羊。丈夫自有意。時俗譏清狂。

其二

公業食不足。季心天下知。由來游俠士。所貴行藏奇。西北風烈
古。關河豺虎疑。莫隨李郁尉。匹馬陰山陲。

——文本摘自明‧杜騏徵等輯，四庫禁燬書叢刊編纂委員會：《幾社壬申合
　稿二十卷》（北京：北京出版社，1997 年 6 月，《四庫禁燬書叢刊》明末
　小樊堂刻本，中國科學院圖書館藏），第 34 冊，集部，頁 662、663、665。

6. 卷之十‧五言律詩‧七言律詩

（1）感秋‧其二

寥落生閒思。蕭騷宕我胷。天高了不與。野淨自能供。木末芙蓉

〔註420〕原文爲異體字。以下皆是。

見。泉踪薜荔封。明霞如可掇。幽意渺相從。

（2）野祠

落日沉沉原草涼。頹紅荒碧亦祠堂。神鴉啄樹哨卑殿。鬼馬脫韁遊廢廊。籌火夜賽巫舌健。游光晚出村心忙。只今苦歲魚腥儉。風雨搖蕩神靈傷。

（3）穆天子

穆王昝日厭皇州。白首增城號壯遊。天子龍鸞雲上出。群臣猿鶴野中秋。西來草木多英異。北望河山足冥搜。玉果金膏攜滿轂。璧臺猶有盛姬丘。

（4）中秋風雨懷人

桂樹飄搖尚有枝。芙蓉細瑣不成帷。如聞瓊珮秋蟲語。何處嬋娟明月姿。濤白廣陵空夜雨。珠明合浦隔雲湄。禿鶖已滿江河隘。會欲乘螭拜武夷。

（5）同遊陸文定公墓舍

晚柳秋蒲廻曲塘。低欄清影暗吹芳。栢籬罨罨新藏麝。楓岸離離欲待霜。劍佩如存遊月出。麒麟不闢暮雲長。茫茫直視皆塚壘。獨向平原吊夕陽。

——文本摘自明・杜騏徵等輯，四庫禁燬書叢刊編纂委員會：《幾社壬申合稿二十卷》（北京：北京出版社，1997 年 6 月，《四庫禁燬書叢刊》明末小樊堂刻本，中國科學院圖書館藏），第 34 冊，集部，頁 676、679、684、684～685。

7. 卷之十一・七言律詩・五言絕句

（1）同遊山莊次勒卣作

寒日登山事近幽。蒼崖攜手暮羈囚。孤雲無侶親巖樹。壯士相依問古丘。望極不來雙白鹿。月明先入小紅樓。脫巾醉欲眠青嶂。阮籍當年自勝流。

（2）病起

病起惡欲問秋雨。白雲不合相離披。亂蟬如織失靜樹。渴鳥相呼來清池。坐上樽中竟何有。脫巾搖膝空爾爲。銅缾揭水灌松下。憐汝憔悴生枯枝。

（3）謝人贈牡丹

小苑紅銷頹玉姿。清秋瑤圃更相遺。蒼煙輕籠朝霞種。銀鋙微施香睡時。欲採璃雲傳曉夢。將溫羅薦待春期。知君憐我多愁癖。曳雨牽波引艷思。

（4）大堤女

腰插青柳枝。手持白接羅。撇波下江去。知是誰家兒。

其二

煙艇曳紅霞。芙蓉濕素沙。鳴篙落蘋渚。鸂鷘不成家。

其三

紫絲持作障。火浣裁爲襦。郎贈琥珀枕。妾投袜馰珠。

其四

春風宕無力。大堤羅襪多。如何繫錦纜。故使玉鈎過。

——文本摘自明·杜騏徵等輯，四庫禁燬書叢刊編纂委員會：《幾社壬申合稿二十卷》（北京：北京出版社，1997 年 6 月，《四庫禁燬書叢刊》明末小樊堂刻本，中國科學院圖書館藏），第 34 冊，集部，頁 687、688、692。

補闕：《雲間三子新詩合稿》

1. 卷五·五言律詩

（1）立秋日萬動貞招飲葛子恒靜業寺園同農父密之動貞同賦

其三

池敞青蓮域。烟含碧玉樓。香菰深沒馬。圓浪急浮鷗。太液分瑤海。宮斜接御溝。好將遊子意。來試帝城秋。

其四

傲客停絲轡。涼風入晚荷。氣過三伏爽。雲散五城多。柳外高燕

塞。樽前瀉玉河。月明重有約。錦瑟麗清波。

——文本摘自明‧陳子龍、清‧李雯、清‧宋徵輿撰，陳立校點：《雲間三
子新詩合稿　幽蘭草　倡和詩餘》（瀋陽：遼寧教育出版社，2000 年 1
月）頁 81。

2. 卷六‧五言排律

（1）鄭洪渠明府以越藩擢撫應天二十韻

南顧盰晨眷。東郊屬大賢。諸侯岳瀆貴。開府日星懸。斗女璇規
合。江湖繡錯聯。舊棠猶越嶠。新露已吳川。方召威名籍。龔黃志業宣。
自天施景曤。無地不陶甄。秩秩中丞憲。森森大將權。驪虞行武帳。鷩
鶯畫戎斾。卻穀詩書重。劉弘樽俎堅。誓師親組練。養士狎鷹鸇。霜冷
鉦笳動。風高鸛鶴先。褰帷清甸服。破浪肅樓船。茂俗思閭鼓。淵心在
駒篇。遙悲陵闕暮。愁絕犬羊年。羽檄諸方急。苞桑國本專。石頭安故
鼎。鐵瓮奮長鞭。吉日玄狐直。新田旟隼翩。梅花迎幰發。朱鷺隔江傳。
玉帳飛聲遠。金甌佇卜虔。經綸方日盛。萬里息烽烟。

——文本摘自明‧陳子龍、清‧李雯、清‧宋徵輿撰，陳立校點：《雲間三
子新詩合稿　幽蘭草　倡和詩餘》（瀋陽：遼寧教育出版社，2000 年 1
月）頁 122。

李雯《蓼齋》詩餘校點

《蓼齋集‧卷三十一‧詩餘》

1. 長相思‧咏秋風〔註 421〕

楓葉飛。柳葉飛。飛向空閨無盡時。搖搖千里思。○○西風吹。

〔註 421〕參考楊家駱主編的《清詞別集百三十四種》以及陳乃乾《清名家詞》
所輯錄，〈咏秋風〉作〈詠秋風〉。以下皆是。詳見楊家駱主編：《蓼
齋詞》，摘自《清詞別集百三十四種》全 12 冊（臺北：鼎文書局，
1977 年 8 月），第 1 冊，頁 3。以下簡稱「楊編本」。還有陳乃乾輯：
《清名家詞‧第一卷‧蓼齋集》（上海：上海書店，1982 年 12 月），
頁 1。以下簡稱「陳輯本」。

北風吹。吹入君衣知不知。香帷薄暮垂。

2. 生查子・秋夜〔註422〕

風動碧琅玕。翠戶生寒淺。斗帳宿鴛鴦。繡被雙鸞偃。○○獨自擁雙鬟。不覺銀釭暗。明月下梧桐。玉漏遲金剪。

3. 浣溪沙・初夏晚景〔註423〕

紈扇輕裁蛺蝶羅。杏黃衫子晚晴多。捲簾雙燕引新雛。○○衣潤先教籠鵲尾。鬢鬆常自約犀梳。薔薇小浴納涼初。

4. 浣溪沙・咏繭

淺碧柔黃玉顆長。倩人垂手入蘭湯。溫存心性怎禁當。○○方束素時纖指滑。欲纏綿處粉襟香。為誰無語在匡牀。

5. 浣溪沙・咏五更

歷盡長宵夢不成。欲明人自怕天明。蘭湯初減小銀屏。○○露染花枝常滴滴。香寒繡被更清清。早知新恨又重生。

6. 菩薩蠻・守漲遣懷

越溪暮雨何曾歇。鷓鴣聲裏沙痕沒。曉起不勝愁。愁橫舴艋舟。○○灘頭龍子浴。為洗千山綠。阻斷去時程。教儂莫遠行。

7. 菩薩蠻・憶未來人〔註424〕

薔薇未洗臙脂雨。東風不合催人去。心事兩朦朧。玉簫春夢中。○○斜陽芳草隔。滿目傷心碧。不語問青山。青山響杜鵑。

〔註422〕參考楊家駱主編的《清詞別集百三十四種》以及陳乃乾《清名家詞》所輯錄，「玉漏遲金剪」作「玉漏遲金翦」。以下皆是。詳見「楊編本」，頁3；「陳輯本」，頁1。

〔註423〕參考楊家駱主編的《清詞別集百三十四種》以及陳乃乾《清名家詞》所輯錄，「薔薇小浴納涼初」作「薔薇小浴納涼初」。以下皆是。詳見「楊編本」，頁3；「陳輯本」，頁1。

〔註424〕參考楊家駱主編的《清詞別集百三十四種》以及陳乃乾《清名家詞》所輯錄，「薔薇未洗臙脂雨」作「薔薇未洗胭脂雨」。以下皆是。詳見「楊編本」，頁4；「陳輯本」，頁2。

8. 菩薩蠻・題擣衣圖〔註425〕

香閨夜警秋風度。青砧冷落梧桐露。淡月白離離。看人欲擣衣。○○犀甌香茗潔。無意嘗蘭雪。玉杵不曾鳴。誰聽腸斷聲。

9. 巫山一段雲・題美人洗桐圖〔註426〕

好涴清絲絹。輕摩碧玉枝。秋來猶有綠陰時。香袖鎮相依。○○洗却風中淚。將為月下期。冷開心事小鬞疑。應有玉人知。

10. 謁金門・紅葉〔註427〕

青楓浦。染出空江天暮。隔岸臙脂新雨墮。小樓腸斷處。○○叠叠亂紅秋露。又被西風吹去。翠袖拾來看幾度。欲題無一語。

11. 謁金門・缺題

夜飛鵲。夜夜把人驚覺。殘月侵牆猶未落。風吹鈴動索。○○不是鴛衾常薄。擁枕難教夢着。夢裏落花飛燕掠。羅裙寬幾約。

12. 清平樂・秋曉

雁聲初到。遠夢驚回早。殘月殘燈和淚照。閒憶去年秋草。○○起來檢點芙蓉。愁紅恰與人同。贏得一身憔悴。那堪更對秋風。

13. 畫堂春・秋柳〔註428〕

長條梳盡影珊珊。烟啼露冷風寒。暮鴉栖遍小憑闌。無限堪憐。

〔註425〕 參考楊家駱主編的《清詞別集百三十四種》以及陳乃乾《清名家詞》所輯錄，「無意嘗蘭雪」作「無意嘗蘭雪」。以下皆是。詳見「楊編本」，頁4〜5；「陳輯本」，頁3。

〔註426〕 參考楊家駱主編的《清詞別集百三十四種》以及陳乃乾《清名家詞》所輯錄，「洗却風中淚」作「洗卻風中淚」。以下皆是。詳見「楊編本」，頁5；「陳輯本」，頁3。

〔註427〕 參考楊家駱主編的《清詞別集百三十四種》以及陳乃乾《清名家詞》所輯錄，「**叠叠亂紅秋露**」作「疊疊亂紅秋露」。以下皆是。詳見「楊編本」，頁5；「陳輯本」，頁3。

〔註428〕 參考楊家駱主編的《清詞別集百三十四種》以及陳乃乾《清名家詞》所輯錄，〈畫堂春〉作〈畫堂春〉；「暮鴉栖遍小憑闌」作「暮鴉棲遍小憑闌」。以下皆是。詳見「楊編本」，頁6；「陳輯本」，頁4。

○○猶傍朱樓舞袖。心驚落葉哀蟬。昔時攀折已相關。重對青山。

14. 醉桃源・秋海棠

愁紅低影碧闌干。玲玲風佩寒。背人無語小屏山。相扶秋病闌。
○○宜翠竹。近苔錢。嬋娟庭戶間。相思種子隔年年。幽芳和淚鮮。

15. 阮郎歸・閒愁

滿簾暮雨對青山。樓高香袖寒。綠帆亂落水西灣。銀箏無意彈。
○○金鴨冷。淚珠殘。一庭紅葉翻。鷗鴆飛去又飛還。人如秋夢闌。

16. 阮郎歸・秋晚

夕陽庭院鎖芭蕉。涼風和雁高。芙蓉紅褪滿江潮。金塘知路遙。
○○羅袖薄。晚香飄。歌梁空燕巢。添衣小立紫闌橋。淒清聞鳳簫。

17. 山花子・初夏〔註429〕

乳燕初飛水簟涼。菖蒲葉滿小池塘。七尺蝦鬚簾半捲。杏衫黃。
○○竹粉新粘搖翡翠。荷香欲暖睡鴛鴦。正是日長無氣力。倚銀牀。

18. 山花子・無題〔註430〕

一捻紅微雙鳳尖。半彎翠抹遠山聯。素着輕綃無粉汗。近風前。
○○打馬怎教玉指動。采花應貼綠鬢鮮。眞箇日長看影倦。惱人閒。

19. 山花子・無題〔註431〕

細雨楊花薄暮天。鳳簫聲斷壓重簾。好景遍教紅袖倚。籠春纖。

〔註429〕 參考楊家駱主編的《清詞別集百三十四種》以及陳乃乾《清名家詞》
所輯錄，「竹粉新粘搖翡翠」作「竹粉新黏搖翡翠」。詳見「楊編本」，
頁7；「陳輯本」，頁5。

〔註430〕 參考楊家駱主編的《清詞別集百三十四種》以及陳乃乾《清名家詞》
所輯錄，「眞箇日長看影倦」作「眞個日長看影倦」。以下皆是。詳
見「楊編本」，頁7；「陳輯本」，頁5。

〔註431〕 參考楊家駱主編的《清詞別集百三十四種》以及陳乃乾《清名家詞》
所輯錄，「半綰鴉鶼渾卸却」作「半綰鴉鶼渾卸卻」。以下皆是。詳
見「楊編本」，頁7；「陳輯本」，頁5。

○○細語玉鰓輕燕燕。暗香夜蛤影鶼鶼。半縮鴉鬟渾卸却。落金蟬。

20. 秋蕊香・咏桂〔註432〕

昨夜凉風微度。吹下青腰仙女。多情細剪金衣縷。簌簌寒香無緒。○○月中露下尋芳去。空延佇。綠雲初染輕檀炷。暗入羅幃深處。

21. 眼兒媚・畫眉〔註433〕

曉來獨自上妝樓。攜筆近簾鈎。菱花未掩。朝霞初暈。直甚風流。○○青青常壓兩星眸。難畫幾重愁。盈盈只在。遠山峰上。柳葉梢頭。

22. 眼兒媚・秋思

藕絲欲斷更菱絲。香徑晚凉披。梧桐半落。蒹葭相對。荳蔻無枝。○○淡黃衫子月明時。無計是相思。歸期尚可。燕方飛去。雁未來遲。

23. 桃源憶故人・春寒

無〔註434〕聊獨自探春早。花影今朝風悄。吹透越梅多少。兩點青山小。○○淒清繡戶人難到。惟有一庭春鳥。掩着銀屏正好。簾外餘香裊。

24. 桃源憶故人・失題

小池過雨荷香潤。簾幙重霞紅襯。有箇人人相問。垂手芙蓉近。○○試摘一莖凉酒暈。插向銀缾未穩。暗數蓮房則甚。密意消殘粉。

〔註432〕參考楊家駱主編的《清詞別集百三十四種》以及陳乃乾《清名家詞》所輯錄，〈秋蕊香〉作〈秋蕋香〉。詳見「楊編本」，頁 7～8；「陳輯本」，頁 5～6。

〔註433〕參考楊家駱主編的《清詞別集百三十四種》以及陳乃乾《清名家詞》所輯錄，「攜筆近簾鈎」作「攜筆近簾鈎」。以下皆是。「遠山峰上」作「遠山峯上」。詳見「楊編本」，頁 8；「陳輯本」，頁 6。

〔註434〕原字模糊難辨。今按楊家駱主編的《清詞別集百三十四種》以及陳乃乾《清名家詞》所輯錄，編訂此乃「無」字。詳見「楊編本」，頁 8；「陳輯本」，頁 6。

25. 甘草子‧春〔註435〕

春暮。烟鎖垂楊。未斷清明雨。螺盒數紅兒。蘭露調雲母。○○
悶悶騰騰。慢看風絮。任送暖、添寒無緒。十樣眉峯遍描許。不似張
郎嫵。

26. 甘草子‧夏〔註436〕

長夏。日影梧桐。玉枕東牎下。手擘水晶瓜。香霧清寒瀉。○○
涼沁冰盤。蘭莖亞把。把小幅、蠻牋輕寫。寫得鴛鴦字成也。更被人
牽惹。

27. 甘草子‧秋

秋半。捲起流蘇。人與金波滿〔註437〕。風吹羅帶寬。桂落香枝
遠。○○天上清宵。霓裳舞遍。羨雙影、月華初見。琥珀釵頭露珠泫。
把玉鬢輕按。

28. 甘草子‧冬〔註438〕

冬盡。手冷金針。愛與黃昏近。合歡斗帳深。叵匝紅池緊。○○
碧瓦彤甍。霜鬆銀粉。煨紫火、龍團香沁。剔指纏匀口脂潤。還倚鴛
鴦枕。

〔註435〕 參考楊家駱主編的《清詞別集百三十四種》以及陳乃乾《清名家詞》
所輯錄,「烟鎖垂楊」作「煙鎖垂楊」。以下皆是。詳見「楊編本」,
頁9;「陳輯本」,頁7。

〔註436〕 參考楊家駱主編的《清詞別集百三十四種》以及陳乃乾《清名家詞》
所輯錄,「把小幅、蠻牋輕寫」作「把小幅、蠻箋輕寫」。以下皆是。
詳見「楊編本」,頁9;「陳輯本」,頁7。

〔註437〕 原字爲異體字。以下皆是。

〔註438〕 參考楊家駱主編的《清詞別集百三十四種》以及陳乃乾《清名家詞》
所輯錄,「合歡斗帳深」的「斗帳」二字並未載錄,「煨紫火、龍團
香沁」的「火」與「龍團」並未載錄。詳見「楊編本」,頁9～10;
「陳輯本」,頁8。按:今查〈甘草子〉詞牌,發現李雯此四首〈甘
草子〉的詞作與原來詞譜不叶。惟參考楊家駱主編的《清詞別集百
三十四種》以及陳乃乾《清名家詞》所輯錄,僅〈甘草子‧夏〉一
首,「涼沁冰盤」與「蘭莖亞把」又並作「涼沁冰盤蘭莖把」,唯一
協律。其餘三首則暫無其它版本。

29. 太常引‧消暑

　　紫蘭香處鎖琅玕。深影亞牎寒。纖手弄冰絃。把一曲、相思漫彈。○○流泉三峽。瀟湘夜雨。移入畫屏間。曲罷理青鸞。看兩點、春山翠灣。

30. 少年游‧冬暮〔註439〕

　　綠窗烟黛銷眉梢。落日近橫橋。玉笛纔聞。碧霞初斷。贏得水沉銷。○○口脂試了櫻桃潤。餘暈入鮫綃。七曲屏風。幾重簾幙。人靜畫樓高。

31. 少年游‧代女郎送客

　　殘霞微抹帶青山。舟近小溪灣。兩岸蘆乾。一天雁小。分手覺新寒。○○今宵霜月照燈闌。人是暮愁難。半枕行雲。送君歸去。好夢憶江南。

32. 少年游‧無題〔註440〕

　　樓高望絕楚雲重。春水漫流紅。鷓鴣聲煖。海棠深處。濃綠鎖眉峯。○○王孫寶馬隨南陌。年少慣相逢。怎是輕佻。惹人牽繫。更錯怨東風。

33. 西江月‧梅花

　　素手深知花重。羅幃更耐香寒。玉笙吹徹暮憑闌。消得春風一半。○○淡月黃昏常待。清霜曉夢無端。水晶簾外影相看。不被紅雲遮斷。

〔註439〕參考楊家駱主編的《清詞別集百三十四種》以及陳乃乾《清名家詞》所輯錄，「綠窗烟黛銷眉梢」作「綠窗烟黛銷梅梢」，「贏得水沉銷」作「贏得水沈銷」。以下皆是。詳見「楊編本」，頁10；「陳輯本」，頁8。

〔註440〕參考楊家駱主編的《清詞別集百三十四種》以及陳乃乾《清名家詞》所輯錄，「鷓鴣聲煖」作「鷓鴣聲暖」。詳見「楊編本」，頁10～11；「陳輯本」，頁9。

34. 月中行‧采蓮 〔註441〕

新絲輕染石榴紅。虹掛小牎東。淡烟深柳晚來風。結伴采芙蓉。○○縠紋細浪牽花槳。雙鷺下、綠水搖空。藕花裙濕鬢雲鬆。人在落霞中。

35. 留春令‧和湯若士 〔註442〕

緩約雙紋。繡被私尋。獨見香鞋。金荷粟、小背妝臺。暗處銷覓猶在。○○昔喜春風到日。今愁秋月來時。已拋蓮菂見菱絲。心事牽雲帶水。

36. 鳳來朝‧和周美成 〔註443〕

秀靨宜春面。碧雲鬟、好風透亂。近闌干素影、承執扇。猶記得、月中見。○○小語丰情溫娿。玉枕涼、輕分一半。問絳河深淺。怎禁得、鵲橋斷。

37. 醉花陰‧重陽

絳紗愛把黃金縷。鬢影清香袖。一晌又重陽。滿目雲山。不待人歸後。○○江天落雁垂垂久。好景知依舊。不是怨黃花。只爲離人。誤得黃花瘦。

38. 南柯子‧冬曉

霜痕隨碧甃。素綆斷銀缾。香銷翠被五更清。慣是獨眠人起、見

〔註441〕 參考楊家駱主編的《清詞別集百三十四種》以及陳乃乾《清名家詞》所輯錄，「縠紋細浪牽花槳」作「縠紋細浪牽花槳」，「藕花裙濕鬢雲鬆」作「藕花裙涇鬢雲鬆」。以下皆是。詳見「楊編本」，頁11；「陳輯本」，頁9。

〔註442〕 參考楊家駱主編的《清詞別集百三十四種》以及陳乃乾《清名家詞》所輯錄，「暗處銷覓猶在」作「暗處消覓猶在」。詳見「楊編本」，頁11；「陳輯本」，頁9。

〔註443〕 參考楊家駱主編的《清詞別集百三十四種》以及陳乃乾《清名家詞》所輯錄，「碧雲鬟、好風透亂」的「鬟」字並未載錄，「小語丰情溫娿」作「小語風情溫軟」，「問絳河深淺」作「問絳河淺」。詳見「楊編本」，頁11～12；「陳輯本」，頁9～10。按：今查〈鳳來朝〉詞牌，發現李雯「問絳河深淺」句與原來詞譜不叶。

壺冰。○○亂雲拈指凍。暖筆畫眉輕。菱花寒浸遠山青。記得當年攜手、近窗櫺。

39. 南柯子・窗外芭蕉〔註444〕

入雨朱絃咽。臨風碧簟垂。鎮常相守綠窗時。憶得嬋娟。和袖捲金泥。○○小院苔移襪。空簾月印眉。晚妝偷淚滴羅衣。幾幅長牋。何處寫相思。

40. 望江南・咏螢〔註445〕

朱闌暮。點點動春星。來近燈前常黯澹。去時花下忒分明。曾伴玉人行。○○迎風度。斗帳見盈盈。待得月華分一照。也隨珠露濕三更。遮莫上銀屏。

41. 望江南・無題〔註446〕

釵頭玉。常自伴香雲。燈暈奄奄成小睡。醒來猶未脫羅裙。月影正中分。○○閑消悶。刀尺與爐熏。寶帳空垂連理帶。香衾慢疊舞鸞紋。玉漏夜深聞。

42. 浪淘沙・春遊

春嶺鷓鴣啼。花暝烟低。葡萄潑水燕初飛。盡日秉蘭羅帶緩。香重金泥。○○芳草綠痕齊。無限長堤。歸時莫遣畫簾垂。記得曲闌橋畔路。玉勒遲遲。

〔註444〕「窗」字原爲異體字。以下皆是。參考楊家駱主編的《清詞別集百三十四種》以及陳乃乾《清名家詞》所輯錄，〈窗外芭蕉〉作〈窗外芭蕉〉。詳見「楊編本」，頁12；「陳輯本」，頁10。

〔註445〕參考楊家駱主編的《清詞別集百三十四種》以及陳乃乾《清名家詞》所輯錄，「來近燈前常黯澹」作「來近燈前常黯淡」。以下皆是。詳見「楊編本」，頁12～13；「陳輯本」，頁10～11。

〔註446〕參考楊家駱主編的《清詞別集百三十四種》以及陳乃乾《清名家詞》所輯錄，「閑消悶」作「閒消悶」，「刀尺與爐熏」作「刀尺與爐薰」。以下皆是。詳見「楊編本」，頁13；「陳輯本」，頁11。

43. 浪淘沙‧燕子〔註447〕

小苑午陰長。梅子初黃。三三兩兩過池塘。不管〔註448〕羅幃人倦起。斜入紗窗。○○細雨費端詳。只近廻廊。纔飛北舘又南廂。啄破海榴紅欲溜。懶上雕梁。

44. 浪淘沙‧秋月〔註449〕

明鏡破青桐。近轉牆東。樓高人靜影重重。露腳斜飛驚鵲語。香墜寒空。○○金井望彫櫳。芳樹璁璁。碧天涼落水晶宮。爲問嫦娥愁幾許。無限秋風。

45. 浪淘沙‧早起

常被五更鐘。驚夢回空。枕痕輕暈冷金蟲。不許愁人眠不起。窗外梧桐。○○鏡裏惜芳容。曉日朧朧。綠沉庭院鳥啼紅。澹畫春山垂粉淚。滴與芙蓉。

46. 雨中花‧無題

漫說海榴開遍了。怎無緣、玉山一倒。寫破狼毫。題殘蠶紙。總爲愁人道。○○庭院深深清晝好。奈相思、夢兒不到。反揷牙籤。傾翻藥裹。只是閑煩惱。

47. 鷓鴣天‧夕陽

半壁深陰響杜鵑。淡黃雲樹日啣山。妝殘人在闌干角。目斷天晴蓮子灣。○○情薄暮、最相關。碧紗閒捲小萍翻。可憐鴉背無多景。慣鎖星眸罨畫間。

〔註447〕參考楊家駱主編的《清詞別集百三十四種》以及陳乃乾《清名家詞》所輯錄,「只近廻廊」作「只近迴廊」,「纔飛北舘又南廂」作「纔飛北舘又南廂」,「懶上雕梁」作「嬾上雕梁」。以下皆是。詳見「楊編本」,頁 13;「陳輯本」,頁 11。

〔註448〕原字爲異體字。以下皆是。

〔註449〕參考楊家駱主編的《清詞別集百三十四種》以及陳乃乾《清名家詞》所輯錄,「金井望彫櫳」作「金井望雕櫳」。以下皆是。詳見「楊編本」,頁 13～14;「陳輯本」,頁 11～12。

48. 南鄉子‧秋桐

高影出紅樓。碧簾先散一庭秋。昨夜清商叩哀玉。聲幽。盡在雲屏角枕頭。○○清露向晨流。淚珠點點滴新愁。為近彫闌常獨倚。凝眸。殘月依依下玉鉤。

49. 南鄉子‧冬閨

斗帳欲溫香。池水冰紋樓上霜。半軃綠雲無意緒。思量。翠袖深深玉指長。○○斜日又西黃。匼匝銀屏小洞房。折得梅花和影瘦。淒涼。簾外風高斷雁行。

50. 南鄉子‧閨情

涼雨似新秋。簾捲湘波不下鉤。看盡青山和黛濕。新愁。壓下雲屏角枕頭。○○常把帶圍收。銀蒜低垂寶篆浮。暗數松兒人不見。凝眸。濃綠陰晴燕子樓。

51. 玉樓春‧秋閨〔註450〕

城頭月出驚栖羽。寶瑟清清傷玉柱。空庭懸杵數千聲。半枕寒蛩聞一箇。○○綠窗月對相思樹。紅葉難傳心上語。娟娟幽草怯黃昏。炯炯清眸憐白紵。

52. 玉樓春‧秋思〔註451〕

西園剩有黃花蝶。南浦驚飛紅杜葉。秋來獨自怕登樓。閣却吳綾雙素襪。○○亂鴉啼起愁時節。料峭西風渾未歇。兩行銀雁十三弦。彈破梧桐梢上月。

〔註450〕參考楊家駱主編的《清詞別集百三十四種》以及陳乃乾《清名家詞》所輯錄，「紅葉難傳心上語」的「紅葉」二字並未載錄。詳見「楊編本」，頁15；「陳輯本」，頁13。

〔註451〕參考楊家駱主編的《清詞別集百三十四種》以及陳乃乾《清名家詞》所輯錄，「閣却吳綾雙素襪」作「閒卻吳綾雙素襪」。詳見「楊編本」，頁15～16；「陳輯本」，頁13～14。

53. 玉樓春・代客答女郎

角聲初展愁雲暮。亂柳蕭蕭難去住。舴艋舟前流恨波。鴛鴦渚上相思路。○○生分紅綬無人處。半晌金樽容易度。惜別身隨南浦潮。斷腸人似瀟湘雨。

54. 玉樓春・苦雨旅懷〔註452〕

子山染就濛朧碧。杜宇驚人啼怨魄。綠憁長日守芭蕉。簾額沉沉無燕入。○○濕雲底死連朝夕。不管相如猶倦客。好將單枕畫瀟湘。夢到巫山千里隔。

55. 玉樓春・美人午睡〔註453〕

綠陰掩過屏山疊。玉子彈碁渾倦歇。碧綃正好貯行雲。花骨閒支隨夢蝶。○○流黃水簟冰肌貼。午院亭亭蘭氣徹。半鉤羅襪籠緗裙。疑是纖纖波底月。

56. 步蟾宮・晏起

沉香漫爇青絲帳。看睡醒、紅潮初漾。花深霧重不如眠。把合鎖、窗兒推上。○○牀前鸚鵡無心想。弄足上、金繩頻響。這回渾是不成酣。且喜得、溫存一晌。

57. 虞美人・春雨〔註454〕

簾纖斷送荼蘼架。衣潤籠香罷。鷓鴣題處不開門。生怕落花時候

〔註452〕 參考楊家駱主編的《清詞別集百三十四種》以及陳乃乾《清名家詞》所輯錄，「子山染就濛朧碧」作「千山染就濛朧碧」，「夢到巫山千里隔」的「千」字並未載錄。詳見「楊編本」，頁16；「陳輯本」，頁14。

〔註453〕 參考楊家駱主編的《清詞別集百三十四種》以及陳乃乾《清名家詞》所輯錄，「玉子彈碁渾倦歇」作「玉子彈棋渾倦歇」。詳見「楊編本」，頁16；「陳輯本」，頁14。按：以上五首〈玉樓春〉，疑似皆為〈木蘭花〉。

〔註454〕 參考楊家駱主編的《清詞別集百三十四種》以及陳乃乾《清名家詞》所輯錄，「鷓鴣題處不開門」作「鷓鴣啼處不開門」。詳見「楊編本」，頁17；「陳輯本」，頁15。

近黃昏。○○豔陽慣被東風妒。吹雨無朝暮。絲絲只欲傍妝臺。欲作一春紅淚滿全杯。

58. 虞美人‧孟夏停吳氏舘見桂花開雨中寄調賦之

誰偷月下金絲縷。開向黃梅雨。寧馨愛近石榴紅。爲怕年來憔悴見秋風。○○數枝先綴蟾宮玉。芳影排如粟。不勞珠露拂新凉。自有生綃帳子籠溫香。

59. 翻香令‧本意

微翻朱火暖金猊。綠烟斜上玉腮低。龍香透、雲英薄。近流蘇、常自整羅衣。○○輕分麝月指痕齊。博山餘篆潤丹泥。只贏得、籠兒熱。但灰成、心字少人知。〔作者自註：嶺南有心字香〕

60. 一斛珠‧無題

雨痕新過。廻廊月影青林度。有情院宇無情坐。檻外吟蟲。先把秋聲做。○○天涯有客憑闌語。山空水落凉千樹。梵鐘不警愁來處。踏破蒼林。肅肅驚飛羽。

——文本摘自清‧李雯撰，四庫禁燬書叢刊編纂委員會：《蓼齋集四十七卷‧後集五卷》（北京：北京出版社，1997 年 6 月，《四庫禁燬書叢刊》清順治十四年石維崑刻本），第 111 冊，集部，頁 464～471。

《蓼齋集‧卷三十二‧詩餘》

1. 踏莎行‧立春〔註455〕

芳草廻心。平沙轉翠。朧朧曉樹如新醉。縈烟初繫玉樓人。釵頭空帶宜春字。○○青鳥啣還。銀幡傳至。石華裙上東風細。開簾鎮日待春來。春來渾是無情思。

〔註455〕參考楊家駱主編的《清詞別集百三十四種》以及陳乃乾《清名家詞》所輯錄，「青鳥啣還」作「青鳥銜還」。以下皆是。詳見「楊編本」，頁 18；「陳輯本」，頁 16。

2. 踏莎行・秋雨〔註456〕

涼舘清深。巧雲迷散。絲絲不斷如春線。傷心無奈急廻風。桂枝暗落無人見。○○香稻低天。芙蓉疎岸。離離又濕江南雁。芭蕉清聽歷空堦。情人似隔瀟湘遠。

3. 踏莎行・子規

花島紅沉。香谿綠染。無端啼破斜陽岸。王孫春草遍天涯。憑君一語頻頻喚。○○五月江深。三更月半。相思一夜驚千徧。有情莫向異鄉啼。飛歸巫峽何曾遠。

4. 小重山・咏別

江浦潮生紫楝花。垂楊移素艇。暮雲遮。眞珠小淚滴窗紗。春山蹙。樓外欲棲鴉。○○猶記鬢雲斜。枕痕紅潤玉。籠朝霞。自從相送六萌車。金跳脫。鬆似那時些。

5. 小重山・除夕〔註457〕

樓上低垂翡翠簾。玉鈎紅袖內。隱春纖。繡額初教綵燕添。梅信早。檢點髻雲邊。○○香幙水沉烟。燈花凝絳蠟。不成眠。明朝春色上眉尖。須好夢。隨意卜金鈿。

6. 臨江仙・春潮

一曲畫橋春水急。綠帆遠掛斜陽。誰家艇子近垂楊。杏花新雨後。初浴兩鴛鴦。○○暮暮朝朝來信准。教人無奈橫塘。新愁恰與此平量。慣隨明月上。更弄柳絲長。

〔註456〕 參考楊家駱主編的《清詞別集百三十四種》以及陳乃乾《清名家詞》所輯錄,「桂枝暗落無人見」作「枝枝暗落無人見」,「芙蓉疎岸」作「芙蓉疏岸」,「芭蕉清聽歷空堦」作「芭蕉清聽歷空階」。詳見「楊編本」,頁18;「陳輯本」,頁16。

〔註457〕 參考楊家駱主編的《清詞別集百三十四種》以及陳乃乾《清名家詞》所輯錄,「檢點髻雲邊」作「檢點鬢雲邊」。詳見「楊編本」,頁19;「陳輯本」,頁17。

7. 臨江仙・棗友〔註458〕

不覺新愁催彩燕。難忘宋玉東隣。梅花已夢曉雲深。借君玉指上。彈出鳳求音。○○魚鑰先通金鎖信。莫教紅葉沉沉。盧家待暖畫堂春。願將雙綵線。繡作月中人。

8. 臨江仙・暑夜

茉莉微含香乳。紅蕉半吐腥脣。窄衫不耐䂓羅新。輕分蓮瓣子。暗卜意中人。○○洗髮金盆礙月。擎槳犀液凉心。鴨闌庭畔每逡巡。玉簪〔作者自註：花名〕黏粉露。丹鳥上承塵。

9. 一剪梅・別意

紅蓼秋深白鷺飛。半啓葳蕤。懶畫星眉。芙蓉初落水平池。記得來時。不見來時。○○樓外摧寒暮角遲。月滿金徽。人近羅帷。雁行無字寫相思。妾意君知。君意難知。

10. 鵲踏枝・風情

荳蔻枝頭紅粟小。半整雲鬟。知是傷春了。幸得玉樓香未杳。人間有信傳青鳥。○○聞說柳梢青渺渺。一剪橫波。如對瀟湘曉。爲語東風吹蝶早。教人着意憐芳草。

11. 鵲踏枝・落葉〔註459〕

慘碧愁黃無氣力。做盡秋聲。砌滿闌干側。疑是紗愡風雨入。斜陽又送栖鴉急。○○不比落花多愛惜。南北東西。自有人知得。昨夜小樓寒四壁。半堆金井霜華白。

12. 鵲踏枝・初夏湖上雨懷

半枕催寒更漏雨。夜合香開。初試閒愁緒。好夢醒時驚鵲語。纖

〔註458〕參考楊家駱主編的《清詞別集百三十四種》以及陳乃乾《清名家詞》所輯錄，「難忘宋玉東隣」作「難忘宋玉東鄰」。詳見「楊編本」，頁19；「陳輯本」，頁17。

〔註459〕參考楊家駱主編的《清詞別集百三十四種》以及陳乃乾《清名家詞》所輯錄，「疑是紗愡風雨入」作「疑是紗窗風雨入」。詳見「楊編本」，頁20；「陳輯本」，頁18。

纖又濕梧桐樹。○○越水吳山情幾許。翠幙烟波。不見花飛處。怕向西陵聞杜宇。空庭依舊蒼苔暮。

13. 鵲踏枝‧雨舟紀夢

四圍山色新安路。谿滑雲深。喚起離人緒。點點黃梅天上雨。五更濕盡相思樹。○○飄颻已作浮萍侶。角枕篷窓。無計推愁去。石上菖蒲長幾許。夢囘香閣逢端午。

14. 唐多令‧春思 〔註460〕

楊柳織成愁。枝間掛玉鈎。這幾番、花信到粧樓。盡道踏青明日好。曾許下、又還休。○○窗外鳥鈎輈。玉人應到否。看東風、不解促驊騮。池上楊花飛遍也。春去了。倩誰留。

15. 蘇幙遮‧春曉

花影深。簾額重。斗帳微寒。一枕香雲擁。何事起來常懵忪。繡被紅翻。顛倒思前夢。○○畫樓高。香陌迴。千萬垂楊。又被東風送。門外鶯啼芳草動。獨自開奩。檢點釵頭鳳。

16. 蘇幙遮‧咏枕

翠屏高。羅帳小。半鎖香雲。自共愁人倒。一幅瀟湘圖未了。斜倚金鈿。夜夜巫山曉。○○鳳釵寒。玉漏悄。獨自溫存。只索和衣抱。夢到君邊常草草。幾度香銷。更有誰知道。

17. 破陣子‧秋夜 〔註461〕

白露凉驚玉樹。明蟾秋映金繩。帳底葡萄看數顆。堦前絡緯聽三更。燈花銷復生。○○總是愁來角枕。那堪鳳度簷鈴。自分人間憐隻

〔註460〕 參考楊家駱主編的《清詞別集百三十四種》以及陳乃乾《清名家詞》所輯錄，「這幾番、花信到粧樓」作「這幾番、花信到妝樓」。以下皆是。詳見「楊編本」，頁21；「陳輯本」，頁19。

〔註461〕 參考楊家駱主編的《清詞別集百三十四種》以及陳乃乾《清名家詞》所輯錄，「那堪鳳度簷鈴」作「那堪風度簷鈴」。以下皆是。詳見「楊編本」，頁22；「陳輯本」，頁20。

影。不知天上喜雙星。銀河無限清。

18. 漁家傲・新柳

　　半吐流蘇蘸水面。弄愁一縷青絲短。小閣春寒簾不捲。鳳冉冉。纖柔未許鶯兒串。○○可是江南風景晏。嫩黃初破春潮濺。此日章臺人近遠。芳草岸。漸垂長帶教儂綰。

19. 漁家傲・咏雪〔註462〕

　　半啓朱扉寒粉面。騰騰更愛燈前見。簾外玉梅香近遠。羅襪淺。盈盈踏破銀泥輭。○○淅淅彤闌風力短。清光又照黃昏院。怯把鴛鍼穿彩線。愁婉轉。玉樓人共金鳧暖。

20. 漁家傲・咏灘水

　　山色蒙蘢圍四壁。葡萄一瀉傾千尺。羅襪盈盈輕未濕。留不得。莫教比翼鴛鴦立。○○龍卵丹青和水碧。穀紋細蹙飛花急。映得清眸雙黛色。溪月白。明珠翠羽無消息。

21. 風中柳・閒情

　　暗鎖離愁。端是樓前楊柳。凭闌干、月痕初透。腕兒越瘦。眉兒越皺。怕黃昏、燕歸時候。○○粉薄香銷。簾額清清依舊。試蘭湯、微溫荳蔻。常垂纖手。輕披羅袖。倚屏風、夜深燈後。

22. 青玉案・無題

　　慣消玉腕鏤金釧。細數佳期春半。牆外風箏雲裏斷。櫻桃花下。鞦韆紅索。整箇閒庭院。○○無憑無准青禽翰。愁雨愁晴芳草岸。常鎖葳蕤春不管。施香小鳥。伴人憔悴。學語低聲喚。

〔註462〕參考楊家駱主編的《清詞別集百三十四種》以及陳乃乾《清名家詞》所輯錄，「盈盈踏破銀泥輭」作「盈盈踏破銀泥軟」。詳見「楊編本」，頁 22；「陳輯本」，頁 20。

23. 天仙子・初晴湖上〔註463〕

湖上清陰半明滅。燕子掠波飛貼貼。好風輕送木蘭舟。芳草合。芙蓉葉。橫翠落霞紅未歇。○○柳外斜陽移粉堞。風景教儂無處說。嫩涼微酒薄更衣。雲際月。人天末。愁到青山三四折。

24. 江城子・秋思〔註464〕

一篙秋水淡芙蓉。晚來風。玳雲重。檢點幽花。斜綴小窓紅。羅襪生寒香細細。憐素影。近梧桐。○○栖鴉零亂夕陽中。歎芳叢。訴鳴蛩。半卷鸞牋。心事上眉峯。玉露金波無意冷。愁滅燭。聽歸鴻。

25. 千秋歲・和王介甫

別館青桐。雕闌紫蕚。曉夢添愁無數着。捲簾吹入南風雨。推窓驚起西飛鵲。女蘿絲。落秦草。相牽縛。○○黃蘗嶺紅日落。翡翠閣中羅襟薄。欲語先教心緒惡。那時催促燈前影。今番冷淡花間約。五更雞。三更月。難忘却。

26. 滿路花・和秦淮海

蝶粉黏花葯。桐淚沾簾額。羅衣渾不整、難消息。屏風數尺。疑有雲山隔。憑著青鸞翼。月影通廊。那囘相見加密。○○好天良夕。一別眞輕擲。但有金縷枕、餘香迹。碧雲何際。照那人顏色。無語深相憶。得來時。有箇夢兒成匹。

27. 滿江紅・和張孝祥咏雨

回首高唐。涼天近、暮雲不捲。白蘋起、金塘嫩綠。細生池舘。瑟瑟未隨平楚盡。珊珊只共江蘺遠。也不合、阻斷木蘭舟。青楓岸。○○游魚唼。珍珠點。風柳外。離人畔。做朦朧一幅。瀟湘秋怨。玉

〔註463〕參考楊家駱主編的《清詞別集百三十四種》以及陳乃乾《清名家詞》所輯錄,「柳外斜陽移粉堞」作「柳外斜陽移粉蝶」。詳見「楊編本」,頁23～24;「陳輯本」,頁22。

〔註464〕參考楊家駱主編的《清詞別集百三十四種》以及陳乃乾《清名家詞》所輯錄,「半卷鸞牋」作「半捲鸞牋」。以下皆是。詳見「楊編本」,頁24;「陳輯本」,頁22。

潤初臨金粟紙。綺窓半濕紅絲硯。且題作、夜雨響芭蕉。教他看。

28. 滿庭芳‧七夕〔註465〕

　　粉席迎涼。彤雲送暑。晚風初度紅樓。玉爐香篆。彩線絡瓊鉤。露腳斜飛鵲羽。明河瀉、淡淡清流。中宵靜。黃姑織女。又值一年秋。○○悠悠。看此夜。方塡銀浪。旋解星襦。漸月迷津渡。雙盼難留。雖是人間天上。離別處、一霎都愁。穿鍼罷。蛛絲來斷。閑整玉搔頭。

29. 滿庭芳‧中秋〔註466〕

　　玉樹風疏。朱樓雲卷。桂枝新剪輕黃。藕絲牽斷。蓮粉墮紅房。此夜平分秋色。金波轉、紈扇初涼。開羅幬。鵲爐微暖。香散楚天長。○○玉顏寂寞處。雙橫翠袖。自整明璫。漸月華空舘。露滑銀牀。破鏡半啣雲樹。九秋恨、一霎平量。又何待。霜凝畫角。飛雁兩三行。

30. 鳳凰臺上憶吹簫‧次清炤韻

　　漏咽銅龍。風銷蠟鳳。醒來猶倚香篝。對雙鸞臨鏡。妝罷還羞。滿目青山畫裏。縈別緒、生怕凝眸。難消受。一庭芳草。半隻簾鉤。○○悠悠。春風度也。這千萬垂楊。不繫扁舟。自吹簫人去。鳳鎖雲稠。應念別時清淚。登臨處、回首江流。江流下。落花飛絮。遍寫離愁。

31. 玉蝴蝶‧失題

　　慣是離愁天氣。未休暮雨。又見朝雲。半起斜臨寶鏡。懶織廻文。弄長槐、黃鸝初滑。催捲幕、紫燕輕分。自溫存。漫調珠柱。更倚蘭

〔註465〕參考楊家駱主編的《清詞別集百三十四種》以及陳乃乾《清名家詞》
　　　　所輯錄，「彤雲送暑」作「彤雲送暑」，「雙盼難留」作「雙盼難留」，
　　　　「離別處、一霎都愁」作「離別處、一概都愁」，「穿鍼罷」作「穿
　　　　針罷」，「蛛絲來斷」作「蛛絲未斷」。以下皆是。詳見「楊編本」，
　　　　頁25；「陳輯本」，頁23。
〔註466〕參考楊家駱主編的《清詞別集百三十四種》以及陳乃乾《清名家詞》
　　　　所輯錄，「開羅幬」作「開羅幕」。詳見「楊編本」，頁25～26；「陳
　　　　輯本」，頁24。

薰。○○思君。綠窗細語。蠻箋心事。剪燭殷勤。好夢纔醒。又依燈影伴黃昏。畫乘鸞、丹青紈扇。裁連理、石竹羅裙。暗銷人。香閨歲月。幾浥紅綸。

32. 念奴嬌・端午藍谿即事〔註467〕

藍谿新漲。看金塘幾曲。畫樓臨水。不捲湘簾人影動。水戲魚龍競起。朱果雕蒲。粉盤繡虎。長縷飄香細。雲鬢著雨。更縈一川烟翠。○○回想家在東吳。彩衣聯臂。今日人千里。有箇凭闌凝望處。繭綵香囊誰寄。草號宜男。花開夜合。都是傷心地。雙雙碧鴨。幾回驚起沙際。

33. 望海潮・寄壽家君

登樓翹首。白雲堆處。懸弧此日高堂。石髮梳風。荷裳映日。三三兩兩成行。好鳥奏笙簧。正新飛黃口。送語彫梁。目極心搖。青山遙隔舞衣長。○○堪憐遊子廻腸。恨烏衣此會。不捧霞觴。且禮慈雲。勤依佛日。細添一縷沉香。九頓祝無疆。更顏隨歡笑。心入清凉。解帶長松。臥看鶴影到池塘。

34. 風流子・寫懷

千山梅雨歇。翠微裏、冉冉碧雲歸。想賣蘭庭戶。吳天平暖。罷蠶時候。越嶺低迷。憑闌久、朱霞明粉壁。黃鳥度新枝。看水散荷珠。暗成別淚。箋餘蕉葉。寫起相思。○○登樓攜手處。常牽惹最是。珍重聲遲。為數幾圍明月。應問歸期。念湘竹簾中。半殘梔子。海棠堦下。細點螢兒。好箇惱人天氣。獨自難支。

35. 題西廂圖二十則

（1）蝶戀花・初見

庭院沉沉春幾許。囘影東牆。聽得花間語。願作游絲空裏住。隨

〔註467〕 參考楊家駱主編的《清詞別集百三十四種》以及陳乃乾《清名家詞》所輯錄，「水戲魚龍競起」的「競」字並未載錄。此「競」字更與詞牌韻律不叶。詳見「楊編本」，頁26～27；「陳輯本」，頁25。

人更落香風處。○○芳徑苔侵么鳳履。沒箇安排。冉冉行雲去。轉過薔薇驚翠羽。相思只在旃檀樹。

（2）一剪梅・紅問齋期

枅櫊春鎖上方清。身在慈雲。心對愁城。舮穆西下見娉婷。記得香堦。細雨聲聲。○○玉女傳言此最能。曾整蘭衾。也抱銀箏。欲將心事托卿卿。應是多情。莫道無情。

（3）生查子・生叩　紅

雲鬟素袖低。口齒清如雪。不惜沈郎腰。爲卿更深折。○○匆匆姓字通。草草生辰說。憑將連理心。寄與丁香舌。

（4）臨江仙・酬和

牆角清陰花月靜。一聯秀句雙成。不須紅葉更流情。風吹修竹響。傳得鳳凰聲。○○好影隔來心自語。碧雲細點春星。小桃枝下聽分明。消魂酬五字。清露越三更。

（5）定風波・佛會

貝葉宣聲動法筵。月華燈影照嬋娟。半是傷春眉黛斂。無限。淚珠常近粉痕邊。○○七寶幡成紅綬帶。人在。溫柔鄉畔白雲天。總是玉人看不了。煩惱。楞伽無語靜爐烟。

（6）清平樂・惠明貴書

風生雲袖。袖底蛟龍驟。一幅嚇蠻書在手。正是護花星斗。○○朱旗遠望潼關。蔴鞋踏上青山。且看錦囊飛度。便教紅線周旋。

（7）踏莎行・請宴〔註468〕

粉傅何郎。香薰荀令。帽檐低亞花枝並。頻將宜稱問雙鬟。畫簾吹動風流影。○○鵲尾銀屛。龍涎金斝。乘鸞指刻成佳倩。春陰立盡海棠東。合歡心事從頭整。

〔註468〕參考楊家駱主編的《清詞別集百三十四種》以及陳乃乾《清名家詞》所輯錄，「龍涎金斝」作「龍涎金鼎」。詳見「楊編本」，頁29；「陳輯本」，頁27。

（8）河滿子·聽琴

楊柳風吹鬢影。琅玕竹映廻廊。半疊屏山千里隔。琴心只傍西廂。今日求凰司馬。幾時跨鳳蕭郎。○○膝上情傳玉軫。花前淚湓香囊。靠損冰肌雙跳脫。不知月過東牆。喚起兩邊幽恨。何消一曲清商。

（9）蘇幙遮·探病

紫苔深。薇幛掩。獨自支琴。賸得相思頜。此日文園真命短。愁殺東風。總道無人管。○○念東牀。和夢遠。猶喜青衣。見我曾心慣。莫說相如消渴淺。玉露金莖。只在鴛幛畔。

（10）解珮令·寄詩

蠻箋細疊。墨花輕染。一聲聲、愁紅初斷。字押相思。纔離了、狼毫斑管。早去憐、香綃雪腕。○○前宵琴曲。那宵玉盞。這衷懷、不堪重轉。寄語青鸞。倘若是、風悽雲暗。怎能勝、蜂吟蝶怨。

（11）青玉案·得信

菱花看罷晨妝了。天外信傳青鳥。蹙損眉尖雙葉小。鴛鴦譜上。金鍼初到。怕有人知道。○○曾將密意輸春草〔作者自註：春草。婢名。〕。消息通時又煩惱。誰識銀鈎真字好。微持薄怒。已曾心照。焰見和衣倒。

（12）唐多令·越牆

銀砌粉圍牆。栖鴉淡月黃。做蜂兒、飛度也颺颺。錯抱花枝羞整帽。更小立。聽鳴璫。○○彈指玉纖長。輕紈映晚妝。對春風、無語不焚香。幾葉芭蕉連曲檻。看咫尺。近高唐。

（13）眼兒媚·幽會〔註469〕

葳蕤金鎖啓春風。人在月明中。那時相見。猶將羅袖。半掩芙蓉。○○鴛衾整頓和香肩。溫玉小膿東。端詳此際。星眉微斂。蟬鬢初鬆。

（14）誤佳期·紅辨

織女度銀河。靈鵲空擔怕。昔日燒香抱枕人。跪在湘簾下。○○

〔註469〕 參考楊家駱主編的《清詞別集百三十四種》以及陳乃乾《清名家詞》
　　　　所輯錄，「人在月明中」作「人在明月中」。詳見「楊編本」，頁31；
　　　　「陳輯本」，頁29。

不是野東風。錯把桃花嫁。誰移楊柳近牆東。又怪鸎兒詐。

（15）風入松·離別

西風霜葉短長亭。驚動別離情。玉驄慣是催人去。茫茫也。荒草雲平。紅袂分開雙淚。斜陽獨照孤征。○○陽關不唱第三聲。無計殢君行。纔辭鴛帳親銀鐙。迴頭看水綠山青。數兩車移垂柳。幾回雁起沙汀。

（16）惜分飛·驚夢

茅店星稀人靜後。正是相思初透。夢遶風林驟。暗憐孤影清宵瘦。○○游仙半枕紅妝就。蝴蝶栖香未久。驚起披襟袖。桃花淚染看依舊。

（17）柳梢青·金泥〔註470〕

鵲噪簷牙。泥金字樣。先寫寧家。特爲多情。人宜待月。官近司花。○○歡容微靨朝霞。懷袖裏、沉吟看他。杏雨蒲風。惹人縈繫。最是宮紗。

（18）虞美人·寄愁

白玉堂前芳草歇。賦盡江郎別。雙魚誰寄錦書來。正是滿函清淚向人開。○○濃愁細數相思字。檢物經人意。嬌心更在不言中。珍重窄衫蘭麝散秋風。

（19）醜奴兒令·鄭恒求匹

海棠已折他人手。待得來時。幾度黃鸝。好處春風別樣吹。○○人間自有眞蕭史。無處容伊。月暗星移。金刀栽斷女蘿絲。

（20）阮郎歸·晝錦

畫簾卷起鬱金堂。弄影過廻廊。宮袍新打內家香。當時解珮郎。○○攜翠管。近明窗。春山待曉粧。洛陽才子是東牀。西廂春夢長。

——文本摘自清·李雯撰，四庫禁燬書叢刊編纂委員會：《蓼齋集四十七卷·

〔註470〕參考楊家駱主編的《清詞別集百三十四種》以及陳乃乾《清名家詞》所輯錄，「官近司花」作「宮近司花」。詳見「楊編本」，頁32；「陳輯本」，頁30。

後集五卷》（北京：北京出版社，1997 年 6 月，《四庫禁燬書叢刊》清順治十四年石維崑刻本），第 111 冊，集部，頁 472～480。

《蓼齋後集・卷四・詩餘》

1. 南鄉子・春感：

滿眼落花紅。雙燕多情語漢宮。一代風流千古恨。匆匆。盡在新蒲細柳中。○○桃李怨春風。玉笛吹殘看塞鴻。一枕邯鄲無好夢。朦朧。教人莫唱大江東。

2. 虞美人・惜春

蜂黃蝶粉依然在。無奈春風改。小窗微切玉玲瓏。千里行塵不惜牡丹紅。○○西陵松柏知何處。目斷金椎路。無端花絮上簾鈎。飛下一天春恨滿皇州。

3. 踏莎行・春夜寫懷

綠染荒丘。紅愁古戍。好春斷送斜陽路。天邊遺下碧桃花。人間競買珊瑚樹。○○芍藥香消。青梅酸破。這囘難寫風流句。燈前尚愛墨花浮。明知宿業相纏處。

4. 風流子・送春

誰教春去也。人間恨、何處問斜陽。見花褪殘紅。鶯捎濃綠。思量往事。塵海茫茫。芳心謝。錦梭停舊織。麝月嬾新粧。杜宇數聲。覺餘驚夢。碧欄三尺。空倚愁腸。○○東君拋人易。回頭處、猶是昔日池塘。留下長楊紫陌。付與誰行。想折柳聲中。吹來不盡。落花影裏。舞去還香。難把一樽輕送。多少暄涼。

5. 一斛珠・寓言

垂陽如幕。看花每恨東風惡。舞衣雖在薇香薄。撩亂雲鬟。何處安金雀。○○天上柳綿吹又落。玉顏已破情如昨。當時賸有相思約。今日相思。人倚欄杆角。

6. 小重山‧寫懷

上苑苔侵臨砌花。杏梁新燕子、屬誰家。曉風吹破碧牕紗。丁香結。憔悴過韶華。○○有夢寄天涯。海棠開遍了、月痕斜。三春清淚落鳴笳。愁如海。不着踏青鞋。

7. 錦帳春‧遣意〔註471〕

好酒難勝。遊絲易斷。片晌沉吟千遍。鵑鴣聲。蝴蝶夢。看夕陽多半。舊時臺殿。○○花點紅塵。繩牽紫蔆。也應是、因緣一段。奈相思。千里月。任東風、難教人排遣。

8. 浪淘沙‧楊花〔註472〕

金縷曉風殘。素雪晴飜。爲誰飛上玉雕闌。可惜章臺新雨後。踏入沙間。○○沾惹忒無端。青鳥空銜。一春幽夢綠萍間。暗處消魂羅袖薄。與淚輕彈。

——文本摘自清‧李雯撰，四庫禁燬書叢刊編纂委員會：《蓼齋集四十七卷‧後集五卷》（北京：北京出版社，1997年6月，《四庫禁燬書叢刊》清順治十四年石維崑刻本），第111冊，集部，頁684～686。

《幽蘭草‧卷之上‧髣髴樓》

1. 蝶戀花‧落葉〔註473〕

慘碧愁黃無氣力。做盡秋聲。砌滿欄杆側。疑是紗窗風雨入。斜

〔註471〕考楊家駱主編的《清詞別集百三十四種》以及陳乃乾《清名家詞》所輯錄，「舊時臺殿」作「舊時臺殿」，「繩牽紫蔆」作「繩牽紫燕」詳見「楊編本」，頁35；「陳輯本」，頁33。

〔註472〕考楊家駱主編的《清詞別集百三十四種》以及陳乃乾《清名家詞》所輯錄，「素雪晴翻」作「素雪晴飜」。詳見「楊編本」，頁35；「陳輯本」，頁33。

〔註473〕清順治十四年石維崑刻本（以下簡稱「石刻本」）以〈鵲踏枝‧落葉〉爲題。參考「石刻本」所輯錄，「砌滿欄杆側」作「砌滿闌干側」，「疑是紗窗風雨入」作「疑是紗牕風雨入」，「斜陽又送棲鴉急」作「斜陽又送栖鴉急」，「半堆金井霜華濕」作「半堆金井霜華白」。以下皆是。

陽又送棲鴉急。○○不比落花多愛惜。南北東西。自有人知得。昨夜
小樓寒四壁。半堆金井霜華濕。

2. 臨江仙・秋思 〔註474〕

　　西園剩有黃花蝶。南浦驚飛紅杜葉。秋來獨自怕登樓。閒卻吳綾
雙素襪。○○亂鴉啼起愁時節。料峭西風渾未歇。兩行銀雁十三弦。
彈破梧桐梢上月。

3. 醉花陰・重陽 〔註475〕

　　絳紗愛把黃金縷。鬢影清香袖。一晌又重陽。滿目雲山。不待人
歸後。○○江天落雁垂垂久。好景知依舊。不是怨黃花。只爲離人。
誤得黃花瘦。

4. 謁金門・紅葉 〔註476〕

　　青楓浦。染出空江天暮。隔岸胭脂新雨墮。小樓腸斷處。○○疊
疊亂紅秋路。又被西風吹去。翠袖拾來看幾度。欲題無一語。

5. 畫堂春・秋柳 〔註477〕

　　長條梳盡影珊珊。煙啼露冷風寒。暮鴉棲遍小憑欄。無限堪憐。
○○猶傍朱樓舞袖。心驚落葉哀蟬。昔時攀折已相關。重對青山。

〔註474〕　按：〈瑞鷓鴣〉詞牌本能與〈臨江仙〉通用。然而後者則是這《蓼齋樓》
　　　　　與《蓼齋集詩餘》的版本誤植了。經本文在龍沐勛（即龍榆生）《唐宋
　　　　　詞格律》所查見，此詞應屬於〈木蘭花〉（仄韻定格）這一詞牌。因爲
　　　　　「西園剩有黃花蝶」此詞押的是仄韻格，那自然與〈瑞鷓鴣〉或〈臨
　　　　　江仙〉無關。而「西園剩有黃花蝶」此詞又與〈玉樓春〉詞牌格律不
　　　　　叶，加上其中平仄句式與五代歐陽炯〈木蘭花〉（兒家夫婿心容易）俱
　　　　　同，是故〈木蘭花〉（仄韻定格）才是「西園剩有黃花蝶」此詞之詞牌
　　　　　無疑。詳見龍沐勛著：《唐宋詞格律》（臺北：里仁書局，1995 年 8 月），
　　　　　頁 79～84。又，參考「楊編本」以及「陳輯本」，此詞亦題名作〈玉
　　　　　樓春〉。詳見「楊編本」，頁 15～16；「陳輯本」，頁 13～14。
〔註475〕　「石刻本」以〈醉花陰・重陽和轅文作〉爲題。
〔註476〕　參考「石刻本」所輯錄，「隔岸胭脂新雨墮」作「隔岸臙脂新雨墮」，
　　　　　「疊疊亂紅秋路」作「疊疊亂紅秋露」。以下皆是。
〔註477〕　參考「石刻本」所輯錄，「煙啼露冷風寒」作「烟啼露冷風寒」。以
　　　　　下皆是。

6. 少年游・代女郎送客

　　殘霞微抹帶青山。舟近小溪灣。兩岸蘆乾。一天雁小。分手覺新寒。○○今宵霜月照燈闌。人是暮愁難。半枕行雲。送君歸去。好夢憶江南。

7. 木蘭花・代客答女郎〔註478〕

　　角聲初展愁雲暮。亂柳蕭蕭難去住。舴艋舟前流恨波。鴛鴦渚上相思路。○○生分紅綬無人處。半晌金樽容易度。惜別身隨南浦潮。斷腸人似瀟湘雨。

8. 一剪梅・別意〔註479〕

　　紅蓼秋深白鷺飛。半啓葳蕤。懶畫星眉。芙蓉初落水平池。記得來時。不見來時。○○樓外摧寒暮角遲。月滿金徽。人近羅帷。雁行無字寫相思。妾意君知。君意難知。

9. 阮郎歸・閒愁

　　滿簾暮雨對青山。樓高香袖寒。綠帆亂落水西灣。銀箏無意彈。○○金鴨冷。淚珠殘。一庭紅葉翻。鷗鴣飛去又飛還。人如秋夢闌。

10. 南鄉子・冬閨〔註480〕

　　斗帳欲溫香。池水冰紋樓上霜。半嚲綠雲無意綰。思量。翠袖深深玉指長。○○斜日又西黃。匼窄銀屏小洞房。折得梅花和影瘦。清涼。簾外風高斷雁行。

11. 漁家傲・詠雪〔註481〕

　　半啓朱扉寒粉面。騰騰更愛燈前見。簾外玉梅香近遠。羅襪淺。

〔註478〕「石刻本」以〈玉樓春・代客答女郎〉爲題。
〔註479〕參考「石刻本」所輯錄，「懶畫星眉」作「懶畫星眉」。以下皆是。
〔註480〕參考「石刻本」所輯錄，「半嚲綠雲無意綰」作「半嚲綠雲無意緒」，「匼窄銀屏小洞房」作「匼匝銀屏小洞房」，「清涼」作「淒涼」。
〔註481〕「石刻本」以〈漁家傲・咏雪〉爲題。以下皆是。參考「石刻本」所輯錄，「盈盈踏破銀泥軟」作「盈盈踏破銀泥頓」，「漸漸雕闌風力短」作「漸漸彫闌風力短」，「怯把鴛針穿彩線」作「怯把鴛鍼穿彩線」。

盈盈踏破銀泥軟。○○漸漸雕闌風力短。清光又照黃昏院。怯把鴛針穿彩線。愁婉轉。玉樓人共金鳧暖。

12. 少年游・冬暮〔註482〕

綠窗煙黛銷眉梢。落日近橫橋。玉笛纔聞。碧霞初斷。贏得水沉銷。○○口脂試了櫻桃潤。餘暈入鮫綃。七曲屏風。幾重簾幕。人靜畫樓高。

13. 南歌子・冬曉〔註483〕

霜痕隨碧甃。素綆斷銀瓶。香銷翠被五更清。慣是獨眠人起。見壺冰。○○亂雲粘指凍。暖筆畫眉輕。菱花寒湛遠山青。記得甞年攜手。近窗櫺。

14. 鵲踏枝即蝶戀花・風情〔註484〕

豆蔻枝頭紅粟小。半整雲鬟。知是傷春了。幸得玉樓香未杳。人間有信傳青鳥。○○聞說柳梢青渺渺。一剪橫波。如對瀟湘曉。為語東風吹蝶早。教人着意憐芳草。

15. 小重山・除夕〔註485〕

樓上低垂翡翠簾。玉鈎紅袖內。隱春纖。繡額初教彩燕添。梅信早。撿點鬢雲邊。○○香幕水沉煙。燈花凝絳蠟。不成眠。明朝春色上眉尖。須好夢。隨意卜金鈿。

〔註482〕 參考「石刻本」所輯錄,「贏得水沉銷」作「贏得水沉消」,「幾重簾幕」作「幾重簾幙」。以下皆是。
〔註483〕 「石刻本」以〈南柯子・冬曉〉為題。參考「石刻本」所輯錄,「素綆斷銀瓶」作「素綆斷銀缾」,「亂雲粘指凍」作「亂雲拈指凍」,「菱花寒湛遠山青」作「菱花寒浸遠山青」。
〔註484〕 參考「石刻本」所輯錄,「豆蔻枝頭紅粟小」作「荳蔻枝頭紅粟小」。其詞題並無「即蝶戀花」四字。
〔註485〕 參考「石刻本」所輯錄,「撿點鬢雲邊」作「檢點鬢雲邊」。以下皆是。

16. 踏莎行・立春〔註486〕

芳草回心。平沙轉翠。朧朧曉樹如新醉。縈煙初繫玉樓人。釵頭空帶宜春字。○○青鳥銜還。銀幡傳至。石華裙上東風細。開簾鎮日待春來。春來渾是無情思。

17. 臨江仙・再柬臥子〔註487〕

不覺新愁催彩燕。難忘宋玉東鄰。梅花已夢曉雲深。借君玉指上。彈出鳳求音。○○魚鑰先通金鎖信。莫教紅葉沉沉。盧家待暖畫堂春。願將雙彩線。繡作月中人。

18. 桃源憶故人・春寒〔註488〕

無聊獨自探春早。花影今朝風悄。吹透越梅多少。兩點青山小。○○淒清繡戶人難到。但響一庭春鳥。掩著銀屏正好。簾外餘香裊。

19. 西江月・梅花〔註489〕

素手深知花重。羅帷更耐香寒。玉笙吹徹暮憑欄。消得春風一半。○○淡月黃昏常待。清霜曉夢無端。水晶簾外影相看。不被紅雲遮斷。

20. 漁家傲・詠新柳〔註490〕

半吐流蘇蘸水面。弄愁一縷青絲短。小閣春寒簾不捲。風冉冉。纖柔未許鶯兒串。○○可是江南風景晏。嫩黃初破春潮濺。此日章臺人近遠。芳草岸。漸垂長帶教儂綰。

〔註486〕參考「石刻本」所輯錄，「芳草回心」作「芳草廻心」，「青鳥銜還」作「青鳥唧還」。以下皆是。

〔註487〕「石刻本」以〈臨江仙・柬友〉爲題。參考「石刻本」所輯錄，「難忘宋玉東鄰」作「難忘宋玉東隣」，「願將雙彩線」作「願將雙綵線」。

〔註488〕參考「石刻本」所輯錄，「但響一庭春鳥」作「惟有一庭春鳥」。

〔註489〕參考「石刻本」所輯錄，「羅帷更耐香寒」作「羅幃更耐香寒」。

〔註490〕「石刻本」以〈漁家傲・新柳〉爲題。參考「石刻本」所輯錄，「風冉冉」作「鳳冉冉」。

21. 虞美人‧詠春雨〔註491〕

簾纖斷送荼蘼架。衣潤籠香罷。鷓鴣啼處不開門。生怕落花時候近黃昏。○○豔陽慣被東風妒。吹雨無朝暮。絲絲只欲傍妝臺。欲作一春紅淚滿金溝。

22. 蘇幕遮‧春曉〔註492〕

花影深。簾額重。斗帳微寒。一枕香雲擁。何事起來常懵忪。繡被紅翻。顛倒思前夢。○○畫樓高。香陌迥。千萬垂楊。又被東風送。門外鶯啼芳草動。獨自開奩。撿點釵頭鳳。

23. 浪淘沙‧春遊

春嶺鷓鴣啼。花暝煙低。葡萄潑水燕初飛。盡日秉蘭羅帶緩。香重金泥。○○芳草綠痕齊。無限長堤。歸時莫遣畫簾垂。記得曲闌橋畔路。玉勒遲遲。

24. 臨江仙‧詠春潮〔註493〕

一曲畫橋春水急。綠帆遠掛斜陽。誰家艇子近垂楊。杏花新雨後。初浴兩鴛鴦。○○暮暮朝朝來信准。教人無奈橫塘。新愁恰與此平量。慣隨明月上。更弄柳絲長。

25. 江城子‧秋思〔註494〕

〔註491〕「石刻本」以〈虞美人‧春雨〉爲題。參考「石刻本」所輯錄,「鷓鴣啼處不開門」作「鷓鴣題處不開門」,「欲作一春紅淚滿金溝」作「欲作一春紅淚滿金杯」。按:根據筆者翻查龍沐勛所編撰的《唐宋詞格律》發現,李雯此詞格律當爲56字,上下片各兩仄韻、兩平韻。因此對照起來,李雯此詞上片四句與下片前兩句皆叶其韻。然而最後兩句者,且不管是「紅淚滿金溝」或「紅淚滿金杯」,這都與上一句的「臺」字不叶。暫未能知其緣由。詳見龍沐勛著:《唐宋詞格律》,頁167。

〔註492〕參考「石刻本」所輯錄,「獨自開奩」作「獨自開匳」。

〔註493〕「石刻本」以〈臨江仙‧春潮〉爲題。

〔註494〕參考「石刻本」所輯錄,「斜綴小窗紅」作「斜綴小窗紅」,「棲鴉零亂夕陽中」作「栖鴉零亂夕陽中」,「嘆芳叢」作「歎芳叢」,「半捲鸞箋」作「半卷鸞牋」,「心事上眉峰」作「心事上眉峯」。以下皆是。

一篙秋水淡芙蓉。晚來風。玳雲重。撿點幽花。斜綴小窗紅。羅襪生寒香細細。憐素影。近梧桐。○○棲鴉零亂夕陽中。嘆芳叢。訴鳴蛩。半卷鸞箋。心事上眉峰。玉露金波無意冷。愁滅燭。聽歸鴻。

26. 醉桃源・詠秋海棠〔註495〕

愁紅低影碧欄干。玲玲風佩寒。背人無語小屏山。相扶秋病闌。○○宜翠竹。近苔錢。嬋娟庭戶間。相思種子隔年年。幽芳和淚鮮。

27. 秋蕊香・詠桂

昨夜涼風微度。吹下青腰仙女。多情細剪金衣縷。簌簌寒香無緒。○○月中露下尋芳去。空延佇。綠雲初染輕檀炷。暗入羅幃深處。

28. 玉樓春・秋閨〔註496〕

城頭月出驚棲羽。寶瑟清清傷玉柱。空庭懸杵數千聲。半枕寒蛩聞一個。○○綠窗月對相思樹。紅葉難傳心上語。娟娟幽草怯黃昏。炯炯清睟憐白紵。

29. 滿庭芳・中秋〔註497〕

玉樹風疏。朱樓雲卷。桂枝新剪輕黃。菱絲牽斷。蓮粉墮紅房。此夜平分秋色。金波轉、團扇初涼。開羅幕。鵲爐微暖。香散楚天長。○○玉顏寂寞處。雙橫翠袖。自整明璫。漸月華空舘。露滑銀床。破鏡半銜雲樹。九秋恨、一概平量。又何待。霜凝畫角。飛雁兩三行。

〔註495〕「石刻本」以〈醉桃源・秋海棠〉爲題。
〔註496〕參考「石刻本」所輯錄，「半枕寒蛩聞一個」作「半枕寒蛩聞一箇」。
〔註497〕參考「石刻本」所輯錄，「菱絲牽斷」作「藕絲牽斷」，「金波轉、團扇初涼」作「金波轉、紈扇初涼」，「露滑銀床」作「露滑銀牀」，「九秋恨、一概平量」作「九秋恨、一槩平量」。**按**：根據筆者翻查龍沐勛編撰的《唐宋詞格律》發現，過片處「玉顏」二字後應斷句。然而「顏」字當屬《詞林正韻》第七部十五刪韻。此與該詞押《詞林正韻》第七部七陽韻者不叶。暫作存疑。詳見龍沐勛著：《唐宋詞格律》，頁39～41。

30. 浪淘沙・秋月〔註498〕

明鏡破青桐。近轉牆東。樓高人靜影重重。露腳斜飛驚鵲語。香墜寒空。○○金井望雕欄。芳樹璁璁。碧天凉落水晶宮。爲問姮娥愁幾許。無限秋風。

31. 清平樂・秋曉〔註499〕

月殘銀井。凉夢驚香醒。未卷羅幃生炯炯。露葉啼紅滿徑。○○起來獨上簾鉤。初寒先入青樓。翠鎖不堪濃黛。金風又拂箜篌。

32. 長相思・秋風〔註500〕

楓葉飛。柳葉飛。飛向空閨無盡時。搖搖千里思。○○西風吹。北風吹。吹入君衣知不知。香幃薄暮垂。

33. 踏莎行・秋雨〔註501〕

凉舘清深。巧雲迷散。絲絲不斷如春線。傷心無奈急回風。桂枝暗落無人見。○○香稻低天。芙蓉疏岸。離離又濕江南雁。芭蕉清聽歷空階。情人似隔瀟湘遠。

34. 南鄉子・秋桐〔註502〕

高影紅樓。碧簾先散一庭秋。昨夜清商叩哀玉。聲幽。盡在雲屏

〔註498〕 參考「石刻本」所輯錄，「爲問姮娥愁幾許」作「爲問嫦娥愁幾許」。

〔註499〕 此詞爲「石刻本」所無。

〔註500〕 「石刻本」以〈長相思・咏秋風〉爲題。

〔註501〕 參考「石刻本」所輯錄，「絲絲不斷如春綫」作「絲絲不斷如春線」，「芙蓉疏岸」作「芙蓉疎岸」，「芭蕉清聽歷空階」作「芭蕉清聽歷空堦」。

〔註502〕 **按：**此詞根據陳立校點的《雲間三子新詩合稿　幽蘭草　倡和詩餘》一書與「石刻本」比較查看，筆者發現裏頭並無「出」與「向」二字。又經查證龍沐勛編撰的《唐宋詞格律》發現，〈南鄉子〉格三上下片第一句實則有五字。這可詳見龍沐勛：《唐宋詞格律》，頁 155～156。筆者以爲，根據「石刻本」、楊家駱主編的《清詞別集百三十四種》以及陳乃乾輯錄的《清名家詞》一書，當增補「出」字與「向」字兩者爲是。即原句爲「高影出紅樓」……「清露向晨流」……。

角枕頭。○○清露晨流。淚珠點點滴新愁。爲近雕闌常獨倚。凝眸。
殘月依依下玉鈎。

35. 山花子·初夏

乳燕初飛水簟凉。菖蒲葉滿小池塘。七尺蝦鬚簾半卷。杏衫黃。
○○竹粉新粘搖翡翠。荷香欲暖睡鴛鴦。正是日長無氣力。倚銀牀。

36. 眼兒媚·詠畫眉〔註503〕

曉來獨自上妝樓。攜筆近簾鈎。菱花未掩。朝霞初暈。直甚風
流。○○青青常壓兩星眸。難畫幾重愁。盈盈只在。遠山峰上。柳葉
梢頭。

37. 蘇幕遮·詠枕

翠屏高。羅帳小。半鎖香雲。自共愁人倒。一幅瀟湘圖未了。斜
倚金鈿。夜夜巫山曉。○○鳳釵寒。玉漏悄。獨自溫存。只索和衣抱。
夢到君邊常草草。幾度香消。更有誰知道。

38. 浣溪沙·詠五更〔註504〕

歷盡長宵夢不成。欲明人自怕天明。蘭燈初滅小銀屏。○○露染
花枝常滴滴。香寒繡被更清清。早知新恨又重生。

39. 浪淘沙·詠夏燕〔註505〕

小苑午陰長。梅子初黃。三三兩兩過池塘。不管羅幃人倦起。斜
入紗窗。○○細語費端詳。只近回廊。繞經北舘又南廂。啄破海榴紅
欲溜。懶上雕梁。

40. 阮郎歸·秋晚

夕陽庭院鎖芭蕉。凉風和雁高。芙蓉紅褪滿江潮。金塘知路遙。

〔註503〕「石刻本」以〈眼兒媚·畫眉〉爲題。
〔註504〕參考「石刻本」所輯錄，「蘭燈初滅小銀屏」作「蘭湯初滅小銀屏」。
〔註505〕「石刻本」以〈浪淘沙·燕子〉爲題。參考「石刻本」所輯錄，「細
　　　　語費端詳」作「細雨費端詳」，「繞經北舘又南廂」作「繞飛北舘又
　　　　南廂」。

○○羅袖薄。晚香飄。歌梁空燕巢。添衣小立紫闌橋。凄清聞鳳簫。

41. 眼兒媚‧秋思

藕絲欲斷更菱絲。香徑晚涼披。梧桐半落。蒹葭相對。豆蔻無枝。○○淡黃衫子月明時。無計是相思。歸期尚可。燕方飛去。雁未來遲。

42. 生查子‧秋夜〔註 506〕

風動碧琅玕。翠戶生寒淺。斗帳宿鴛鴦。繡被雙鸞偃。○○獨自擁雙鬟。不覺銀缸暗。明月下梧桐。玉漏遲金剪。

——文本摘自明‧陳子龍、清‧李雯、清‧宋徵輿撰,陳立校點:《雲間三子新詩合稿　幽蘭草　倡和詩餘》(瀋陽:遼寧教育出版社,2000 年 1 月)

補闕:《詞靚》,傅燮詷

1. 浣溪沙,李雯

玉漏聲殘人不眠。欲闌長夜未明天。微風入被冷紅綿。○○落月漸低花影沒。啼鳥初散角聲連。舊時雙夢在誰邊。

——程千帆、嚴迪昌等編纂:《全清詞》順康卷全 20 冊(北京:中華書局,2002 年 5 月),第 1 冊,頁 354。

〔註 506〕參考「石刻本」所輯錄,「不覺銀缸暗」作「不覺銀缸暗」。